M. CLARKE

CLAREZA

Traduzido por Mariel Westphal

1ª Edição

2025

Direção Editorial: Anastacia Cabo
Tradução: Mariel Westphal
Revisão Final: Equipe The Gift Box
Arte de capa, preparação de texto e diagramação: Carol Dias

Copyright © M. Clarke, 2014
Copyright © The Gift Box, 2025
Capa cedida pela autora

Todos os direitos reservados.
Nenhuma parte do conteúdo desse livro poderá ser reproduzida em qualquer meio ou forma — impresso, digital, áudio ou visual — sem a expressa autorização da editora sob penas criminais e ações civis.
Esta é uma obra de ficção. Nomes, personagens, lugares e acontecimentos descritos são produtos da imaginação da autora. Qualquer semelhança com nomes, datas ou acontecimentos reais é mera coincidência.

Este livro segue as regras da Nova Ortografia da Língua Portuguesa.

CIP-BRASIL. CATALOGAÇÃO NA PUBLICAÇÃO
SINDICATO NACIONAL DOS EDITORES DE LIVROS, RJ
Gabriela Faray Ferreira Lopes - Bibliotecária - CRB-7/6643

C543c

Clarke, M.
  Clareza / M. Clarke ; tradução Mariel Westphal. - 1. ed. - Rio de Janeiro : The Gift Box, 2025.
  232 p. (My clarity ; 1)

  Tradução de: My clarity
  ISBN 978-65-5636-386-8

  1. Romance americano. I. Westphal, Mariel. II. Título. III. Série.

25-96028   CDD: 813
               CDU: 82-31(73)

Para meu marido e meus filhos.
Obrigada por me mostrarem que não há limites para o
amor — ele cresce todos os dias, com cada nova experiência,
com cada nova esperança e sonho.
Eu amo vocês mais do que tudo.

TO LOVE A WOMAN

LETRA DE M. CLARKE

Produzido por Aaron Martinez

Baixe a música na Amazon: http://amzn.to/1FLJ3vD

You see her across the room
Você a vê do outro lado da sala
Every other face disappears
Todos os outros rostos desaparecem
The Earth shakes inside of you
A Terra treme dentro de você
Her smile crawls into your skin
O sorriso dela te domina

Touching your heart
Tocando seu coração
Your soul
Sua alma
You can do nothing
Você não pode fazer nada
But dream of her
Apenas sonhar com ela
All you want to do
Tudo que você quer fazer
Is hold her in your arms
É segurá-la em seus braços

You want to breathe her in
Você quer respirá-la
And taste every word on her lips
E provar cada palavra em seus lábios
You long to touch her
Você deseja tocá-la
Taste her
Saboreá-la
Give your heart to her
Dar seu coração a ela
Until you can feel her in your blood
Até que você possa senti-la em seu sangue

Refrão

With every kiss
A cada beijo
And every touch
E a cada toque
She takes away pieces of you
Ela tira pedaços de você
With every breath
A cada respiração
Till there's nothing left
Até não sobrar nada
But you need her
Mas você precisa dela
So you let her
Então você a deixa fazer isso
Cause you love her
Porque você a ama
And cannot breathe without her
E não consegue respirar sem ela

PRÓLOGO

ALEXANDRIA

A vida te apresenta muitos caminhos, mas duas coisas permanecem constantes: você nasce e, quando chega a sua hora, você morre.

Puxei uma cadeira para sentar ao lado do meu pai, deitado na cama do hospital. Suas maçãs do rosto estavam mais pronunciadas e as rugas em sua testa se aprofundaram ainda mais do que da última vez que o vi.

O monitor que media seu ritmo cardíaco apitava continuamente.

Acometido pelo câncer, meu pai estava em sua última viagem. Eu sabia que um dia ele pagaria o preço por fumar e, por mais que eu tentasse convencê-lo a parar, ele não me ouviu. Ele prefere fumar a viver uma vida mais longa e saudável comigo. Era assim que eu via.

— Alexandria — meu pai teve dificuldade em dizer meu nome. — Não. Namore. Garotos. Que. Fumam. — Ele tentou rir, mas em vez disso tossiu.

Olhei para o tubo através de seu nariz e desejei que ele o arrancasse e me dissesse que isso era algum tipo de piada de mau gosto. Eu também queria ficar brava com ele por brincar em um momento como este, mas a ironia de suas palavras aliviou o clima.

Minha mãe, sentada do outro lado da cama, parecia que ia enlouquecer.

Incapaz de enxugar as lágrimas rápido o suficiente, ela se virou, o cabelo loiro cobrindo o rosto.

— Já volto — ela disse e saiu do quarto, provavelmente para os braços de seu atual marido na sala de espera.

Eu não vi meu pai. Vi um homem frágil e magro, que sofreu por causa do caminho que escolheu. A urgência da situação me atingiu de maneira rápida e dura. Eu me mantive tão impedida de falar sobre o câncer do meu pai que ver a realidade diante de mim foi como ouvir a notícia pela primeira vez.

Tive dificuldade em lidar com a situação, tanto que não consegui nem falar sobre isso com minha melhor amiga. O câncer era uma sentença de morte e eu não sabia como lidar com isso. Antes que eu percebesse, lágrimas escorreram pelo meu rosto.

Meu instinto me disse que hoje era seu último dia. Eu simplesmente sabia. Mas me senti com sorte. A maioria das pessoas não conseguia se despedir.

— Alex, me desculpe. Eu gostaria de ter parado de fumar por sua causa — meu pai murmurou.

Tive vontade de gritar com ele, lembrá-lo de que já havia tentado lhe dizer muitas vezes que sentia que ele preferia fumar a conviver comigo. Isso não significava que ele era um mau pai. Na verdade, ele era maravilhoso. Eu não tinha certeza se seria um bom marido, já que meus pais haviam se divorciado há muito tempo, mas, como pai, ele se envolveu em todas as partes da minha vida. Ele até conhecia meus amigos pelo nome.

A maioria dos meus amigos não se sentia próxima dos pais, mas meu pai e eu nos unimos através da música. Passávamos horas cantando karaokê juntos. Ele dizia que eu tinha uma voz linda e queria que eu fizesse um teste para o American Idol, mas eu era muito tímida. Apesar de todos os seus pontos positivos, que bem isso faria se ele não estivesse por perto?

Colocando a mão trêmula na minha bochecha, ele cantou:

— *Sunshine. My only Sunshine…*

Ele cantava essa música para mim enquanto crescia. Lembrava-me claramente da primeira vez que cantou para mim. Eu tinha cinco anos de idade.

— *Meu Raio de Sol, por que você está chorando?* — *Papai me levantou em seu colo.*

Em vez de responder, mostrei meu dedo cortado, sangrando levemente.

— *O que aconteceu com esse dedinho?* — *ele perguntou em um tom doce.*

— *Caí.* — *Apertei meus lábios, lágrimas brotando de meus olhos.*

— *Vamos limpar isso. Vou fazer com que se sinta melhor. Mas antes de fazermos isso, você pode sorrir para mim?*

Balancei a cabeça fazendo beicinho, ainda erguendo meu dedo indicador para lembrá-lo do que eu precisava.

Ele riu e escondeu seu sorriso.

CLAREZA

— *Você sabe por que eu te chamo de Raio de Sol?*

— *Não.* — Franzi a testa.

— *Quando você sorri, ilumina o ambiente.* — Ele estendeu os braços e depois os baixou para me abraçar. — *Você é como o sol, brilhando, aquecendo meu coração.*

Meus olhos se arregalaram de admiração.

— *Eu brilho como o sol?* — minha voz subiu um pouco de animação.

— *Sim, você bilha.* — Assentiu, segurando minha outra mão. — *Não consigo ver, mas posso sentir com certeza. Isto me faz feliz. Quando tenho um dia ruim, tudo que preciso fazer é olhar para o seu sorriso.*

Observei seus lábios se abrirem, olhando com espanto, enquanto ele terminava o resto de "You are my Sunshine", de Johnny Cash. Quando a música acabou, eu tinha me esquecido do meu corte. Eu tinha esquecido da dor.

Eu era o sol que lhe dava calor nos dias frios e isso era muito legal.

Essa música sempre me lembrará dele. Mas naquele dia significou mais para mim do que antes, sabendo que poderia ser a última vez que o ouvi cantá-la.

Depois de fechar os olhos, como se quisesse clarear a mente, ele os abriu.

— *Lamento não estar aqui para ver você se formar no ensino médio e na faculdade, e não estar aqui para te acompanhar até o altar.* — Lágrimas escorreram pelos cantos dos olhos. — *Lamento não conhecer o cara que um dia pensará em você como seu Raio de Sol.* — Meu pai acariciou minhas bochechas. — *Não importa aonde eu esteja, sempre cuidarei de você.*

Enquanto lágrimas descontroladas escorriam pelo meu rosto, suas palavras me envolveram em uma escuridão que eu nunca havia sentido antes. Eu arfei por ar. Queria dizer muitas coisas a ele. Queria me desculpar por ter ficado brava quando ele ficou doente, culpando-o por suas escolhas quando eu deveria ter aceitado e tentado passar mais tempo com ele. Só que pensei que teria mais tempo com meu pai. Não percebi que aquilo que mais temia aconteceria tão rápido.

— *Shhh...* — ele sussurrou, enxugando minhas lágrimas antes que elas caíssem. — *Isso não é um adeus. Verei você um dia, mas não tão cedo. Você tem apenas dezoito anos. E uma longa vida pela frente.*

Eu balancei a cabeça, choramingando.

— Eu te amo, Raio de Sol. Me procure em seu coração quando precisar de mim. Me mantenha lá até que possa me substituir por um cara que vai te amar tanto quanto eu. Por alguém que vai te amar por todas as suas bondades e seus defeitos. Alguém que fará você se sentir o centro do mundo dele. Alguém que vai te dar o seu melhor e tudo o que tem.

Passei meus braços em volta do peito do meu pai e o senti subir e descer. Eu era uma garotinha de novo enquanto ele acariciava meu cabelo. Enquanto nos abraçávamos com força e tudo ficava em silêncio. Eu não sabia quanto tempo ficamos assim; só sabia que queria que durasse para sempre.

— *Please don't take my sunshine away...* — Sua mão deslizou das minhas costas e seu peito parou.

Um barulho horrível saiu do monitor cardíaco.

Eu me endireitei.

— Pai? Pai. Pai! — Soltei um grito angustiante, meus braços sobre seu peito novamente.

Passos apressados e braços me arrancaram do seu lado enquanto eu chutava e gritava.

O calor da minha mãe e seu peito firme contra o meu me mantiveram imóvel, mas meu corpo tremia de choque e arrependimento. Eu deveria ter passado mais tempo com meu pai, em vez de ficar tão brava com ele. Era tarde demais. Ele se foi.

Como você se prepara para tal devastação ao ver alguém que ama morrer na sua frente? Como se prepara para o buraco deixado por seu corpo silenciado?

Eu não ouviria mais sua risada. Foram-se os sermões que eu muitas vezes odiava. Daria qualquer coisa para ouvi-lo dizer que eu era bagunceira, mesmo que fosse por mais um dia.

Não, não havia como se preparar. A dor e a tristeza te atingiam com tanta força, mesmo quando você sabia que estava acontecendo.

Levei minha mão ao coração e fiz uma promessa.

— Você sempre estará aqui, pai. — Meus lábios tremeram, incapazes de conter as lágrimas novamente. — Você sempre estará aqui.

CLAREZA

CAPÍTULO 1

ALEXANDRIA

Três meses depois...

— Não chore — Emma disse, enxugando as lágrimas. — Olha, você está me fazendo chorar.

Inclinando-me na lateral do carro dela, balancei a cabeça, mas depois bufei quando ela me fez uma cara idiota. Apertei os olhos, o sol ofuscando minha visão ao começar a se pôr, então fiquei do outro lado dela, perto do tronco.

Emma era uma ótima amiga. Ela me apoiou quando descobri sobre o câncer do meu pai e me manteve de pé depois que ele faleceu. Ela era a irmã que eu gostaria de ter. Eu gostaria que ela pudesse ir comigo para a faculdade.

— Isso não é um adeus. É um "vejo você mais tarde", ok? — Ela olhou por cima dos meus ombros para as pessoas que esperavam pelo mesmo ônibus e depois de volta para mim. — Seu pai está tão orgulhoso de você agora. Sua filhinha está indo para a faculdade. Aposto que ele está sorrindo para você.

Eu chorei quando ela mencionou meu pai. Cada vez que alguém o mencionava nas conversas, meu coração pegava fogo, chamuscado pela lembrança dele. Seu nome, sua comida favorita, nosso amor por cantar e tudo o que compartilhamos eram uma facada constante em meu coração.

A ideia de nunca mais vê-lo era puramente devastadora. A maioria das pessoas que eu conhecia só conseguia simpatizar porque nunca haviam sentido esse grau de perda. Não que eu não fosse grata por seus esforços. Elas simplesmente não entendiam.

Emma acariciou meu braço, mas as lágrimas continuaram escorrendo.

— Desculpe — funguei e enxuguei o suor da minha testa. — Eu disse a mim mesma que não iria chorar.

Depois de várias respirações profundas e suspiros curtos, enterrei as lágrimas no fundo do meu coração.

— Você não precisa se desculpar. — Emma colocou os braços em meus ombros, os olhos cheios de esperança. — É bom que você esteja saindo desta cidade. Deixe as memórias para trás e crie novas. Se eu pudesse, iria com você. Também não há problema em me ligar quando quiser falar sobre seu pai, ok? Você não precisa ser forte sozinha. Sabe que pode se apoiar em mim, mesmo que seja apenas por telefone.

Assenti com a cabeça porque as palavras me faltaram. A qualquer minuto eu iria gritar como uma louca na frente dela.

Emma balançou as sobrancelhas.

— Talvez você conheça alguém que vai te surpreender. E tente ser sociável e não uma nerd. Ser caloura na faculdade só acontece uma vez. Você deveria se enturmar.

Depois que Emma se formou no ensino médio, ela continuou a trabalhar em uma loja de roupas. Ela disse que o salário era bom e que se tornaria gerente em alguns meses, então decidiu seguir esse caminho. Quanto a mim, eu queria fazer faculdade, de preferência fora da cidade.

Já tinha me despedido de minha mãe e de meu padrasto antes de Emma me pegar para me levar à rodoviária. Minha mãe ofereceu, mas eu disse a ela que Emma me levaria.

Desde que se casou novamente, há cinco anos, nosso relacionamento não era o mesmo. Fiquei tão brava com ela por ter deixado meu pai e por não ter feito tudo o que podia para manter a família unida. Para mim, ela estava sendo egoísta. Mas o que eu sabia sobre a vida adulta?

Morar longe de casa e pagar a faculdade era caro. Usei o fundo da faculdade que meu pai economizou para mim e o resto viria dos empregos de meio período que ainda não consegui.

— O ônibus está quase chegando. — Emma abriu o porta-malas do carro.

Animação e tristeza tomaram conta de mim quando coloquei minha bolsa no ombro, tirei uma mala e uma pequena mochila da caminhonete e as coloquei no chão.

Minha liberdade, minha independência e minha nova vida me aguardavam. Embora estivesse morrendo de medo e com o coração partido, eu tinha que ir.

Dei a Emma um grande sorriso e um abraço forte.

— Vou mandar uma mensagem para você quando chegar lá.

— É melhor você manter contato e não se esquecer de mim. — Emma começou a chorar novamente.

CLAREZA

Como você se despede da sua melhor amiga desde o jardim de infância? Sendo filha única, ela era como uma irmã para mim. Conhecíamos os segredos mais profundos uma da outra — que não eram muitos, já que não éramos do tipo rebelde. A única coisa ruim que fizemos juntas foi sair escondidas de casa para ir a festas.

— Agora quem é que está chorando? — Meus lábios tremeram.

— Vou ficar com ciúmes da sua nova colega de quarto. Qual é o nome dela mesmo?

— Meu primo Jimmy me disse que o nome dela é Ellie. Bem, ele me mandou mensagem. Tive sorte de ter recebido uma mensagem, imagine um telefonema. Você sabe como ele é. De qualquer forma, ele também me disse para procurar Lexy.

— Não acredito que Jimmy tinha uma colega de quarto. Não que haja algo de errado nisso, mas pessoalmente prefiro morar com alguém do mesmo sexo. Mas é melhor você não gostar mais dela do que de mim.

— Eu nunca poderia. — Revirei os olhos de brincadeira. — Estou a apenas três horas de distância. Talvez você possa visitar.

Os olhos de Emma brilharam e ela bateu no porta-malas.

— Eu adoraria, mas não acho que esta lata velha conseguiria fazer a longa viagem. E não deixe Liam te visitar.

Mudei minha bolsa para o outro ombro.

— Ele não é tão ruim quanto você pensa.

Emma fez uma careta.

— Se ele se importasse, iria com você.

— Ele está ocupado e mora muito longe. Terei sorte se receber a visita dele.

— Se ele se importa o suficiente para tentar entrar na sua calcinha, deveria se importar o suficiente para levá-la até lá em vez de fazê-la pegar o ônibus. Seu pai não teria gostado dele. — Quando meus olhos se arregalaram de surpresa, ela continuou: — Sinto muito. Eu só quero o melhor para você e não acho que seja ele.

— Não dá para escolher por quem se apaixonar — justifiquei, mas queria dizer que não sabia se amava Liam. Era demais para pensar. Muita coisa para admitir além do meu coração já partido.

Liam e eu começamos a namorar vários meses antes de meu pai falecer. Ele nunca o conheceu. Eu queria esperar até que as coisas ficassem sérias entre nós, porque sabia que não importava quem eu levasse para casa, ele não seria bom o suficiente para o seu Raio de Sol.

Eu não queria ser o tipo de garota que precisava de um cara para cuidar dela, então pedir que Liam me ajudasse na mudança nunca passou pela minha cabeça. Além disso, ele já havia começado a faculdade e morava nos dormitórios. Eu não queria incomodá-lo. E também não queria ser como minha mãe; ela confiava no meu padrasto para tudo.

Com um suspiro pesado, Emma se virou ao ouvir o som do ônibus diminuindo a velocidade e se aproximando do meio-fio.

— Próxima parada: sua nova aventura.

Peguei minha mala e a mochila e fui para a parte de trás do ônibus, Emma me seguiu. Depois de entregar meus pertences ao motorista, enganchei meu braço no da minha amiga.

— Voltarei no Natal — falei, caminhando em direção à porta —, e mandarei mensagens para você sempre que puder. — Meu tom era cheio de promessa, mas nós duas sabíamos que a distância seria de matar. Eu já senti isso com Liam e esperava que fosse diferente entre Emma e eu.

— Vá antes que eu não deixe você ir — ela disse quando a porta se abriu.

Fazendo beicinho para ela, subi as escadas.

Emma bufou.

— Se você quiser algo de um cara, faça beicinho. Você tem um beicinho muito sexy.

Entreguei minha passagem ao motorista. O ar-condicionado esfriou minha pele e eu estremeci.

Sentei-me no banco da janela e olhei para o lado de fora enquanto colocava minha bolsa no colo. Emma ainda estava parada na porta, com lágrimas nos olhos, assim como os meus. Dei a ela um sorriso tranquilizador e acenei.

O ônibus ganhou vida e as rodas giraram. Emma encolheu cada vez mais até não passar de um pequeno borrão.

Virei-me para frente, mas mantive meu olhar fora da janela. Eu não conseguia acreditar que viveria sozinha e criaria minha própria aventura. Minha vida estava aberta como um livro, com páginas ainda em branco para serem escritas. Que legal!

Bem, pai, pensei comigo mesma, *estou realmente fazendo isso. Estou muito animada e nervosa, mas sei que você está comigo.*

Uma sensação de tranquilidade percorreu meu corpo, liberando a tensão que eu sentia desde que entrei no ônibus. Conversar com meu pai, mesmo ele não estando mais aqui, sempre me ajudou em tudo que enfrentei.

CAPÍTULO 2

ALEXANDRIA

Enquanto uma música animada tocava em meus ouvidos, balancei um pouco ao ritmo da melodia enquanto me dirigia ao meu destino. Carregando uma mala atrás de mim, uma pequena mochila na outra mão e uma bolsa em um ombro só, limpei o suor da testa e procurei pelo número 48 de Dartmouth Court. Rezei para que a festa não fosse no local onde eu ficaria.

O exterior era todo igual, com a mesma pintura bege. Um condomínio térreo, com os apartamentos lado a lado. Não era possível diferenciá-los, a não ser pelo número. Contanto que estivesse em condições habitáveis, eu não me importava.

As luzes da rua forneciam iluminação suficiente e os números cada vez mais altos indicavam que eu estava me aproximando. Encontrar um lugar para morar perto da faculdade não foi fácil. Para minha sorte, meu primo Jimmy se formou e me disse que eu poderia ficar no antigo quarto dele.

Móveis e eletrodomésticos básicos vinham junto com o apartamento e eu só tinha que me mudar, mas com uma condição. Tinha que morar com uma colega de quarto. Pelo que meu primo disse em sua mensagem, ela parecia uma pessoa muito legal. Não é nada demais. Eu poderia lidar com uma colega de quarto.

Hoje não era meu dia de sorte. A música vinha do apartamento 48. *Ótimo!*

Na frente da porta, dois caras e uma garota estavam de costas para mim. Quando o primeiro cara se virou, meu coração disparou e nossos olhos se encontraram. Com cabelo castanho-escuro e lindos olhos penetrantes que brilhavam sob a luz, ele era atraente; tinha um corpo bonito e tonificado sob a regata cinza.

Eu não sabia o que fazer quando seu olhar se tornou intenso. Perdi as palavras e esperei por qualquer tipo de cumprimento. Seu olhar me varreu da cabeça aos pés, e então ele se virou. Talvez não tenha gostado do que viu, mas não me importei.

— Olha só — disse o segundo cara de cabelo loiro, quebrando meu transe. — Olá, gatinha. Como posso ajudá-la? — suas palavras saíram muito divertidas.

— Eu… uhm. Este é o número 48 de Dartmouth Court? — Torci uma mecha do meu cabelo em volta do dedo indicador e a deixei cair quando seus olhos se arregalaram de diversão.

— Com certeza é. — Seu olhar caiu para minha mala ao meu lado. — Você está aqui para a festa ou passar a noite?

— Eu sou prima do Jimmy. — Reajustei a mochila no ombro. — Sou Alexandria, mas ele me chama de Alex. Vou ficar no quarto dele.

— Você é *Alex*? — o loiro disse muito animado, rindo alto. — Achei que Alex fosse um cara. Que doideira! — O loiro cutucou o primeiro cara, mas ele não se preocupou em responder.

— Ai, meu Deus! — o tom da linda morena aumentou de euforia. — Eu deveria saber!

Sobrancelhas arqueadas emolduravam seus lindos olhos verdes e seus cachos suaves passavam pelos ombros. Ela usava shorts e uma blusa preta. Eu não a culpava. Eu me vestia de maneira semelhante. O calor escaldante daquele dia perdurou pela noite.

— Eu sou Lexy — ela disse, estendendo a mão para apertar a minha. — Jimmy é um bom amigo meu. Na verdade, um bom amigo de todos nós. — Ela gesticulou para os rapazes.

Devolvi o sorriso sincero, soltando a mão dela.

— Jimmy me disse para entrar em contato com você. Ele falou muito bem de você.

— Disso eu não sei. — O loiro riu. — A menos que você queira se divertir.

Lexy fez uma careta e deu um leve soco em seu braço. Ele riu e se afastou dela.

— Eu sou Seth. — Ele deu um tapinha no peito. — Se soubesse que você era Alex, teria dito a Jimmy para mandá-la me procurar. Tenho um quarto vago se você não gostar de seu colega de quarto. — Ele piscou.

Seth tinha aquele tipo de cara de bebê que faria você confiar nele facilmente. As feições que você poderia gostar, porque ele tinha um sorriso

CLAREZA

17

doce. Mas conhecendo-o há apenas alguns minutos, percebi que ele era um grande paquerador.

— Obrigada. — Minhas bochechas esquentaram. Eu não queria ser rude, mas não tinha certeza se deveria ter respondido ao seu flerte.

O cara de cabelo escuro não disse uma palavra. Ele não se apresentou e nem olhou para mim; apenas acendeu um cigarro e deu uma tragada. Só quando tossi por causa do cheiro horrível, o cara olhou para mim com um suspiro curto e irritado e depois me deu as costas.

Ótimo! Acabei de chegar e já conheci alguém que não gosta de mim.

— Deixe-me levá-la para o seu quarto. — Seth pegou minha mala.

— Vejo você lá dentro — Lexy disse. — Diga oi para *Ellie* por mim. — Ela soltou uma gargalhada enquanto acentuava o nome "Ellie".

Enquanto me perguntava se minha colega de quarto seria um amigo ou um pesadelo, segui Seth pela porta. Virei-me sob a soleira quando ouvi um resmungo baixo do fumante. Ele pareceu surpreso quando meus olhos encontraram os dele. Eu só esperava não ter que vê-lo por perto tão cedo.

Segui Seth através da multidão lá dentro, mas não pude deixar de vê-lo. Ele era maior que a maioria das pessoas na multidão, então mantive meus olhos nas pontas de seu cabelo loiro.

Adorei o layout do espaço aberto. Os convidados se misturavam, segurando copos plásticos vermelhos. Alguém estava atrás da mesa de jantar preparando bebidas. Vários casais se beijavam no sofá. Eles realmente precisavam ir para um quarto. Outros se aglomeravam ao redor do DJ perto da cozinha, sacudindo e esfregando seus corpos uns contra os outros ao som da música.

— Aqui está o seu quarto. — Seth abriu uma porta e deixou cair minha mala contra a parede.

— Ai, meu Deus! — gritei, cobrindo minha boca para não dizer mais nada. Um casal estava fazendo sexo.

Seth bateu a porta.

— Desculpe. Eu já volto.

Ele entrou e fechou a porta atrás de si. Xingamentos e gritos penetravam pela parede, mesmo com a música alta. Ele estava expulsando as duas pessoas nuas do meu quarto. Acho que vou comprar lençóis novos, ou melhor ainda, uma cama nova.

O casal estava se beijando e se tocando ao sair do meu quarto sem demonstrar qualquer sinal de constrangimento. Pelo menos vestiram as roupas.

— Vamos tentar de novo. — Seth fez um gesto para que eu entrasse primeiro. — Ellie manteve esta parte do apartamento bem limpa.

Eu não poderia dizer pelo seu tom se era uma pergunta ou um comentário. O quarto tinha uma cama, uma cômoda e uma escrivaninha. Fiquei mais do que feliz que o quarto estivesse em boas condições. As paredes brancas e limpas e o carpete atendiam aos meus padrões.

— Você dirigiu até aqui? — ele perguntou, parado perto da porta.

Coloquei a mochila ao lado da mala.

— Peguei o ônibus e vim andando o resto do caminho. Não era muito longe do ponto de ônibus.

— Você deveria ter ligado para um de nós. Jimmy te deu nossos números?

— Ele me deu o de Lexy, mas eu não queria incomodá-la.

— Me dê o seu telefone — exigiu, mas seu tom era educado.

Coloquei minha bolsa sobre a mesa e peguei meu telefone.

Seth digitou algo e me devolveu.

— Me ligue se precisar de alguma coisa. Jimmy e eu somos irmãos de fraternidade. Na verdade, ele é tipo meu irmão mais velho, então isso faz de você tipo minha irmã mais nova. — Ele deu um sorriso, uma forma de confirmar que eu ficaria bem.

— Obrigada, Seth. Eu agradeço.

— Quer ir lá conhecer meus amigos? Na verdade, só conheço alguns deles. — Ele riu. — Não tenho ideia de quem são o resto dessas pessoas. Se eu te apresentar como prima do Jimmy, eles não vão tentar dar em cima de você. E, por favor, não ande sozinha pelo campus à noite. Garotas bonitas como você são alvos fáceis.

Corei quando ele me chamou de bonita.

— Só me deixe tomar um banho primeiro. Estou toda pegajosa.

— Vou esperar por você na cozinha. E, a propósito, só há um banheiro, então certifique-se de trancar as portas dos dois lados.

— Vou me lembrar de fazer isso. — Antes que Seth pudesse sair da sala, perguntei: — Você sabe onde Ellie está?

— Ah. — Ele parecia um pouco nervoso ou divertido. Eu não sabia. — Tenho certeza de que Ellie está por aqui, em algum lugar. Não se preocupe. Você conhecerá Ellie em breve.

— Ok — foi tudo que pude dizer, mas me preocupei.

Por que ela não estaria em sua própria festa? Eu esperava que ela não gostasse de dar festas regularmente. Pelo que Jimmy me mandou na mensagem, ela parecia muito legal. Na verdade, eu estava ansiosa para conhecê-la. Rezei para que nos déssemos bem.

CLAREZA

CAPÍTULO 3

ALEXANDRIA

Depois de mandar uma mensagem para minha mãe, Emma e Liam informando que havia chegado em segurança, tomei um banho rápido. Nem me preocupei em secar o cabelo ou me maquiar. Eu não estava tentando impressionar ninguém. Vestindo outro short e a regata branca com lindos desenhos, fiquei de frente para a porta, revigorada e pronta.

Não querendo que mais ninguém viesse ver minhas coisas, enfiei meus pertences dentro do armário vazio. Quem sabia quem mais entraria aqui quando eu saísse do quarto? O nervosismo se instalou em mim. Respirei fundo enquanto me perguntava se me enturmaria. Era sempre difícil ser a nova pessoa.

Eu não queria que Seth me esperasse por muito tempo, então corri para fora da porta, certificando-me de fechá-la atrás de mim. O grave da música batia contra meu peito enquanto me dirigia para a cozinha. Um cara perto do sofá me perguntou se eu queria beber com ele. Eu me afastei. Ele estava bêbado e provavelmente querendo transar.

— Alex. Aqui. — Seth acenou com uma garrafa de cerveja perto da área de jantar, gritando por cima da música.

Acenei e me aproximei dele.

— Este é Dean. — Ele apontou para o cara parado ao seu lado.

Dean era mais baixo que Seth, com olhos castanhos calorosos. Ele deu um gole em um copo vermelho.

— Oi. — Sorri.

— Oi. — Dean apertou minha mão. — Você é a prima do Jimmy. Eu ouvi falar muito sobre você.

Jimmy estava falando sobre mim com seus amigos? E por quê?

— Cala a boca. — Seth riu. — Não faz nem um minuto que eu disse a ele quem você era. — Ele apontou o queixo em direção à cozinha. — Gostaria algo para beber?

— Posso tomar um pouco de água? — Olhei para as pessoas perto do DJ bebendo em copos vermelhos.

— Eu já volto — Seth falou.

Senti-me sozinha, mesmo com Dean ao meu lado, enquanto um silêncio constrangedor se estendia entre nós. Jimmy devia ser um festeiro, mas pelo menos tinha uma boa cabeça. Ele ingressou numa pós-graduação em Negócios da UC Berkeley. Isso me fez pensar sobre as pessoas ao meu redor.

O número de convidados bêbados me deixou em silêncio. Eu não queria julgar. No entanto, dei-lhes algum crédito por não se importarem. Às vezes eu desejava não me importar tanto com as coisas. Gostaria de ser um pouco mais aventureira e fazer algo que normalmente não faria, ser um pouco mais ousada.

— De onde você é? — Dean perguntou por cima da música alta.

— Sou de uma cidade pequena a cerca de três horas daqui.

— Então, você deixou um namorado para trás?

— Sim, mais ou menos. — Eu não sabia por que hesitei.

— Ah, uma dessas situações. — Ele tomou um gole de seu copo vermelho.

— O que você quer dizer com "uma dessas situações"? — Embora ele tenha me ofendido um pouco, eu esperava que meu tom não lhe desse essa impressão.

— Parecia que você não tinha certeza. Sabe, como se estivesse com alguém, mas não soubesse se ia durar.

Eu sorri em compreensão.

— Na verdade, é mais como se eu estivesse em um relacionamento com esse cara, mas não soubesse o que está acontecendo. Então, acho que você está certo.

Eu sou uma idiota.

E onde diabos estava Seth?

— Aqui está. — Seth me entregou uma garrafa de água. — Desculpe, tive que sair por um segundo.

Abri a tampa e bebi metade da garrafa. A água fria foi ótima descendo pela minha garganta, me refrescando no calor terrível. Com tantas pessoas no apartamento, o ar-condicionado pouco fez para resfriar o local.

— Quando suas festas geralmente terminam? — perguntei a Seth.

— Às vezes duram a noite toda. — Seth bebeu sua cerveja. — Mas vou mandar o pessoal embora em breve.

CLAREZA

— Não, está tudo bem. — Eu não queria que ele mudasse nada por minha causa. — Vou fechar a porta e apagar as luzes. Estou tão cansada que tenho certeza que vou adormecer. — *Pelo menos eu esperava.*

— Ei! Você tomou um banho e se trocou! — Lexy comentou.

Enquanto ela caminhava pela cozinha em minha direção, o fumante se pavoneou atrás dela. Meus olhos tinham vontade própria. Eu não queria olhar para ele, mas sua presença exigia atenção. A primeira vez que o vi, meu coração disparou, fora de controle. Eu culpei o calor, mas ele se comportou mal novamente quando o cara se aproximou.

Seus olhos encontraram os meus por mais tempo do que o necessário, mas se afastaram primeiro. Foi quando vi uma linda tatuagem de dragão preto em seu braço. O desenho requintado serpenteava em torno de seu bíceps bronzeado e tonificado. Isso o fez parecer perigoso. Minha curiosidade sobre ele aumentou. Uma parte de mim queria saber por que ele fez aquela tatuagem em particular, o que aquilo significava. A maioria das pessoas fazia tatuagens por motivos sentimentais, como para homenagear um ente querido. Outras simplesmente gostam da arte ou queriam passar uma mensagem.

Eu não queria que ele me pegasse olhando para sua tatuagem, então encarei Lexy. Enquanto tentava lembrar o que ela havia dito, ela me pegou olhando para ele, pois seus olhos já estavam em mim.

— Desculpe pela festa — ela disse. — Não sabíamos que você viria hoje.

— Tudo bem — falei. — Acho que houve um mal-entendido. Achei que Jimmy teria mandado uma mensagem para avisar quando eu viria.

— Sem problemas. — Ela bufou. — Jimmy não se comunica muito bem com ninguém.

Revirei os olhos.

— Sei muito bem. Mas, falando sério, não há necessidade de mandar o pessoal embora por minha causa. — Eu me senti péssima. Não queria ser conhecida como a garota que acabou com a festa. Antes que eles pudessem falar, perguntei: — Onde está Ellie?

— Ah. — Lexy curvou os lábios. — Você conhecerá Ellie em breve. Passarei por aqui amanhã antes do meio-dia, mas, se precisar de alguma coisa, não hesite em ligar.

Que estranho ela não estar em sua própria festa. Eu não queria parecer intrometida no meu primeiro dia aqui, então não fiz mais perguntas.

— Vejo você pela manhã. — Seth levantou sua garrafa.

— Foi um prazer te conhecer — Dean disse.

Sorri e depois me virei para o fumante, que não disse uma palavra. Talvez ele não conhecesse Jimmy. Mas sua proximidade acendeu um calor perigoso em minhas veias que eu não queria sentir, especialmente quando senti seus olhos em mim.

Talvez eu não conseguisse desviar o olhar por causa do lindo sorriso que ele oferecia aos amigos, ou pelo fato de parecer tão misterioso. Ou era o corpo deliciosamente tonificado que não se via na maioria dos caras? Seja qual for o motivo, a sensação se apoderou de mim, tornando-me muito consciente dele. Eu não gostei nada dessa sensação.

— Elijah. — Uma garota com cabelos ruivos empurrou seu corpo contra o dele, envolvendo os braços em seu peito; um peito que qualquer cara iria querer ter e qualquer garota iria querer tocar. — Onde você esteve? Eu estava te procurando — ela reclamou, com um tom estridente que eu não pude suportar.

— Heather, onde está meu abraço? — Seth fez beicinho com os braços estendidos.

Não querendo ver mais, fui para o meu quarto.

Elijah. Repeti seu nome em minha mente enquanto girava a maçaneta e fechava a porta atrás de mim. As paredes finas não fizeram nada para abafar o barulho. Eu teria que sofrer por esta noite.

Elijah... que nome fofo para um cara gostoso. Pena que ele não parecia tão legal. De qualquer forma, isso não importava. Não era como se eu estivesse remotamente interessada em sair com ele. Eu tinha Liam. Mas por que meu coração bateu forte contra o peito só de vê-lo?

Meu pai me disse para não julgar uma pessoa pela aparência e, às vezes, nem mesmo pelas primeiras impressões. Talvez Elijah me surpreendesse.

E onde diabos estava Ellie?

CAPÍTULO 4

ALEXANDRIA

Acordei na manhã seguinte me sentindo tonta e cansada. Depois de uma noite repleta de vozes murmuradas e música abafada da festa, senti como se não tivesse pregado o olho. Eu tinha me revirado na cama por horas antes de finalmente adormecer. Me perguntei quanto tempo durou a festa.

Uma brisa quente e suave soprava pela janela, acariciando meu rosto. Eu tinha aberto a janela ontem à noite para deixar entrar um pouco de ar. O calor tornou desnecessário um cobertor.

Lembrando do casal fazendo sexo na cama na noite passada, um cobertor e lençóis novos eram os primeiros itens na minha lista de compras. Planejei pedir a Lexy que me levasse a uma loja para comprar alguns itens essenciais.

Pensando em Ellie e imaginando como ela seria, arrastei-me pelo carpete até o banheiro com a toalha e os produtos de higiene pessoal que havia desempacotado na noite anterior. Assim que entrei, a outra porta do banheiro se abriu. Eu tinha esquecido das duas portas, mas o que me pegou de surpresa foi ver Elijah entrando. Eu congelei.

Nossos olhos se arregalaram, mas talvez os meus ainda mais. Ele parecia sexy pra caramba com o cabelo desgrenhado, shorts pretos e uma regata que estava puxando para baixo. Tive um vislumbre de pele e uma tatuagem no lado esquerdo do peito, as letras C-L-A-R, e o resto desapareceu sob a regata.

— Oi — ele murmurou.

Passando os dedos pelo cabelo, ele me deu um meio sorriso tímido enquanto se virava. Depois que ele saiu, fechou a porta atrás de si.

Eu tive um momento em que pensei "ai, meu Deus". Ele falou comigo de verdade. Imaginei que fosse o namorado de Ellie, já que passou a noite ali. Ele me tirou o fôlego e me fez sentir coisas que eu não queria sentir. Claro, Liam me dava um frio na barriga, mas isso era diferente. A atração física era diferente. Impertinentemente diferente. Uma grande parte de mim se sentia culpada por Liam e meu novo colega de quarto.

Ellie e Elijah provavelmente precisavam usar o banheiro, então tomei o banho mais curto do mundo e destranquei a lateral deles depois. Corri para fora da porta e fechei meu lado. Que inconveniente, especialmente porque presumi que Elijah passaria a noite com frequência. Eu não teria que pensar apenas na agenda de Ellie, mas também na de Elijah.

Ter um colega de quarto já era bastante difícil, mas adicionar uma terceira pessoa à questão, especialmente um cara, não era o que eu tinha planejado.

Minha mente voltou para a noite passada. Talvez ele tenha me lançado olhares estranhos porque percebeu que eu era a nova colega de quarto. Uma terceira pessoa que ele não queria, especialmente porque eles se acostumaram a viver juntos sem ninguém durante o verão. Era apenas uma suposição; entretanto, se fosse verdade, talvez ele não fosse um idiota, afinal.

Com uma toalha enrolada no corpo e o cabelo pingando água pelas costas, fui até a cômoda e tirei meu short e a regata rosa com renda na barra.

Depois que me vesti, saí pela porta e me deparei com uma bagunça — *uma loucura inacreditável*. As pessoas não se importavam em limpar suas próprias bagunças? Já estive em festas antes, mas nunca assim.

As almofadas do sofá estavam no chão. Bebidas derramadas e migalhas cobriam a mesa de centro, sem mencionar as óbvias manchas no carpete. Uma bagunça épica não era a situação de vida ideal que eu imaginava. Não foi um bom começo. Embora desapontada, eu precisava viver um dia de cada vez e fazer a situação funcionar. Eu não tinha escolha.

Fui até a cozinha e encontrei sacos de lixo no armário de baixo. Peguei latas e garrafas de cerveja e as coloquei dentro da sacola. Então peguei os guardanapos usados ao lado do sofá e joguei as almofadas no lugar certo.

Torcendo o nariz e julgando aqueles que deixaram a bagunça, virei bem quando a maçaneta da porta de Ellie girou. Finalmente, eu iria conhecê-la. A animação explodiu em mim, mas durou pouco. Um tipo diferente de alegria percorreu meu peito. Minha pulsação acelerou e o calor subiu pelo meu pescoço.

Engoli em seco de nervosismo.

— Elijah, certo? — Eu sabia o nome dele, mas não queria que ele pensasse que eu estava escutando quando Heather praticamente se jogou nele.

CLAREZA

— Sim. — Ele encontrou meu olhar, mas desviou, como se estivesse envergonhado.

Certamente, ele não era tímido. Havia algo diferente em sua atitude desta vez. Com as mãos dentro dos bolsos da calça, ele ficou me observando.

— O que você está fazendo? — perguntou.

Uau. Na verdade, ele falou uma frase completa. Mas estremeci com o som de sua voz profunda e gutural. Do tipo que imaginei ouvir de um cara gostoso.

Levantei o saco.

— Eu coleciono lixo. É um dos meus hobbies. — Não sei por que disse isso, mas quebrou o gelo.

Ele riu e eu ri com ele.

— Que fofa. — Suas sobrancelhas se contraíram em diversão. — Desculpe a confusão. Você não precisa limpar. Me deixe fazer isso.

Ele estendeu os braços para pegar o saco, mas eu me afastei. Notei sua tatuagem novamente.

— Está tudo bem — garanti. — Estou apenas esperando Lexy passar por aqui. Eu realmente não tenho muito o que fazer. — Tinha que desempacotar o resto dos meus pertences, mas não havia muita coisa.

Elijah foi até a cozinha, voltando com um saco de lixo, e pegou copos vermelhos espalhados pela mesa de centro e de jantar. Virei-me para a porta de Ellie quando ouvi a descarga, um sinal claro de que ela havia acordado. Enquanto me perguntava quando a garota apareceria, perguntei em vez de esperar.

— Você acha que Ellie sairá em breve?

Elijah jogou o último copo vermelho no saco de lixo e olhou para mim. Arrumando o cabelo para trás, ele parecia confuso.

— Sobre isso... o que Jimmy lhe contou sobre Ellie?

O calor percorreu meu corpo devido ao aborrecimento.

— Ele disse que Ellie é muito legal e achou que nos daríamos bem. Ele me mandou uma mensagem informando a data em que eu poderia me mudar. Jimmy está sempre ocupado então eu não queria incomodá-lo. Na verdade, ele nunca atende o telefone, mas suas mensagens eram bastante claras.

Elijah franziu a testa.

— É isso? — Ele parecia bravo. — Isso foi tudo que ele te contou? Vocês dois não discutiram os pequenos detalhes?

Cruzei os braços e mantive minha postura cautelosa. Por que ele se importava por não termos conversado sobre detalhes? Que pequenos detalhes?

Soltei um longo suspiro.

— Por que você está chateado? Este não é o seu apartamento. Eu meio que entendo você estar aqui porque Ellie é sua… namorada? — Meu tom terminou com uma pergunta e a palavra "namorada" saiu hesitante.

Elijah riu alto.

— Ellie não é minha namorada. Ter namorada não é minha praia.

— Ah — foi tudo o que pude dizer naquele momento. Eles estavam apenas transando ou talvez fosse um caso de uma noite.

— Olha — seu tom era suave e baixo —, depois que eu contar quem é Ellie, você não precisa morar aqui se não quiser. Posso ajudá-la a encontrar outro lugar.

— Ok. — Estreitei os olhos em confusão.

Sentei no sofá enquanto Elijah permaneceu parado na porta.

— Jimmy e eu não somos apenas colegas de quarto, somos irmãos de fraternidade — começou. — Ele quis que eu participasse. Eu tentei, mas não era para mim, então saí. Por esse curto período de tempo, Seth e eu tivemos Jimmy como um irmão mais velho. Uma das coisas que faziam na fraternidade era nos chamar por nomes de garotas. Você entendeu? — Quando não respondi, ele continuou: — Ellie é um cara, não uma garota.

Então me dei conta. Eu tenho um colega de quarto e ver Elijah sair do quarto de Ellie meio nu só significava que…

— Então você está tentando me dizer que é gay? — Encolhi os ombros timidamente, rezando para estar certa.

Os olhos de Elijah praticamente saltaram para as órbitas enquanto ele lentamente arrastava a mão pelo rosto em frustração.

— Alex, eu não sou gay. Estou longe de ser gay. Eu amo mulheres. Eu faço sexo com elas… muito sexo.

Puta merda! Ele realmente acabou de dizer isso? Corando, baixei os olhos para os dedos entrelaçados. Eu não conseguia olhar para ele, não queria que visse o quanto eu estava envergonhada. Ninguém nunca me confessou que fazia muito sexo com mulheres e que adorava.

— Alex — Elijah chamou suavemente com um tom suave e sedutor. Pelo menos foi assim que soou em meus ouvidos.

Eu recuei e bati no encosto do sofá quando seu rosto encontrou o meu. Com os joelhos dobrados, suas mãos amassaram a almofada do sofá em cada lado das minhas coxas. Meu coração acelerou quando meus olhos delinearam seus bíceps musculosos, subindo pelos ombros, sua barba escura e então… meus olhos se fixaram nos dele.

Seus penetrantes olhos castanhos me sugaram para seu transe. Eu queria traçar suas sobrancelhas grossas com as pontas dos dedos, até a base perfeita de seu nariz, ao redor de suas maçãs do rosto salientes e através de seus lábios macios e beijáveis.

Engoli em seco, nervosa, sentindo pequenos tremores percorrerem cada parte de mim.

Juro que senti como se estivesse encolhendo, dissolvendo-me no sofá, fundindo-me com o cheiro dele. Embora eu esperasse que ele tivesse cheiro de cigarro de perto, Elijah realmente cheirava bem. Meio mentolado.

Enquanto me mantinha prisioneira, eu sabia naquele momento que ele seria minha fantasia. Aquele com quem eu sonharia na cama. O bad boy com tatuagens e atitude arrogante, o destruidor de corações. Se ele dirigisse uma moto e usasse uma jaqueta de couro, seria o pacote completo.

— Sim — acho que respondi.

Ainda olhando nos meus olhos, ele disse:

— Eu. Sou. Ellie.

— Ellie — eu repeti, absorvendo suas palavras. — Uhm... oi, Ellie — foi tudo que consegui pensar em dizer.

Ellie acabou sendo *ele* e não *ela*. Finalmente descobri o que ele estava tentando me dizer. Por que simplesmente não disse isso para começo de conversa? E quem estava no quarto dele? Então o choque passou e me atingiu com força.

Ai, meu Deus! Eu tinha um cara gostoso como colega de quarto.

Isso era ruim.

MUITO RUIM!

CAPÍTULO 5

ELIJAH

Alex não parecia chocada. Na verdade, ela não mostrou muita expressão. A maneira como disse "*oi, Ellie*" foi muito sexy, embora parecesse mais um robô.

Afinal, ela poderia ser uma boa colega de quarto, exceto por sentimentos indesejados — atração puramente física. Ela era gostosa! Tive que descartar isso, principalmente porque ser prima de Jimmy a colocava fora dos limites. Sem mencionar que agora ela era minha colega de quarto.

Se estivéssemos saindo, eu teria passado as mãos pelo seu longo cabelo loiro e a puxado para um beijo. Mas primeiro, eu teria beijado aquelas sardas no seu nariz. De perto, elas se destacavam mais. E seus lindos olhos azuis me sugaram, fazendo-me sentir como se estivesse olhando para o céu.

Para completar, ela estava tão adorável em seu short e blusa rosa que se agarrava a cada uma de suas curvas. Sua pele levemente bronzeada parecia sedosa e suave ao toque. Imaginei tocar cada centímetro de seu corpo. Se ela continuasse a se vestir assim, seria uma grande distração.

Alex apertou os lábios, aparentemente desconfortável com a minha proximidade. Eu deveria me levantar, mas adorei seu perfume inebriante: lavanda e mel. Se eu ficasse lá por mais tempo, faria algo realmente estúpido, como beijá-la. Teria sido um ótimo pedido para tomar um tapa na cara em forma de apresentação.

Endireitei-me e joguei latas de refrigerante vazias no saco de lixo. Alex pegou seu saco e fez o mesmo. Eu não queria a ajuda dela. Afinal, ela nem estava na festa, embora eu desejasse que tivesse ficado um pouco mais. O gesto mostrou claramente que ela tinha um bom coração.

Eu me senti horrível por tê-la visto nossa casa em péssimas condições, mas não foi minha culpa. Eu não tinha ideia de que ela chegaria ontem à noite. Na verdade, eu não tinha ideia de que Alex era uma garota. Eu precisava ter uma conversa séria com Jimmy. Duvido que ele quisesse que sua prima de aparência angelical dormisse sob o mesmo teto com alguém como eu.

Uma parte de mim queria recebê-la de braços abertos, mas a outra não.

Quando eu trouxesse alguém para casa comigo, ela me julgaria. Por que eu me importava com o que ela pensava? Éramos apenas colegas de quarto.

— Alex — chamei.

— Sim? — Enfiando a última garrafa no saco de lixo, ela olhou para mim.

— Por favor, não me chame de Ellie. Me chame de Elijah. — Tentei parecer sério, mas gentil.

— Claro, Ellie. — Ela ofereceu um olhar desafiador e um sorriso fofo.

Gostei desse seu lado humorado. Tentei manter meu olhar duro, mas perdi tudo quando seus olhos se arregalaram com um pedido de desculpas. Meu coração suavizou. Eu queria despreocupá-la, então dei a ela um sorriso travesso e muito brincalhão.

O momento de flerte me deixou nervoso e precisei de um cigarro. Lembrei que Alex não gostava do cheiro. Eu deveria fumar lá fora. *Merda!* Outra coisa que eu não estava acostumado. Odiava essa parte de dividir a casa com alguém novo. Jimmy e eu fumávamos dentro de casa quando ficávamos com preguiça.

Eu estava prestes a sair para fumar quando ouvi uma batida na porta — três batidas constantes e duas curtas seguidas. *Seth*. Abri. Cego pela luz do sol, levantei as mãos.

— Bom dia, Ellie. Ela já sabe? — Seth passou por mim e parou na frente de Alex, que estava atrás de mim. — Uhm... oi — sua saudação soou um pouco estranha, provavelmente pensando que ele deveria ter mantido a boca fechada. Seus olhos observaram avidamente seu lindo rosto, e isso me incomodou.

— Oi, Seth. — Alex deu uma risadinha. — Acabei de descobrir.

— Você acordou cedo — Lexy me disse ao entrar. — Oi, Alex. Como você dormiu na noite passada?

— Ótimo. E obrigada por se oferecer para me levar às compras.

Acho que eu deveria ter oferecido, sendo colega de quarto dela e tudo, mas não estava pensando direito. Não que eu pudesse levá-la, já que meu meio de transporte não era propício para uma viagem de compras. Minha moto não tinha muito espaço para armazenamento.

— Sem problema. — Lexy foi para a cozinha. — Que nojo! Acho que vocês ainda não limparam a cozinha.

Seth apertou o nariz com os dedos e parou na porta que dava para a sala de jantar.

— Acabamos de acordar — eu disse. — Quero dizer, *eu* acabei de acordar. Você poderia ter ajudado ontem à noite.

Lexy zombou e ergueu uma sobrancelha.

— Você sabe que eu não limpo.

Lexy era atraente e uma amiga incrível, mas ela podia ser uma vadia total. Não era meu tipo, embora ela tenha tentado me beijar uma vez. Ela disfarçou como se estivesse bêbada, mas eu não era bobo. Eu amava demais a nossa amizade, então não iria deixá-la me ter por uma noite. Sem mencionar que ela e Jimmy namoraram, e irmãos da fraternidade não namoram as garotas ou irmãs um do outro. Ou primas.

— Alex já tomou café da manhã? — Lexy olhou para a pia e fez uma careta. — Eca… parece que alguém vomitou aqui e esqueceu de jogar água.

Seth voltou para a cozinha e abriu a geladeira.

Merda! Esqueci de encher. Alex devia estar com fome, mas eu não tinha muita coisa na geladeira nem na despensa.

Fiquei sob a soleira da cozinha e fiz uma careta.

— Eu não fui fazer compras e não sabia que você viria… — comecei a dizer, mas Alex levantou a mão.

— Por favor, não sinta que precisa cuidar de mim. Lexy ia me levar para fazer umas compras hoje de qualquer maneira. — Ela sorriu.

Droga, Alex me drogou apenas com seu sorriso. Ela tinha o sorriso mais lindo que já vi. Parecia um anjo e eu não conseguia desviar o olhar.

Seth tirou a caixa de leite da geladeira e examinou-a.

— Está vencido há semanas. Você não olha a data? Você nem bebe leite. Não me diga que era do Jimmy.

Lexy puxou o braço de Alex.

— Vamos, você deve estar morrendo de fome. Vou te levar para fazer compras.

— Espere. — Alex parou, fazendo Lexy recuar. — Preciso pegar minha bolsa. — Depois que voltou do quarto, ela parou na minha frente. — Elijah, acha que eu poderia ter minha própria chave? A menos que… — Ela pigarreou e olhou para as unhas. — A menos que você prefira que eu me mude. Sei que você pensou que eu era um cara, então vou entender.

— Aqui. — Enfiei a mão no bolso e tirei a chave reserva que planejava dar a ela se decidisse ficar.

Alex ofereceu o maior sorriso do mundo. Quando ela pegou a chave, as pontas dos dedos roçaram minha palma, enviando uma sensação de formigamento pelo meu braço e aquecendo meu corpo. O que ela fez comigo com um simples toque me tirou dos eixos.

Enquanto eu estava na porta da frente, Seth saiu da cozinha e me olhou de soslaio ao se sentar no sofá. Fiz algo de errado?

— Ei, Alex. Quando vamos conhecer seu namorado? — Seth perguntou, olhando para mim como se quisesse provar algo.

Lexy, parada ao meu lado, olhou entre mim e Seth, parecendo confusa.

— Acho que ele vem na próxima semana e estamos apenas saindo — Alex respondeu.

Claro que ela não estava disponível. Alguém como Alex seria arrebatada rapidamente. Ela sabia que "saindo" significava que o cara namorava outras pessoas enquanto a garota geralmente permanecia fiel? Imaginei o cara na minha cabeça — inteligente, musculoso, arrogante e, imaginando o pior, um idiota. Talvez eu só quisesse que ele fosse um.

— Você vai com elas? — perguntei a Seth. — E não coloque os pés na mesa de centro.

Seth abaixou os pés.

— Não. Só vim aqui para dar boas risadas, *Ellie*.

— Você é maravilhoso, *Sally*. — Eu sorri.

— Sally? — Alex riu enquanto ela mudava a alça da bolsa para o outro ombro.

— Cala a boca. — Seth jogou um travesseiro em mim antes de se virar para Alex. — Me chame de Seth, Alex.

— Tudo bem, Sally. Quero dizer, Seth.

Nós quatro rimos, mas meu riso parou quando minha atenção se voltou para a abertura da porta do meu quarto. Merda! Esqueci que Heather estava lá. Os olhos de Heather se arregalaram enquanto olhávamos para ela, que estava vestida com o short e a camiseta que usou na noite anterior.

Meus olhos se voltaram para Alex. Seu rosto empalideceu como a parede atrás de si. Ela estava me julgando, principalmente porque eu lhe disse que não tinha namorada.

Afastei o sentimento de culpa que tomava conta de mim e empurrei levemente Lexy e Alex para fora da porta.

Antes de fechar, Lexy olhou para mim e disse:

— Não gosto dela. Ela não é boa para você.

Eu sabia disso, mas ela era atraente e praticamente pulou em mim. Então, o que um cara deveria fazer? Afinal, Heather sabia que eu não namorava e o sentimento era mútuo.

CAPÍTULO 6

ALEXANDRIA

Lexy foi pegar um carrinho enquanto eu esperava por ela na entrada. A loja estava lotada com o público do fim de semana. Eu não me importava. Fiquei feliz por sair do calor quando entramos juntas na loja.

Tirei uma lista da bolsa e fiz uma anotação mental dos itens que precisava comprar, depois enfiei o papel no bolso.

Lexy se aproximou empurrando o carrinho.

— Você pode ficar na minha casa se as coisas ficarem estranhas.

— Estranhas? — perguntei, enquanto caminhávamos pelo corredor.

— Quero dizer, se houver muitas festas ou se muitas garotas acabarem na sua casa.

— Não se preocupe. — Caminhei ao lado dela pelo corredor de roupas. — Eu posso lidar com isso, mas obrigada. Se eu precisar de um lugar, te aviso.

Lexy conduziu o carrinho até um corredor.

— Elijah passou por momentos difíceis, mas ele tem um grande coração. — Ela olhou para outro corredor. — Você disse que precisava de roupa de cama, certo?

— Sim, roupa de cama. Que tipo de coisas, se você não se importa que eu pergunte?

Ela ignorou minha pergunta e apontou para a esquerda.

— Aqui estamos.

Segui pelo corredor. No meio do caminho, um conjunto de edredons lilás chamou minha atenção.

— O que você acha desse? — Peguei o conjunto e coloquei no carrinho.

— Amei a cor. — Lexy sorriu e colocou a mão no meu ombro. — Escute, eu não queria ignorar sua pergunta antes. É que Elijah é como um irmão para mim. Somos amigos desde... você sabia que Jimmy e eu namoramos?

Pisquei, surpresa.

— Não. Jimmy e eu raramente nos falávamos depois que ele foi para a faculdade.

— Nós saímos por alguns meses, mas concordamos em ser apenas amigos, especialmente porque eu gostava de outra pessoa, que ele não conhecia, mas de qualquer maneira... — Ela ignorou o assunto revirando os olhos e empurrou carrinho. — Então o que estou tentando dizer é que conheço Elijah muito bem. Nós quatro, Jimmy, Elijah, Seth e eu, nos tornamos tipo os quatro mosqueteiros.

— Por aqui. — Peguei o carrinho na parte de trás e fui em direção à seção de comida. Lembrando-me de que a geladeira estava vazia e precisava de meus próprios suprimentos, comida estava em segundo lugar na minha lista.

Lexy parou o carrinho em frente à seção de frutas.

Enquanto pegava as maçãs e as colocava dentro de um saco plástico, perguntei:

— Elijah está namorando a garota que saiu do quarto dele? Qual o nome dela? Heather? — Tentei não parecer muito interessada.

Lexy pousou a mão no meu braço.

— Alex, você deveria pensar em Elijah como algo fora dos limites.

— Ah, não. — Bufei e neguei com a cabeça. — Não me entenda mal. Ele é meu colega de quarto e quero saber com o que devo tomar cuidado. Já estou saindo com alguém e, para falar a verdade, não saio com caras que fumam. Tenho certeza de que ele é legal e tudo mais, e não quero parecer esnobe, mas... — Pensando em meu pai, parei.

Lexy riu e seus olhos verdes brilharam divertidos.

— Bem, isso não impede que outras garotas o desejem, mesmo que tenham namorados. Quando poderei conhecer esse cara que você está namorando? Quero detalhes. — Ela não esperou pela minha resposta. — Já que Jimmy não está aqui para desempenhar o papel de irmão mais velho, agora sou sua irmã mais velha.

Embora Lexy tenha sido legal desde que nos conhecemos, ela me reivindicar como irmã significava muito para mim. Eu não me senti tão sozinha.

— O nome dele é Liam — falei, enquanto nos dirigíamos para outro corredor. — Estamos saindo há seis meses. Eu e minha melhor amiga fugimos para uma festa uma noite e o conheci lá. — Encolhi os ombros e dei-lhe um sorriso inocente.

Lexy balançou a cabeça.

— Meus pais teriam surtado se soubessem das coisas que eu fiz. De qualquer forma, vá em frente.

— Liam é doce e... — Eu não sabia mais o que dizer. — Ele está quase se formando na faculdade, como você.

Colocar caixas de cereal no carrinho me lembrou que precisava comprar leite.

— Você tem um namorado? — Desviei a atenção de mim.

— Não, não quero nada sério agora. Quem sabe para onde irei depois da formatura?

— Eu sei o que você quer dizer. — Peguei ovos e iogurtes.

Liam queria fazer pós-graduação. Como isso afetaria nosso relacionamento? Eu me perguntava quão sério ele estava falando sobre nós. Eu não queria admitir, mas Emma estava certa. Liam poderia ter me levado de carro, mas, ao mesmo tempo, fiquei feliz por ele não ter visto a festa. Ele teria se importado?

— Você precisa de mais alguma coisa? — Lexy perguntou.

Tirei a lista do bolso e a guardei.

— Papel higiênico e toalhas de papel.

— Tenho certeza que Elijah tem isso em casa. — Lexy me lançou um olhar engraçado.

— Eu não quero usar as coisas dele.

O olhar de Lexy foi para o carrinho.

— Não me diga que você está comprando toda essa comida para você. Você quase não comeu nada no almoço. Se planeja dividir com Elijah, tenho certeza de que ele não terá problemas em dividir o papel higiênico.

Mordi meu lábio inferior.

— Eu não me importo de dividir. Simplesmente não sou boa em aceitar.

Lexy revirou os olhos de brincadeira.

— Ótimo. Você é uma dessas.

Ela girou o carrinho enquanto eu seguia ao seu lado até a caixa registradora.

— O que você quer dizer com "uma dessas"? — perguntei, preocupada. Eu a ofendi?

— A que se doa e que faz beicinho. Aposto que você consegue o que quiser quando faz beicinho com Liam.

— Emma sempre me disse que eu tinha um beicinho maravilhoso. — Eu ri.

35

Seth e Elijah não estavam por perto quando chegamos em casa. Eles limparam a cozinha.

Lexy me ajudou a levar as compras para dentro e guardamos tudo na geladeira e nos armários. Saímos novamente sob o calor terrível e trouxemos o resto das coisas para o meu quarto.

Lexy enxugou o suor da testa enquanto olhava para dentro da geladeira.

— Nunca vi tanta comida. Tipo, nunca. Mesmo quando Jimmy estava por perto. Elijah cozinhava para nós de vez em quando, mas ele é um cara. Eles comem fora o tempo todo.

— Acho que todos os caras são assim. — Dei de ombros. — Você está livre amanhã?

— Depende, que horas? — Lexy caminhou em direção à sala de estar. — Como as aulas começam na próxima segunda-feira, vou voltar ao trabalho. Eu trabalho no refeitório.

— É mesmo? — Isso despertou meu interesse, pois eu precisava de um emprego. — Você sabe se estão contratando? — Segui atrás dela com duas garrafas de água. — Quer uma?

— Obrigada. — Ela pegou da minha mão e sentou no sofá. — Eu poderia perguntar para você.

— Isso seria bom. — Nós duas bebemos água e coloquei a minha garrafa meio vazia na mesinha de centro.

Lexy se levantou e ligou o ar-condicionado.

— Está tão quente. Não se preocupe comigo, eu praticamente moro aqui. — Ela se sentou ao meu lado.

Eu não me importei nem um pouco. De acordo com tudo o que ela me contou, todos agiam como uma família.

— De qualquer forma, Lexy, quero agradecer por me ajudar e gostaria de fazer um jantar para você, Seth e Elijah também, amanhã, se você puder.

— De verdade? — Ela olhou para o seu relógio. — Ah, eu tenho que ir. Tenho uma orientação em meia hora para o trabalho. Fazemos isso todos os anos. Eles deveriam me dar uma folga. Estou fazendo isso há três anos já. De qualquer forma, eu adoraria uma refeição caseira. — Lexy parecia animada.

Depois de tirar as chaves do bolso, ela correu em direção à porta da frente. Ela enrijeceu quando a maçaneta da porta sacudiu e Elijah entrou, todo suado.

Sua regata grudava no peito, emoldurando seu abdômen tonificado, e sua tatuagem de dragão estava manchada de suor. A visão dele entrando todo quente e suado, o sol brilhando perfeitamente ao seu redor, como se Deus tivesse nos dado um presente, fez meu coração parar na garganta.

Lexy ficou boquiaberta com ele.

— Você foi à academia?

— O que acha? — Ele riu.

Mal sabia ele que Lexy perdeu a capacidade de falar e também de rebater suas palavras ao vê-lo.

— Venha aqui e me dê um abraço. — Quando ele estendeu a mão para ela, Lexy recuou.

— De jeito nenhum. Você está todo suado.

Elijah interrompeu a risada quando me viu.

— Oi — saudou, em tom monótono. Isso foi tudo o que disse enquanto entrava na cozinha.

— Eu tenho que ir, *Ellie*. — Lexy riu, no meio da porta.

A despedida abafada de Elijah veio de dentro da geladeira.

— A propósito, Alex vai preparar o jantar para nós três amanhã à noite. Vou avisar Seth. — Olhando por cima do ombro para mim, ela perguntou: — Que horas?

— Que tal às seis?

— Perfeito. Seth e eu traremos cerveja e, se tivermos tempo, pegaremos a sobremesa. Do que você gosta?

— Que tal sorvete? Qualquer tipo, menos baunilha, a não ser que vocês tragam alguns granulados ou calda de chocolate quente.

— Maldita garota, você parece Ellie. Te vejo amanhã. — Ela acenou e saiu.

A batida da porta da frente e a da geladeira fechando simultaneamente me assustou na sala silenciosa.

Elijah saiu da cozinha e franziu a testa enquanto eu enrijecia no sofá.

— Você comprou muita comida — seu tom aumentou e ele parecia irritado. — Tudo bem, mas você precisa reservar algum espaço para mim. Não que eu compre muito.

Olhei para minhas unhas. Eu não conseguia olhar para Elijah. O que

CLAREZA

37

ele disse foi tão estranho, como se eu fosse uma egoísta por ocupar todo o espaço. Nunca tive um colega de quarto antes, então como diabos eu poderia saber? Ele não mencionou nada sobre compartilhar espaço antes de eu sair.

— Desculpe. Eu sei que comprei muito, mas na verdade pensei que poderíamos dividir. Não espero que você me pague um centavo por isso. Lexy me disse que você sabe cozinhar, então pensei que, se houvesse mais comida na geladeira, você comeria mais refeições caseiras, em vez de comer fora com tanta frequência. Isso não é bom pra você.

Ai, meu Deus! Falei demais. Quando ficava nervosa, eu simplesmente falava meus pensamentos em voz alta.

O silêncio constrangedor me fez olhar para ele. Elijah inclinou a cabeça e estreitou os olhos para mim.

— Só porque Jimmy e eu somos bons amigos, você não precisa se sentir obrigada a cuidar de mim — decretou, com um tom frio. — Sou mais do que capaz de cuidar de mim mesmo e não preciso que ninguém me diga o que devo ou não comer.

Não pude acreditar na reação dele. Raiva e vergonha tomaram conta de mim. Eu sabia que ele não gostava de mim quando nos conhecemos, mas pensei que teria pelo menos a decência de ser legal comigo.

Meu coração se contorceu dolorosamente. Que ótimo começo. Não era o que eu tinha em mente quando pensei em ter uma colega de quarto, imaginando o quanto Ellie e eu nos divertiríamos juntos. Que irônico.

Elijah não se moveu, mas seu olhar mudou para a porta da frente, cerrando a mandíbula. Eu poderia tê-lo repreendido, mas isso teria piorado as coisas, então decidi morder a língua, embora uma grande parte de mim quisesse gritar com ele por ser um idiota. Mas, se eu tivesse dito alguma coisa, não poderia voltar atrás. Também não queria ser expulsa daqui. Eu tinha que me manter calma.

No começo, eu não estava brava com Jimmy por não deixar claro que na verdade Ellie era Elijah, mas ele iria ouvir muitas coisas agora. Através de mensagem de texto e chamadas.

Peguei a garrafa de água da mesinha de centro porque não tinha intenção de sair do quarto pelo resto do dia. Fui para lá e, em vez de bater a porta, fechei-a suavemente atrás de mim.

CAPÍTULO 7

ELIJAH

O que diabos eu acabei de dizer? Eu não conseguia acreditar nas palavras que saíram da minha boca. Praticamente gritei com Alex. Por quê? Por fazer algo muito doce. Andei pela cozinha pensando no que fazer.

Bato na porta dela e peço desculpas ou esqueço? De qualquer forma, eu me senti um merda, especialmente quando os olhos dela brilharam. Felizmente, não foram lágrimas.

Eu tinha que ficar me lembrando que ela não era Clara. Minha ex-namorada me manipulava para conseguir o que queria. Deveria haver regras contra namorar mulheres mais velhas. Achei que estava apaixonado, mas ela me controlou como se tivesse um chicote na mão. É claro que não percebi naquela época, mas meus amigos viram. Eles me avisaram muitas vezes, mas não escutei.

Seus avisos nem sequer me intimidaram, porque ela me tinha na palma da mão. Clara me dizia o que vestir, o que comer e até ameaçou terminar comigo se eu não parasse de fumar. Eu nunca parei por ela, mas ela pensou que sim. Quando finalmente percebi o quão ridiculamente possessiva Clara era, estávamos juntos há mais de um ano.

Jimmy, Seth e especialmente Lexy a odiavam. Eu deveria ter percebido o motivo, mas fui tão arrastado para aquela realidade que não consegui sair. Jurei não namorar mais no dia em que terminei com ela. Não tinha nenhum problema em dormir com uma garota, desde que ela soubesse que eu não namoraria com ela depois.

Falando em ser arrastado, eu havia me enfiado em um buraco e não sabia como sair. Fui até o quarto de Alex e levantei a mão para bater na porta, mas escutei vozes murmurando.

Ela não estaria falando sozinha, então talvez tivesse ligado para o namorado para vir buscá-la. Ela assoou o nariz. Eu esperava que Alex não estivesse chorando. Imaginei-a toda chorosa e isso me fez sentir um lixo.

Supondo que ela não sairia do quarto se eu ficasse aqui, decidi ir para o refeitório do campus. Depois que peguei minha carteira, bati a porta da frente para que ela soubesse que eu tinha ido embora.

ALEXANDRIA

Eu tinha acabado de me jogar na cama e deixar uma mensagem para Jimmy me ligar quando a porta da frente bateu. *Elijah precisava bater a porta com tanta força?* Isso aumentou ainda mais minha raiva, então mandei uma mensagem para Jimmy novamente.

> Eu: Você não me disse que Ellie era um cara! Ligue para mim!!!

Quem sabia quando eu receberia uma resposta dele, então liguei para Emma e depois para minha mãe, uma ligação muito atrasada.

— Alexandria! — minha mãe repreendeu. — Você deveria ter me ligado assim que chegou aí.

— Desculpe, mãe. — Eu me senti péssima por deixá-la preocupada, mas também ela poderia ter me ligado.

— Como você está? Como é a sua colega de quarto?

— Ótima — menti. — Ellie é muito legal.

Tive que mentir e encobrir o que Jimmy tinha feito. Minha mãe teria surtado e ligado imediatamente para a irmã.

— Estou tão feliz em ouvir isso. William e eu tentaremos visitá-la quando ele tiver uma folga. Ele tem estado muito ocupado na empresa.

Não acreditei nela. Eu poderia dizer com certeza que William e minha mãe nunca me visitariam.

— Como estão suas aulas? — ela perguntou.

Sim, me perguntar sobre as aulas quando eu disse a ela que estava indo para o campus antes do início das aulas provou que ela não tinha ouvido. Ela definitivamente não viria tão cedo. Depois que se casou outra vez, às vezes parecia que eu não tinha mãe.

— Está tudo ótimo — tentei parecer alegre. — De qualquer forma, é melhor eu desligar.

Eu me senti mal pela mentirinha quando eu poderia ter lembrado a ela que as aulas começariam na próxima semana.

— Me ligue logo, Rio de Sol. — Suas palavras machucaram meu coração. Foi intencional?

Minha mãe nunca tinha me chamado por esse apelido antes, apenas meu pai. O que deu nela para me chamar assim? Abriu uma ferida que eu estava tentando fechar. Estar chateada também não ajudou a situação, e lágrimas escorreram pelo meu rosto.

— Falo com você mais tarde, mãe.

Desliguei o telefone antes que ela tivesse chance de responder. Eu não queria que ela soubesse que eu estava chorando.

Sentindo muita falta do meu pai, abracei o travesseiro e deixei as lágrimas caírem. Já havia sentido a perda do significado de "lar" quando meu pai faleceu, mas senti ainda mais hoje. Eu não queria ter pena de mim mesma, mas me sentia completamente sozinha. Já fazia um tempo que não ouvia alguém me chamar de "Raio de Sol" e já fazia um tempo que não chorava tanto.

CLAREZA

CAPÍTULO 8

ALEXANDRIA

Acordei com cheiro de ovos e presunto. A ideia de Elijah preparar o café da manhã colocou um sorriso em meu rosto. Eu deveria estar chateada com ele pela forma como agiu ontem, mas meu coração se suavizou. Conversar com meu pai ontem à noite, como se ele estivesse comigo, me ajudou a dissipar a raiva. Sempre tinha esse efeito sobre mim.

Depois de tomar banho, me trocar e parecer apresentável, saí do quarto e fui para a cozinha. Parei perto da geladeira.

— Você acordou. Bem na hora — Elijah disse com um tom alegre e virou um ovo na frigideira. — Espero que você não se importe, mas pensei em preparar um café da manhã para nós.

Quase desmaiei. Que reviravolta em relação à noite anterior. Se esta era a sua maneira de se desculpar, então aceitaria de bom grado. De qualquer forma, as ações falavam mais alto que as palavras.

— Obrigada. — Sorri. Como ele fingiu que estávamos bem, decidi fazer o mesmo.

— Vou presumir que você gosta de ovos e presunto, já que foi você quem comprou. Também lavei alguns mirtilos. — Ele levou alguns pratos para a mesa e voltou.

— Posso comer qualquer coisa, já que não jantei ontem à noite. — Depois que minhas palavras saíram, eu me irritei. — Quero dizer... já que não estava com fome ontem à noite. Eu estava tão cansada que simplesmente dormi.

Ai, meu Deus! Divaguei novamente. Eu não queria que ele pensasse que não comi por causa da nossa discussão. Perder o apetite era apenas porque eu sentia falta do meu pai.

Minhas palavras não pareciam tê-lo perturbado, já que não disse nada.

Em vez de me sentar, abri a geladeira e tirei uma caixa de suco. Quando fechei a porta, dei de cara com Elijah.

— Desculpe. — Dei um passo para a esquerda, mas ele se moveu para a direita e ficamos frente a frente novamente.

— Opa. — Elijah riu. — Parece que precisamos de uma cozinha maior.

Dei um passo para a direita enquanto ele se movia para a esquerda e colidimos novamente. Eu ri. Éramos uma dupla descoordenada dançando tango.

Elijah colocou as mãos em meus ombros, me prendendo no lugar. Eu não conseguia parar de olhar para seus longos cílios e seus lindos olhos penetrantes. Mudei meu foco para seus músculos flexionados e a tatuagem do dragão. Quando ele me girou para a direita, eu me recuperei. Finalmente acertamos o passo.

Depois de servir dois copos de suco, levei-os para a mesa.

— Acho que precisamos conversar sobre algumas coisas. — Ele se sentou à minha frente e me entregou um garfo. — Acho que cada um de nós deveria avisar o outro quando convidarmos alguém. Como seu namorado, por exemplo.

— Ele não é oficialmente meu namorado. Estamos apenas saindo, ou nos vendo, ou como você quiser chamar.

— Ok, com quem você sai então. — Ele deu uma mordida em seus ovos mexidos. — Se eu decidir trazer alguém pra cá, avisarei você com antecedência para que decida se quer sair um pouco ou ficar no seu quarto.

Engoli os mirtilos para poder repetir o que ele disse e eliminar qualquer mal-entendido.

— Então, se eu quiser que Liam venha, devo te avisar. Tudo bem se ele passar a noite aqui, já que terá que dirigir várias horas para me ver?

— Você não precisa pedir minha permissão, Alex. Eu não quis dizer isso. — Ele tomou um gole de sua bebida.

Assenti com a cabeça e peguei alguns mirtilos do prato.

— Então, estou avisando agora que Liam virá neste sábado e passará a noite.

Elijah piscou, como se precisasse registrar o que eu tinha dito.

— Claro. De qualquer forma, tenho planos e ficarei fora até tarde.

— Algo mais?

— Quando Jimmy e eu éramos colegas de quarto, lavávamos nossos próprios pratos e limpávamos tudo. Também deixamos nosso horário de aulas na geladeira, só para garantir. Também preciso do seu número de celular, já que não temos telefone fixo. Vou colocar um pequeno quadro magnético na geladeira. Podemos nos comunicar assim também. O aluguel vence no final do mês e eu te aviso quanto custam as contas, já que dividimos. Se você decidir se mudar, preciso de um aviso prévio de um mês, junto com o aluguel. Além disso, se você não sabia, há uma lavadora e secadora no quarto ao lado da porta da frente. Acho que é isso.

— Bastante fácil. E não se esqueça, vou fazer o jantar hoje à noite. — Enfiei um pouco de ovos e presunto na boca.

— Alex, você não precisa fazer o jantar só porque eu fiz o café da manhã.

Elijah entendeu errado. Ele não tinha ouvido Lexy dizer a ele ontem que eu estava fazendo o jantar, já que estava muito ocupado ficando com raiva de mim e com a cabeça enfiada na geladeira naquele momento.

Torci meus lábios para o canto.

— Na verdade, estou fazendo um jantar para Lexy para agradecê-la e por todos os favores que virão. Como não tenho carro, terei que pedir mais ajuda a ela. Tenho economizado, então espero comprar um em breve.

— Ah. — Elijah parecia confuso ou atordoado.

Depois que terminamos de conversar, agradeci pelo café da manhã, pedi licença para verificar meu telefone e voltei. Lexy me disse que me avisaria pela manhã se houvesse um emprego para mim, e havia. Sentindo-me exultante, disse a Elijah que iria limpar tudo, já que ele cozinhou. Ele não teve nenhum problema com isso, pois não gostava de lavar a louça.

ELIJAH

Eu não via Alex há alguns dias. Nossa agenda não combinava com ela acordando cedo e eu acordando e dormindo tarde. Depois do meu estágio na Secretaria Administrativa, malhei e fui para casa tomar banho. Nada de Alex.

Fiquei curioso para saber aonde ela foi, já que não tinha carro. Eu deveria ter dito a ela que poderia me pedir uma carona em vez de pedir à Lexy, mas não sabia como ela se sentiria em relação à minha moto.

Meu estômago se doeu com uma pontada de fome. Estava com vontade de comer um burrito, mas odeio as longas filas. Ajustei o boné de beisebol que usava para trás para esconder meu cabelo molhado e saí.

Atravessei a rua e caminhei até o refeitório do campus. Era meu dia de sorte, Lexy anotava os pedidos atrás do balcão.

— O que posso trazer para você, coisa gostosa? — Lexy deu uma risadinha.

— Que tal se embrulhar nua em uma tortilha com todos os ingredientes? — Dei uma piscada.

Lexy e eu estávamos tão confortáveis um com o outro que, mesmo quando eu flertava, ela encarava isso como uma piada.

— Um burrito Lexy especial saindo. — Lexy despejou frango e carne bovina, alface, tomate, abacate e tudo o que estava à sua frente em uma grande tortilha.

Vozes altas soaram perto da porta. Nolan e seus amigos entraram. Eu os desprezava. Eles tinham um jeito de fazer as cabeças girarem sendo rudes e barulhentos. Pelo menos eles se acomodaram em uma mesa e apenas um ficou na fila para pedir o almoço para os cinco. Ele deve ter sido o azarado que teve que pagar. Eu não queria passar minha hora de almoço com esses caras.

— Lexy, embrulhe o meu, por favor.

Lexy seguiu minha linha de visão.

— Claro. Sem problemas. Espero que esses idiotas não fiquem muito tempo. Não suporto eles.

Depois que ela deslizou minha bandeja para o caixa, abri minha carteira, preparando o dinheiro para pagar.

— São sete dólares. Você gostaria de algo para beber?

Espere um minuto… Eu conhecia aquela voz doce. Olhei para cima e vi o sorriso mais lindo e angelical. O sorriso do qual eu não conseguia me afastar temporariamente me levou a um lugar feliz. Alex estava ao lado de outra garota que a estava treinando.

— Olá, Elijah. — Alex acenou, exibindo aquele sorriso inocente novamente.

Acho que a garota ao lado dela disse "olá". Eu não tinha ideia de quem era, mas muitas garotas que eu não conhecia me cumprimentavam, então não era nada novo. Eu só olhava para Alex.

— Você trabalha aqui? — perguntei. — Quando começou?

— Dois dias atrás. Eu escrevi no quadro, mas acho que você não viu.

Isso respondia à minha pergunta sobre o paradeiro dela.

— Ah, sim. O quadro.

CLAREZA

Arqueei as sobrancelhas e balancei a cabeça em forma de desculpa. Eu era um idiota. Disse a ela a finalidade do quadro e havia esquecido.

— Desculpe por isso. Vou verificar diariamente. Já faz um tempo que não tenho colega de quarto.

— Tudo bem. — Ela encolheu os ombros, tímida. — Lexy conseguiu esse emprego para mim.

— Tenho certeza de que eles te contrataram por causa de quem você é.

Eu não tinha certeza se isso foi a coisa certa a dizer quando ela inclinou a cabeça para o lado, parecendo perplexa. Depois de pagar, decidi ficar por aqui e encontrei a mesa mais distante de Nolan. Trazendo meu boné para frente, inclinei-o mais para baixo, na esperança de ficar invisível para poder saborear meu burrito, mas não durou muito.

Alex andava pelas mesas com uma bandeja na mão. Ela usava shorts mais longos que o normal e uma camiseta apertada que se ajustava às curvas de seus seios. Ela recolheu das mesas os guardanapos usados que os preguiçosos não jogavam fora. Isso me lembrou quando ela me disse que coletava lixo. Eu bufei.

Pobre Alex. A parte da limpeza era uma das desvantagens de trabalhar no refeitório do campus. Eu a observei casualmente à distância e almocei. Não pensei muito nisso até que ela parou na frente da mesa de Nolan.

— Vocês terminaram com as bebidas? — Alex perguntou.

— Você deve ser nova — Nolan comentou. — Qual é o seu nome, gata?

O sorriso grande demais de Nolan me irritou. Eu queria apagar a expressão pervertida escrita em seu rosto.

— Alexandria — ela respondeu, sem um pingo de timidez. — Se isso for lixo, jogue fora. Obrigada.

Alex girou para ir embora, mas foi impedida pelo aperto repentino de Nolan em seu braço.

Fiquei de pé. Tive o desejo de proteger minha colega de quarto, que de alguma forma se tornou minha responsabilidade. Eu não queria outro confronto com Nolan, mas se ele fizesse alguma coisa para me irritar, eu quebraria um de seus ossos.

— Não vá embora, Alexandria. — Ele tirou a bandeja da mão dela, colocou-a sobre a mesa e puxou-a para seu peito.

Lexy cerrou os punhos, pronta para voar por cima do balcão. Sentei-me novamente para não fazer cena. Melhor a gerência repreendê-lo do que eu. Pelo menos ele iria ouvi-la.

— O que você quer? — Alex bufou. Eu não sabia se ela estava com medo. Nolan afrouxou o aperto.

— Que tal você e eu sairmos?

— Desculpe, mas sou comprometida. — Alex tirou suas mãos dela.

— Você sabe quem eu sou? Deixe-me começar de novo. Meu nome é Nolan Smith e estes são meus amigos.

Alex deu a eles seu sorriso angelical característico.

— É um prazer conhecer você e seus amigos, Nolan, mas preciso voltar ao trabalho.

Eu gostei de como ela agiu com calma, sem ser afetada por ele.

Nolan pigarreou.

— Sabe quantas garotas querem sair comigo? Não, deixe-me reformular isso. Sabe quantas garotas querem dormir comigo?

Alex ficou boquiaberta, provavelmente sem acreditar no que ouviu daquele bastardo arrogante.

— Legal, Nolan, mas, como eu disse antes, já sou comprometida.

— E eu não aceito não como resposta. — Ele sentou-se novamente na cadeira. — Por que você não me dá uma chance? Prometo que você vai deixar seu namorado depois que eu te mostrar o que está perdendo.

— E eu não digo sim depois de dizer não. Realmente não me importo com quem você é, mas não significa não. E, por favor, tire a mão da minha bunda. — Alex falava sério pelo som de sua voz e sua expressão facial. Suas bochechas estavam comprimidas e seus lábios se projetavam.

Alex tinha a melhor bunda que eu já tinha visto, e vê-la sendo apalpada por Nolan me encheu de raiva. Eu estava prestes a me aproximar, incapaz de ver as mãos dele sobre ela daquele jeito, mas o que Alex disse e fez em seguida me surpreendeu.

— Se você não parar de apertar minha bunda como se estivesse ordenhando uma vaca, vou ter que dar um banho em você.

Seu grupo de amigos riu e Nolan também achou engraçado até que Alex fez seu movimento. Ela pegou uma lata da bandeja e jogou refrigerante na cabeça dele.

— Opa, sinto muito. Eu sou desajeitada.

Eu tinha que dar crédito a ela por ser tão corajosa. Depois que Alex pegou a bandeja da mesa, voltou para sua estação de trabalho com um passo sexy e uma expressão de "não me importo com o que você pensa de mim". A boca de Lexy se abriu antes que ela caísse na gargalhada.

CLAREZA

Nolan se levantou como se tivesse levado uma mordida na bunda, a raiva fumegando em seu olhar aquecido e o líquido escorrendo por sua cabeça. A maior parte do refrigerante encharcou sua camiseta, mas um pouco se acumulou em torno de seus pés. Quando ele fechou os dedos em punhos cerrados, eu me levantei também, pronto para intervir. Cercado por estudantes, ele não ousaria bater nela, mas Nolan era imprevisível.

Felizmente, ele apenas rosnou e se enxugou com os guardanapos que seus amigos lhe deram.

— O que vocês estão olhando?! — gritou para os alunos nas mesas próximas e depois sentou-se novamente.

Todos se viraram. Lexy, por outro lado, sorriu atrás do balcão. Alex acabou de entrar na minha lista de melhores amigas. Depois de soltar uma gargalhada, joguei meu lixo fora, virei meu boné para trás novamente e fui em direção à mesa de Nolan.

— Acabou de sair do banho, Nolan? — Eu ri.

Nolan empurrou a cadeira para trás tão rápido que ela raspou o chão. Colocando seu rosto bem na frente do meu, ele cerrou os dentes.

— Espero poder competir com você na próxima vez. Vou quebrar seu recorde — Nolan rosnou.

— Sim, é o que todos dizem. Eu ainda sou o número um. E, da próxima vez que eu ver você colocar as mãos em Alex, quebrarei cada um dos seus dedos.

Foram necessários todos os quatro amigos para segurá-lo. Nolan xingou e puxou seu corpo para se soltar. Caminhei casualmente em direção à porta. Antes de sair, sabendo que Nolan me seguia com um olhar penetrante, mostrei meu dedo favorito. Eu tinha certeza de que Deus criou o dedo do meio mais longo de propósito, para idiotas como ele.

CAPÍTULO 9

ALEXANDRIA

Esfreguei meu rosto atrás do balcão do caixa. Não pude acreditar que joguei refrigerante naquele idiota. Eu estava tão nervosa e irritada por ele colocar a mão na minha bunda que não sabia mais o que fazer. Foi a primeira vez que fui assediada.

Quando Elijah se levantou, tive uma sensação de coragem. Saber que ele viria em meu socorro agitou meu coração. Ele parecia tão bonito de calça jeans, camiseta e boné de beisebol. Foi preciso um pouco de força de vontade para me concentrar no trabalho, embora eu estivesse apenas recolhendo o lixo.

Vi Elijah ir embora depois de pagar o burrito. Pensei que ele iria embora, já que disse a Lexy que queria que sua comida fosse embalada. O que o fez mudar de ideia? Quando ele confrontou Nolan cara a cara sobre algo, eu também fiquei me questionando.

— Não acredito que você jogou refrigerante em Nolan! — Tracy, a garota que estava me treinando, exclamou. Ela havia voltado das férias.

— Eu também. — Dei de ombros e chamei um cliente. — Dez e cinquenta — informei.

— E como você conhece Elijah? Você não é caloura?

De repente me senti envergonhada.

— É uma longa história, mas ele é meu colega de quarto.

Os olhos de Tracy se arregalaram e, ao mesmo tempo, sua boca praticamente caiu no chão.

— Sem chance. Você está brincando?

Eu não sabia o que pensar da reação dela. Por que eu mentiria sobre isso?

— O colega de quarto de Elijah era meu primo, e quando Jimmy foi embora, eu ocupei o quarto dele.

— Jimmy é seu primo? Por que você não me contou? Ele é um dos caras mais legais que conheci. Na verdade, fiquei triste ao vê-lo se formar. Mas como você dorme à noite sabendo que o cara mais gostoso do campus está nu no quarto ao lado?

Nunca tinha pensado nisso, mas, graças a ela, agora eu estava pensando.

— Eu durmo bem. — Dei de ombros e chamei outro cliente.

Depois do trabalho, Lexy e eu voltamos para meu apartamento. Ela se refrescou no meu banheiro e me perguntou se eu queria ir a um evento com ela.

Encostei-me no balcão, olhando para nossos reflexos.

— Obrigada por me convidar, mas eu nem tenho vassoura e nunca joguei hóquei com vassouras antes.

Lexy arrumou o cabelo com minha escova.

— É muito divertido. E é uma ótima maneira de conhecer caras. — Ela tirou um batom da bolsa e passou na boca. — Além disso, os garotos da fraternidade sempre trazem vassouras extras. — Ela estalou os lábios e enfiou tudo de volta na bolsa, depois olhou para mim através do reflexo em busca de uma resposta.

— Vou com você e assistirei primeiro. E você disse garotos de fraternidade?

— Isso mesmo. — Ela se dirigiu para a porta do meu quarto. — Mas não é um evento de fraternidade, então não se preocupe. Não seríamos convidadas se fosse. E você deveria ver Elijah. Ele é muito bom.

Aposto que sim. Ele cuidava de si mesmo, ao contrário da maioria dos caras que eu conhecia. Ele tinha o dobro do tamanho de Liam. Como as aulas ainda não haviam começado e eu não tinha nada melhor para fazer, resolvi ir.

Fui para minha cama e peguei minha bolsa.

— A propósito, Liam estará aqui amanhã. Se tudo der certo, talvez você consiga conhecê-lo.

— Parece um bom plano. — Lexy sorriu. — Alex, traga um suéter e você precisa calçar tênis.

— Por quê? — Olhei para meus chinelos.

— Não usamos patins. Usamos tênis.

A música tocou assim que Lexy abriu a porta de uma pista de patinação, e a mudança de temperatura de quente para frio me fez estremecer. Deslizando os braços pelas mangas do suéter, segui logo atrás dela até o grupo de rapazes perto da entrada do rinque.

Ter tantos olhos me observando me deixou desconfortável, especialmente porque eu não conhecia a maioria dos caras.

— Oi, Lexy, Alex. — Seth deu um abraço em cada uma de nós. — Pessoal, esta é Alex, e vocês já conhecem Lexy.

— Oi — eles disseram em uníssono.

Um grupo de caras cercou Lexy e eu, principalmente querendo apertar minha mão, já que eles já a conheciam. Reconheci Dean da festa.

— Alex, eu não sabia que você jogava hóquei com vassouras — Dean comentou.

— Na verdade, não jogo. Lexy me convenceu a vir. Eu só vou assistir. Não tenho vassoura. — Olhei ao redor em busca de Elijah, tentando não deixar isso óbvio.

— Temos vários tacos — Dean disse.

— Quer um longo ou curto? — um de seus amigos perguntou.

— Alex, posso te dar o meu. É longo, grosso e duro — Seth comentou, rindo.

— O seu não tem resistência — um de seus amigos bufou, e mais risadas ressoaram.

— O seu é o menor — Seth respondeu. — E o coitado tem sofrido demais nas suas mãos.

A gargalhada encheu o espaço, ainda mais alta desta vez. *Ah, Deus!* Lexy e eu nos entreolhamos e balançamos a cabeça, rindo. Por que caras têm mentes tão pervertidas?

E por que eles gostavam de comparar o tamanho do pau?

— Não toque em nenhum deles. Eles não são bons o suficiente para você. — O tom profundo e sexy exigia minha atenção, me fazendo sentir aqueles arrepios de culpa que eu não queria sentir.

Quando me virei, meu coração despencou e a temperatura fria aumentou em um calor escaldante. Elijah parou diante de mim e tudo ficou em silêncio.

— Vamos ver as suas habilidades. — Ele me entregou uma vassoura, seu sorriso me desafiando.

— Eu não sei jogar.

— Não há nada demais no jogo. Mande o disco para o gol.

Depois que Lexy e eu colocamos nossas bolsas em um armário, escolhemos equipes e fomos para o gelo. Lexy e eu estávamos em times opostos e, de alguma forma, acabei no de Elijah.

Me segurei no corrimão e lentamente caminhei pelo gelo liso. Não era tão escorregadio como se eu estivesse de patins, mas quase caí algumas vezes. Já fazia um tempo que não entrava no gelo, mas me acostumei rapidamente. Quase parecia que estava deslizando no ar, mas era fresco por baixo dos meus sapatos. Enquanto eu caminhava cuidadosamente pelo rinque em direção ao meu time, o vapor escapava da minha boca a cada respiração que eu dava.

Elijah me deu uma bandana vermelha para enrolar na vassoura, era a forma como distinguiam os times. Fiquei mais do que feliz com isso, especialmente porque não conhecia a maioria dos jogadores.

— Fique atrás de mim, Alex — Elijah instruiu. — Eles podem ficar bem loucos. Quem perder paga o aluguel da pista de gelo e, acredite, ninguém quer pagar.

Quando soou o apito para iniciar o jogo, todos ficaram agressivos de repente, com uma cara diferente. Os olhos ficaram ferozes e focados, e os lábios se contraíram em linhas finas e duras. Vencer era a única coisa que eles pensavam, e eles iriam atingir esse objetivo de uma forma ou de outra.

A vassoura não era mais um item doméstico. Tornou-se uma arma.

As cerdas da vassoura varreram o rinque. *Swish. Swish. Swish.*

Procurei Lexy. Pela maneira como ela se movia no gelo e manejava a vassoura como uma profissional, pude perceber que ela já havia jogado muitas vezes. Ela não era uma mulher que se destacava negativamente como eu. Fiquei para trás para observar, para identificar aqueles que temíamos.

Aconteceu num piscar de olhos quando o outro time roubou o disco de nós.

O disco passou para um dos membros do meu time, mas Seth o roubou para marcar. A equipe deles aplaudiu e cumprimentou uns aos outros, enquanto nossa equipe franziu a testa e praguejou. Então todos nos encontramos no centro.

Elijah se virou para mim.

— Alex, fique perto.

Eu não entendia por que ele sentia a necessidade de me proteger. Claro, era a minha primeira vez jogando, mas eu conseguia me virar. Não dei ouvidos a Elijah, é claro. Ele não sabia que eu também tinha um lado competitivo. Quando um oponente veio em minha direção, eu tinha algumas vantagens: ser mulher e ser menor. Posso nunca ter jogado antes, mas sabia o que precisava ser feito.

Fiquei para trás e analisei os mais agressivos dos quais poderia tirar vantagem — aqueles que seriam brandos comigo por causa do meu gênero. E escolhi minha primeira vítima.

Dean tentou passar por mim, mas perdeu a concentração quando lhe dei um sorriso sedutor. Abaixei, coloquei minha vassoura na posição perfeita e roubei o disco dele. Eu gostaria de ter emoldurado a expressão em seu rosto.

— Que porra é essa?! — ele disse em voz alta, parecendo perplexo.

Seus companheiros não pareciam felizes quando gritaram com ele.

— Foco no jogo.

— Dean levou uma surra da garota.

Pobre Dean! O time adversário veio até mim de uma só vez e eu gritei enquanto meus companheiros pediam para eu passar o disco para eles. Hesitei, mas, quando ouvi a voz de Elijah e o vi correndo em minha direção, passei o disco para ele com rapidez e força.

Com um golpe das cerdas de sua vassoura, ele parou o disco e saiu correndo. Movendo rapidamente a vassoura de um lado para o outro, seu corpo trabalhou duro, assim como sua bela bunda. Foi difícil não olhar. Flexionando os músculos, ele deslizou suavemente, como se estivesse unido ao gelo. Eu não conseguia tirar os olhos dele. Com um rápido giro lateral, esquivando-se graciosamente de uma vassoura que deveria fazê-lo tropeçar, ele mandou o disco no gol.

ELIJAH

— Gol! — gritei e cumprimentei meus companheiros de equipe. Sentindo a pressa e a excitação, procurei por Alex. Quando a encontrei perto de Dean, corri até ela e a girei. — Esse foi um passe perfeito para uma novata — eu disse sem fôlego, então beijei sua bochecha. Aquele beijo foi tão espontâneo que fiquei chocado.

Ah, inferno. Foi um beijo inocente. Tenho certeza que ela já teve caras beijando suas bochechas muitas vezes antes.

Quando a coloquei no chão, seu rosto ficou vermelho. Do frio ou... talvez do meu beijo?

— Isso foi incrível, Ellie. — Ela cutucou meu lado.

Antes que eu pudesse lembrá-la de não me chamar por esse nome, alguém gritou:

— Cuidado!

Eu estava muito ocupado prestando atenção em Alex e não percebi que o jogo havia começado novamente.

Um disco veio em nossa direção. Alguém tinha batido muito alto. Por instinto, agarrei Alex. Acho que ela também estava tentando me tirar do caminho. Nós dois nos puxamos, mas em direções opostas. Ambos perdemos a tração e eu caí em cima dela.

Na descida, consegui apoiar sua cabeça e dobrei os joelhos num esforço para não esmagá-la. Isso não foi bom para meus joelhos ou mãos. Como Alex não moveu um músculo, eu não sabia quanto do meu peso caiu sobre ela. Tudo o que senti foi a parte superior do meu corpo tocando a dela.

— Alex, você está bem? Eu te machuquei? — perguntei com respirações frenéticas.

Ela não respondeu. Em vez disso, aqueles olhos azuis angelicais me sugaram profundamente e me hipnotizaram. Quando seu olhar baixou para meus lábios, meu pau esticou contra a calça.

Respirações frias e pequenas escapavam de sua boca para a minha, e eu as engolia — cada respiração.

Seu corpo emaranhado em meus braços, sua respiração irregular. Seu peito subiu e desceu rapidamente, e o meu fez o mesmo. Eu queria pensar que causei sua respiração rápida. Naquele momento, perdi toda a noção de tempo, espaço e realidade.

Eu não sabia quanto tempo ficamos assim, mas quase perdi meu autocontrole quando meus lábios se dirigiram em direção aos dela como se eles tivessem vontade própria. Eu queria beijá-la.

Entramos em outro mundo e todos ao nosso redor desapareceram, mas então, uma parte da minha consciência me lembrou que ela estava fora dos limites. Meu Deus, eu realmente odiava aquela voz!

Graças a Deus Seth quebrou nossa conexão.

— Vocês estão bem? E você poderia parar de apalpá-la no gelo?

Eu fiz uma careta.

— Me dê uma ajuda aqui. Machuquei meus joelhos — falei em voz alta, para que a multidão ao nosso redor pudesse ouvir. Tive que inventar uma desculpa para explicar por que fiquei tanto tempo em cima dela quando poderia ter me levantado.

Seth me virou e Lexy ajudou Alex. Esparramado de costas, fiquei encharcado de frio. Nenhuma quantidade de gelo esfriaria o calor que queimava em minhas veias. Me inclinei para ficar de pé e esfreguei meus braços. A dormência desapareceu quando saí do rinque.

Eu não entendia o poder que Alex tinha sobre mim. E não gostei nem um pouco. Ela não apenas estava saindo com alguém, mas eu não queria ter um relacionamento.

Uma parte de mim sentia que não era bom o suficiente para ela. E outro grande obstáculo era que Alex era prima de Jimmy. Se eu estragasse tudo, seria muito estranho para a nossa amizade, para todos nós.

— Sinto muito, Elijah, você está bem? — Alex sentou-se ao meu lado no banco lateral.

Ela estava se desculpando por algo que não fez. Outra indicação de que tinha um coração bondoso.

— Estou bem. — Suspirei e estiquei as pernas. — Volte para o jogo. Nossa equipe precisa de você.

Eu não queria que ela se sentasse ao meu lado. Tinha dificuldade em me controlar com ela tão perto. De onde veio esse sentimento tão de repente?

— Devo pegar um pouco de gelo para você? — perguntou.

— Não, obrigado. Só preciso de um minuto.

— Eles estão fazendo uma pausa, então vou pegar um chocolate quente. Você quer um?

— Não, obrigado.

Fiquei orgulhoso de mim mesmo por não olhar para a bunda dela quando se afastou. Bom autocontrole, mas não durou muito. Quando Dean passou os braços em volta de Alex, como se ela pertencesse a ele, eu me levantei. O que foi ótimo para os meus joelhos machucados, só que não.

Me sentei novamente. Alguns dos outros caras também tentaram colocar as patas sujas nela.

— Você está melhor agora? — Seth riu, sentando ao meu lado.

O que foi tão engraçado? Eu dei a ele um olhar maligno.

— Da próxima vez, certifique-se de que estamos todos em nossas posições iniciais antes de continuarmos.

— Parece que você não se importou com sua posição.

— O quê? Ah, cala a boca. Eu machuquei meus joelhos.

— É o que você diz. Apenas lembre-se de que ela é sua colega de quarto e não um dos seus casos de uma noite.

— Não se preocupe. Ela está saindo com alguém.

As sobrancelhas de Seth se ergueram. Ele não acreditou em mim e eu não sabia o porquê. Eu não tinha feito nenhum movimento sobre ela.

Felizmente, Alex não ouviu nossa conversa. Ela ficou na fila com Lexy. Quando ela se virou, nossos olhos se encontraram, mas ela se voltou, abrindo um sorriso tímido.

Depois do nosso pequeno intervalo, voltamos ao jogo. Alex era um soldado. Ela se comportou muito bem. Eu gostei daquele pequeno foguete dentro dela. Poderia dizer que ela era uma competidora e enfrentava bem os desafios.

E ganhamos o jogo.

CAPÍTULO 10

ALEXANDRIA

Depois de ter uma breve conversa com minha mãe, liguei para Emma. Fazia apenas uma semana, mas só podíamos conversar à noite, já que ela trabalhava em tempo integral. Trocamos mensagens, mas também gostávamos de falar ao telefone. Ela teve um dia de folga e conseguimos marcar um horário. Eu mal podia esperar para ouvir sua voz.

Me joguei na cama e liguei para ela.

— Emma! — exclamei.

— É tão bom ouvir sua voz. Como está tudo por aí?

Encostei-me na parede.

— As aulas começam na segunda-feira, então estou um pouco nervosa, mas, fora isso, estou me divertindo com meus novos amigos.

— Eu estou tão feliz por você. Então, como vai com a colega de quarto? Ela é legal? Você não gosta mais dela do que de mim, não é? — Emma bufou.

Eu não tinha contado a ela sobre a verdadeira identidade de Ellie e decidi manter assim por enquanto.

— Claro que não. — Eu ri.

Emma me contou sobre o novo cara com quem estava saindo e disse que tentaria me visitar em breve. Depois que desliguei, lágrimas turvaram meus olhos. Quando pensava em Emma, pensava em casa e em meu pai.

Meu estômago roncou, então fui para a cozinha. Quando abri a geladeira, o espaço estava cheio de leite, ovos, maçãs, mirtilos e muito mais.

Olhei para o quadro magnético preso na geladeira e sorri.

> *Abasteci a geladeira, já que você comprou da última vez.*
> *— E.*

Elijah deve ter ido às compras esta manhã. Depois de tomar o café da manhã, lavei roupa, preparei minha mochila para meu primeiro dia de aula e liguei para Liam. Ele não tinha me mandado mensagem para me avisar que horas estaria aqui.

Nadica de nada.

Não contei a Emma, mas tinha planejado terminar com Liam antes de ir para a faculdade, mas ele me implorou para tentar manter o relacionamento à distância.

Como não tinha para onde ir e nada para fazer, sentei-me em minha mesa e li um livro para começar.

A música "You're The One That I Want", de *Grease*, tocou no meu celular. Acordei babando e meu rosto apoiado no livro aberto.

— Liam? — eu parecia grogue.

— Oi, gata. Você parece sonolenta. Acabou de acordar de uma soneca?

Vozes ao fundo indicavam que ele não estava sozinho.

Não respondi, mas perguntei:

— Quando você vem? Estive esperando por você o dia todo. — Olhei pela janela. O sol já havia se posto. Então olhei a hora no meu telefone e fiz uma careta.

— Fiquei amarrado, mas estarei aí em breve. Ouça, estou indo com alguns amigos e não vai ter espaço no carro para você. Acha que poderia me encontrar no Campus Karaoke? Reservei uma mesa às oito. Devo estar aí em algumas horas.

— Às oito? — Eu bufei. — Esperei por você o dia todo. Você sabe que não gosto de ir a essas coisas.

— Vamos lá, gata. Faça isso por mim. É o aniversário do meu amigo. Eu vou te compensar.

O que eu poderia dizer depois disso? Mordi a língua para não dizer coisas das quais me arrependeria.

Antes que eu pudesse perguntar se planejava passar a noite, ele desligou. Irritada, joguei o telefone na cama. Se eu soubesse que ele estava trazendo amigos, teria lhe dito para não vir e, em vez disso, teria saído com Lexy.

Eu não queria ser o tipo de garota que precisava que o cara fosse buscá-la, mas, ao mesmo tempo, me perguntava o quanto ele realmente sentia minha falta.

Elijah não voltou para casa o dia todo. Ele ia à academia diariamente, mas eu não sabia de mais nada. Não pude deixar de me perguntar se ele tinha um emprego ou para onde ia quando não estava em casa. Eu tinha que parar de ser uma colega de quarto intrometida.

Quando abri a porta do Campus Karaoke, a recepcionista me levou até os assentos reservados. Não era um ambiente isolado. Liam escolheu um restaurante com um palco no centro. Na minha cidade natal, meu pai e eu tínhamos uma sala privada para que ninguém pudesse nos ouvir cantar.

A maioria dos assentos estava vazia, mas depois de dez minutos as pessoas começaram a entrar, incluindo uma multidão que eu não esperava: Elijah, Seth, Lexy e alguns membros do time de hóquei com vassouras.

Afundei na cadeira, olhando para o meu telefone. Oito e meia. Liam estava trinta minutos atrasado. Ele iria ouvir poucas e boas.

Elijah e seus amigos foram para o lado oposto, porém mais cedo ou mais tarde eles iriam me notar. Não que fosse uma coisa ruim ser notada, mas tê-los me vendo sozinha faria Liam ficar mal. Quando me sentei, notei outra multidão de garotas entrando.

Heather e suas amigas foram em direção à mesa de Elijah. Senti uma pequena pontada de ciúme.

— Alex?

Me endireitei na cadeira.

— Lexy. — Eu me senti culpada por tentar evitá-la.

— Eu não sabia que você estava vindo para cá. — Ela se sentou e me deu um abraço de lado.

— Liam me disse para encontrá-lo aqui às oito.

— Por que ele não foi te buscar? — Ela arqueou as sobrancelhas em desaprovação e olhou para o relógio. — Ele está atrasado.

Minha língua escorregou e eu falei demais. Eu não queria fazer Liam ficar mal.

— É uma longa viagem e ele está trazendo uns amigos — expliquei, tentando fingir que não era grande coisa.

— Estamos sentados do outro lado se quiser se juntar a nós mais tarde. Eu estava passando para usar o banheiro e te vi sentada aqui.

Sorri e olhei para a porta da frente.

— Tenho certeza que ele estará aqui a qualquer minuto. Quando ele chegar, vou levá-lo para sua mesa.

— É bom mesmo. — Lexy sorriu e saiu.

Os cantores me mantiveram entretida no palco, acalmando a raiva que crescia em mim em relação a Liam por estar tão atrasado. Mais dez minutos se passaram e ainda nada dele. Mas aquelas garotas foram corajosas em cantar no palco na frente de todos aqueles estranhos.

Observá-las só trouxe tristeza ao meu coração. Meu pai e eu costumávamos cantar juntos com frequência. Ir ao karaokê era como passávamos o tempo juntos. Essas memórias vieram à tona e a adaga que já estava em meu coração perfurou mais fundo.

Risadas surgiram acima da música e, curiosa, saí da mesa e encostei-meà parede, esperando não ser notada. Uma das garotas serviu copos de cerveja e os distribuiu.

— Cante para nós, Elijah. — Heather colocou a mão em seu bíceps e depois deslizou sobre sua tatuagem de dragão. — Eu farei qualquer coisa que você pedir.

Lexy, sentada entre Seth e Dean, revirou os olhos e bebeu. Quando a mão de Heather deslizou mais abaixo no peito de Elijah, cheguei ao meu limite. Por que eu estava com tanto ciúme?

Claro, Elijah era bonito, mas eu não sairia com ele e nem me sentiria atraída por um cara como ele. Eu deveria voltar caso Liam chegasse. Estava prestes a me afastar quando Seth chamou meu nome.

Eu corei com vergonha.

— Alex, eu não sabia que você vinha. — Seth deixou cair o copo com um baque na mesa.

Não tendo escolha, saí do meu esconderijo e meu olhar traiçoeiro pousou em Elijah. Ele não me cumprimentou. Acho que seus lábios se curvaram um pouco, mas foi isso.

Talvez ele tenha ficado irritado ao ver sua colega de quarto. Talvez fosse por isso que eu não o via com tanta frequência ultimamente. Eu entendia. Ele teve o lugar só para ele por um tempo e agora precisava me ver quase todos os dias. Talvez eu precisasse encontrar outro apartamento, de preferência com *uma* colega de quarto.

— Na verdade, estou esperando por Liam. Ele estará aqui em breve — eu disse rapidamente antes que um deles me convidasse para ficar.

— Liam é seu namorado — Heather anunciou, parecendo muito feliz.

— Ele não é exatamente meu namorado. — Eu queria enfatizar isso para estourar sua bolha de maldade.

Mudei minha atenção para Lexy. Ela revirou os olhos novamente após o comentário de Heather e depois olhou para o relógio. Ela fez uma careta. Eu sabia o porquê. Liam estava quase uma hora atrasado.

— Bem — recomecei, tentando dar um sorriso para Lexy, mas ele não apareceu; eu era péssima em fingir —, eu deveria ir. Liam deve chegar a qualquer minuto.

— Legal — Seth disse. — Traga ele pra cá.

Os ombros de Elijah se contraíram e sua mandíbula cerrou.

Eu me afastei, soltando um longo suspiro.

ELIJAH

Ver Alex depois de tantos dias fez meu coração bater mais rápido. Não gostei nada dessa sensação, então tentei ignorá-la. Os outros caras ao meu redor não tinham esse problema. Eu me encolhi enquanto eles a despiam com os olhos.

Eu não poderia culpá-los. Ela usava um vestido curto e justo que mostrava suas pernas sensuais e um pouco de decote. E como alguém poderia resistir à sua voz doce e ao seu lindo sorriso que poderia fazer um cara fazer qualquer coisa por ela?

Se Alex tivesse pedido um copo d'água, meus amigos teriam pulado sobre a mesa, uns sobre os outros, só para serem os primeiros a entregá-lo a ela. Alex não tinha ideia do efeito que causava nos outros caras, e isso era a coisa mais fofa.

Não sei o que deu em mim. Eu não tinha planejado cantar, mas queria impressionar Alex, principalmente porque o cara com quem ela saía estaria aqui.

Todo mundo dizia "namorado", mas há uma grande diferença entre sair com alguém e ser um casal. Sair com alguém significava que ela estava disponível. Não que eu fosse dar em cima dela. Alex era prima de Jimmy, e isso significava que estava fora dos limites. Ninguém se atreveria a fazer nada contra ela.

Cutuquei Heather para se afastar e deslizei para fora da cabine.

— Uau, Elijah vai cantar! — as garotas gritaram, batendo palmas.

Pisquei e então uma rodada de assobios ressoou. Todos no ali podiam ouvir nosso grupo barulhento. Eu não me importei. Só queria que Alex me ouvisse.

Subi ao palco e peguei o microfone. Digitei os números no painel de controle para escolher a música e pigarreei. Eu tinha a música perfeita em mente, Mr. Big, "To Be With You". Quando a melodia explodiu nos alto--falantes, meus amigos soltaram assobios altos.

Meu coração batia forte no peito e eu queria sair do palco. Nunca fiquei nervoso, mas Alex me deixava assim. Então dei uma de arrogante. Desempenhar um papel me ajudou a acalmar meus nervos.

— Um brinde a todas as mulheres da casa — eu disse ao microfone.

Gritos explodiram novamente.

Cantei com todo o coração quando vi Alex de relance. Ela me observava da sombra escura do canto onde se escondia. Seus grandes olhos azuis celestiais brilhavam sob a luz quente acima dela. Alex avançou e, quando meu olhar se fixou no dela, passei a cantar para ela.

Um cara de camiseta cinza-escura se aproximou de sua mesa e ela se virou. Meu coração se contorceu de dor quando Liam beijou seus lábios. Ele a apresentou ao seu grupo de amigos, mas ela não pareceu interessada. Antes de desaparecer de vista, Alex olhou por cima do ombro e me deu um sorriso longo e de aprovação.

CAPÍTULO 11

ALEXANDRIA

Uau! Que voz. Elijah me surpreendeu. Sua voz vibrou por todos os nervos do meu corpo, deixando uma sensação de prazer e paz. Ele não apenas tocou meu coração, ele tocou minha alma, se isso fosse possível. Tive arrepios percorrendo todas as fibras do meu ser. Eu estava totalmente perdida, cativada e não ouvi nada além de sua voz sexy. Para completar, ele cantou uma das minhas músicas favoritas.

Meu coração não deu descanso enquanto batia forte no meu peito. Eu balançava tonta e precisava de ar, mas Liam me deu o que eu precisava quando ele apareceu, envolvendo seus braços em volta de mim, me segurando firme. Ajudou um pouco. Mas eu realmente precisava de um bom tapa na cara para me acordar e me ajudar a sair do feitiço de Elijah. Olhando por cima do ombro uma última vez, meus olhos encontraram os dele e fingi que ele cantava apenas para mim.

Liam me apresentou a seus amigos. Sentamos à mesa e pedimos o jantar. Eu sorri e ri na hora certa, mas minha mente vagava para outro lugar. Quando notei a ruiva na frente de Liam que não conseguia tirar os olhos dele, não me importei. Eu já tinha esquecido o nome dela.

O jantar demorou uma eternidade, então todos continuaram pedindo cerveja. Para passar o tempo, Liam teve uma ideia estúpida. Ele queria que eu cantasse com ele. A única vez que ele me ouviu cantar foi no funeral do meu pai. Ele continuou insistindo e até me arrastou para o palco.

Sabendo que Liam não tinha uma ótima voz para cantar, decidi escolher uma música segura e fácil, outra das minhas favoritas.

Depois de digitar o número de "Follow Me", do Uncle Kracker, no painel de controle, Liam me entregou um microfone. A música começou e Liam cantou, mas ele não conseguia acompanhar a velocidade. Para que ele não fizesse papel de bobo, eu me aproximei.

— Muito bem, Alex! — Lexy gritou.

Elijah e seus amigos estavam reunidos em frente ao palco. Não só fiquei envergonhada, mas um calor escaldante me infundiu da cabeça aos pés. Eu não me sentia confortável com as pessoas me vendo cantar, então me concentrei nas palavras que deslizavam pela tela à minha frente.

Elijah encostou-se na parede, parecendo sonhador. Com os braços cruzados, ele olhou para mim e eu tinha esquecido de Liam. Se ao menos Elijah não fumasse... Se ao menos ele não fosse meu colega de quarto... Se ao menos ele não me assustasse, embora eu não soubesse o motivo.

Quando a música terminou, palmas preencheram o espaço ao meu redor. Abaixei a cabeça e sorri.

— Gata, você é incrível. — Liam me girou e me levou de volta para seus amigos.

Percebi que era a primeira vez que cantava no karaokê sem meu pai. Cantar na frente dos meus amigos não era tão horrível. Na verdade, eu meio que me diverti. Meu pai ficaria orgulhoso.

Enquanto jantávamos, mais pessoas cantavam. Ouvir algumas músicas antigas que meu pai e eu costumávamos cantar me deixou com lágrimas nos olhos, então pedi licença e fui ao banheiro. Quando voltei, Lexy estava ao lado da mesa. Ela já havia sido apresentada a todos.

— Alex! — Lexy me deu um aperto forte. — Você tem escondido seu talento. Estou feliz que Liam tenha te arrastado para o palco.

— Não é para tanto — eu disse timidamente e permaneci ao lado dela. Eu não estava acostumada com elogios.

— Isso não foi nada. — Liam olhou para mim. — Você deveria tê-la ouvido cantar no funeral do pai dela.

Lexy me encarou com um olhar questionador, mas ela sabia que não deveria perguntar. Tenho certeza que viu a surpresa e a tristeza em meus olhos. Ela era boa em ler as pessoas. Eu não tinha contado a nenhum dos meus novos amigos sobre a morte do meu pai, até que Liam abriu sua boca grande. Deve ser o álcool que o torna tão insensível.

— De qualquer forma, eu estava indo ao banheiro, então falo com vocês mais tarde. — Lexy sorriu e se afastou.

Meu pai me disse que você nunca poderia saber como outra pessoa se sentia, a menos que você se colocasse no lugar dela. Liam nunca perdeu ninguém que amava. Ele não tinha ideia de como me fez sentir com suas ações e palavras descuidadas.

A menção de Liam sobre o funeral e ouvir músicas que meu pai e eu cantávamos juntos não combinava com meu estômago. A dor em meu coração se torceu ainda mais e eu precisava sair dali. Rápido.

O ar denso pressionava meu peito e eu não conseguia respirar. Eu me segurei o máximo que pude, mas, quando um dos amigos de Elijah cantou "You Are My Sunshine", a música que meu pai cantou para mim antes de falecer, eu perdi completamente o controle. Por que essa música, dentre as centenas da lista?

Pedi licença e corri para o banheiro, mas Lexy ainda não tinha saído, então corri para o outro lado enquanto as lágrimas escorriam pelo meu rosto. Eu não queria que ela me visse desmoronar.

Empurrei a porta de saída dos fundos e me encostei na parede na escuridão. Apenas a lua e as estrelas me faziam companhia enquanto eu chorava como um bebê. A última vez que chorei tanto foi quando sonhei com meu pai antes de ir para a faculdade. Ofegante por ar, lágrimas encheram minhas mãos e não consegui impedi-las de fluir.

Sentei-me no chão de concreto e coloquei os joelhos contra o peito. Tanta dor transbordou de minhas lágrimas e meu coração parecia estar se despedaçando.

À medida que às memórias do meu pai surgiam, tudo que pude fazer foi sentir pena de mim mesma. *Por quê? Por que tinha que ser meu pai?*

A porta se abriu com um rangido.

Braços fortes me envolveram e me joguei no colo de Liam. Ele não tinha ideia do quanto eu precisava de seu conforto. Ele sempre me disse para parar de chorar, mas senti como se entendesse minha dor pela primeira vez. Moldando cada espaço, cada curva, cada músculo dele, eu me pressionei contra seu corpo. Ali era tão bom, tão forte, tão certo, e me deixei levar.

— Sinto tanto a falta dele — chorei, começando a perceber que Liam parecia maior do que antes.

— Tudo bem. Deixe tudo sair — ele sussurrou, acariciando meu cabelo. — Eu entendo a sua dor.

Eu enrijeci e surtei quando percebi que não era Liam. Eu me afastei para ver seu rosto.

— Elijah? — Meus lábios tremeram enquanto as lágrimas turvavam minha visão.

— O que aconteceu? — ele perguntou, enxugando minhas lágrimas. Tanta ternura e cuidado ressoaram em suas palavras que me deixaram sem palavras.

Eu estava prestes a contar a ele sobre meu pai quando a porta se abriu. Liam colocou os olhos em nós e eles ficaram arregalados de raiva.

— Mas que diabos?! — Liam gritou.

Elijah me levantou e me deixou de pé. Eu podia ver como nosso abraço ficaria nos olhos de Liam.

— Não dê muita importância a isso — Elijah disse. — Ela precisava de um ombro para chorar.

Liam agarrou meu braço e me puxou para dentro.

CAPÍTULO 12

ELIJAH

Alex saiu correndo pela porta dos fundos como se estivesse pegando fogo. Eu não tinha ideia se ela havia brigado com Liam, mas estava chorando. Contra o meu melhor julgamento, eu a segui, mas mantive distância. Dei um passo para voltar para dentro, mas um grito angustiante saiu dela e eu tive que fazer alguma coisa.

Sentei-me ao lado de Alex no chão frio e passei meu braço em volta de seus ombros, mas ela envolveu todo o seu corpo no meu. Nem mesmo um pedaço de papel caberia entre nós. Eu não tinha certeza se ela sabia que era eu. Alex pode ter me confundido com Liam.

Seu abraço era tão bom, tão reconfortante. Seu calor tirou minha dor como se ela fosse minha morfina. Naquele momento, eu não tinha certeza de quem estava realmente consolando quem.

O cheiro dela e a sensação de seu corpo ficariam impressos em minha mente. *Caramba!*

Quando Alex finalmente percebeu que eu não era Liam, ela recuou. Seu decote acabou ficando na altura dos meus olhos. Foi difícil não apreciar a vista, muito menos tentar controlar a minha vontade de enfiar a língua entre os seus seios. Ela era tão linda contra o luar, mesmo com lágrimas nos olhos. Graças a Deus Liam nos interrompeu antes que eu fizesse algo estúpido.

O cara praticamente arrancou a porta quando viu Alex no meu colo. Eu não o culpei, mas resisti à vontade de dar um soco nele quando a agarrou pelo braço e a puxou para dentro como se ela fosse sua posse.

O que diabos ele fez? Então me lembrei de Alex me contando o quanto ela sentia falta *dele*. De quem ela estava falando?

Mal podia esperar até que ele descobrisse que sou colega de quarto de Alex. Eu me pergunto como isso vai acontecer? A menos que ele já saiba.

CLAREZA

Lembrei-me de Alex mencionando que Liam iria passar a noite lá, então decidi ir para casa tarde.

Nossos amigos se separaram por volta das três da manhã, quando não estávamos mais bêbado demais para dirigir. Seth acabou me levando para casa. Eu estava perfeitamente sóbrio até Alex me confundir, então bebi mais do que deveria.

Abri a porta e entrei. A luz da sala estava acesa. Alex ainda não deveria estar em casa. Quase tropecei no meu próprio pé quando a vi no sofá.

Segurando uma caixa de lenços de papel, ela ocupava metade do espaço. Estava enrolada em posição fetal, com os joelhos dobrados e os olhos fechados. Será que ela e Liam brigaram por causa do que aconteceu?

Deitei-me no outro sofá e fechei as pálpebras pesadas enquanto me perguntava por que Alex estava sentindo tanta dor. Pensei em cobri-la com um cobertor leve, mas a temperatura estava perfeita e eu não queria acordá-la. Deixei a luz acesa caso ela acordasse no meio da noite.

Um grito horrível me acordou. Desorientado, sentei-me. Alex estava chorando como quando a encontrei do lado de fora do restaurante. Eu não sabia o que fazer.

Seus olhos ainda estavam fechados e as lágrimas caíam, mas ela não os enxugou. Devia estar sonhando. Tirei vários lenços de papel da caixa e enxuguei suas lágrimas.

— Alex. — Passei os dedos pelo cabelo dela, muito macio.

Pensei em acordá-la, mas em vez disso a peguei no colo. Um dos meus braços apoiou seu pescoço, o outro passou por baixo de suas pernas. Empurrei a porta do quarto com os pés e a coloquei na cama. Enquanto a cobria com o cobertor, cantei em seu ouvido:

— *You'll find nobody else like me.* — Você não encontrará ninguém como eu.

Alex parou de chorar. Uma doce surpresa. Ela rolou para o lado e se aninhou em um travesseiro.

— Obrigada, El…e. Música… amor — murmurou.

Alex poderia estar sonhando ou ciente de que a carreguei para a cama, mas o suspiro mais doce escapou de sua boca. Um som que imaginei que uma garota daria ao pensar no amor de sua vida.

Ajeitando meu cabelo para trás, eu sorri e observei seu peito subir e descer em um sono tranquilo; minha deixa de que eu deveria sair. Secretamente, eu queria que aquele suspiro fosse para mim.

ALEXANDRIA

Liam ficou furioso quando me deixou no condomínio. Seus amigos ficaram no restaurante para ele poder me levar para casa primeiro. Tivemos nossa primeira grande briga em meses, e isso só se intensificou quando ele descobriu que Elijah era meu colega de quarto.

Eu lhe assegurei que nada estava acontecendo entre nós. Depois de se acalmar, ele se desculpou e ficou um pouco. Sabendo que eu não lhe daria o que queria quando tentou tirar minha roupa, ele foi embora. Liam prometeu que viria na próxima semana sem seus amigos.

Algo na boca do estômago me disse que ele poderia estar sondando as coisas, mas, novamente, nunca discutimos a seriedade do nosso relacionamento. Eu não tinha ideia do que esperar dele, além das muitas vezes em que me disse que estávamos apenas nos vendo e queria ir com calma.

Eu não tinha certeza do que Liam queria dizer com "ir com calma", mas ele não deveria tentar entrar na minha calcinha. Fazer isso depois de uma briga não era como eu imaginava abrir mão da minha virgindade. E de jeito nenhum eu iria fazer isso com alguém que não merecia. Eu tinha que ter certeza. Só se perde a virgindade uma vez e com certeza não dava para voltar atrás.

Jamais esquecerei os gestos doces de Elijah, como ele me consolou quando chorei depois de sonhar com meu pai e como me colocou na cama. Nunca o agradeci, nem tocaria no assunto. Não queria que as coisas ficassem estranhas entre nós.

Nossa amizade pode não ser uma grande coisa para ele, mas era para mim. Elijah me tocou de uma maneira que nunca pensei ser possível em tão pouco tempo. Quando cantou "Follow Me", de Uncle Kracker, Elijah tocou meu coração. Quanto mais eu o conhecia, mais queria saber tudo sobre ele e menos perigoso ele parecia ser.

CAPÍTULO 13

ELIJAH

Quadro magnético:

> Sobrou espaguete.
> Sirva-se.
> — Alex

Cheguei todo suado e com a camiseta pendurada no pescoço para cobrir a tatuagem no meu coração. Depois da aula da manhã, fui para a academia e depois corri. Correr era bom, sempre me ajudava a limpar a mente. Também me distraía da vontade de fumar. Tentei parar há um tempo. Não tive sucesso na primeira vez, mas decidi tentar novamente. Não que eu fumasse como um louco. Só fumava para ajudar a acalmar meus nervos.

Entrei na cozinha para pegar uma garrafa de água, onde Alex estava inclinada sobre o balcão, lendo seu livro e ouvindo música com fones de ouvido. Ela mexia sua bunda sexy enquanto cantarolava. A única coisa em que consegui me concentrar era no que ela estava fazendo com aquele picolé.

Alex lambeu e chupou a ponta, depois abriu a boca, permitindo que deslizasse lentamente para dentro. Ela deslizou para dentro e para fora várias vezes. Às vezes ela girava. Quando o puxou para fora, lambeu o lábio inferior passando a língua por ele devagar. Nunca estive tão excitado em toda a minha vida.

Eu não conseguia desviar o olhar, desejando que ela tivesse os lábios em volta do meu pau.

Merda! Tive que tirar esse pensamento da minha mente. Vê-la de shorts, uma regata justa e a maneira como seu cabelo caía de lado também não ajudava. Ela parecia estar posando para uma revista sexy.

Alex se virou e me ofereceu um sorriso inocente. Esse sorriso entrou em meu coração sem meu consentimento. Ela não tinha ideia de que tinha acabado de me seduzir. Um maldito picolé me deixou duro.

— Oi, Elijah. Há quanto tempo você está aqui?

Ela parecia nervosa e suas bochechas ficaram rosadas. Seus olhos passaram do chão para meu peito suado várias vezes, como se ela estivesse tentando não olhar fixamente.

Alex não me deu tempo para responder. Honestamente, eu não sabia se conseguiria produzir palavras inteligentes. Eu ainda estava observando-a brincar com aquele picolé em minha mente.

— Quer um? O nome é "Big Stick". É o meu favorito. — Ela me mostrou. — Eu os comprei no mercado do campus. Você sabia que havia um minimercado aqui?

— Não, obrigado. E sim, eu sabia. — Sorri, olhando para os seus lábios, manchados da mesma cor do picolé: laranja avermelhado.

Se Alex tivesse oferecido seus lábios, eu teria aceitado de bom grado. Eu os teria chupado até que a cor desaparecesse de sua língua, e mais um pouco. Eu já estava fazendo isso em minha mente de qualquer maneira.

— Achei que você tivesse aula? — Ela fechou o livro e seu olhar se voltou para o telefone no balcão. — É melhor eu ir. Tenho de trabalhar. Até mais — disse apressada e foi para seu quarto.

Antes de sair para o trabalho, avisei que Seth e Lexy trariam comida chinesa para jantar por volta das sete, se ela quisesse comer conosco. A verdade era que não pensei em convidá-la já que ela morava comigo, mas Lexy me disse para convidar.

Três batidas constantes soaram na porta da frente, depois duas curtas.

— Alex, você pode atender? São Lexy e Seth! — gritei do meu quarto. Eu tinha acabado de acordar de um cochilo e não conseguia me levantar.

Passos soaram. A porta se abriu. Depois mais passos.

— Traga sua bunda pra cá, Ellie. Alguns de nós estão morrendo de fome. — Seth riu.

— Ok, Sally — eu disse através da porta e abri.

Os recipientes brancos e os pauzinhos já estavam dispostos na mesa de jantar.

Seth colocou os garfos e os guardanapos em cada lugar. O aroma de macarrão picante, frango Kung Pao e camarão com nozes fez meu estômago roncar. Eu adorava comida chinesa.

Lexy e Alex saíram da cozinha com pratos e bebidas. Eu não conseguia parar de olhar para Alex. Ela parecia tão adorável com um rabo de cavalo alto, shorts e uma camiseta que abraçava seu corpo perfeito.

— Oi, dorminhoco. — Lexy puxou uma cadeira e sentou-se ao lado de Seth. — Você precisava recarregar as energias para esta noite?

— Não estou na lista esta noite, lembra? — Descansei minhas mãos nas costas de uma cadeira e fiz uma careta para ela.

Eu não queria que Alex soubesse do meu outro trabalho. Trabalhar meio período na Secretaria Administrativa pagava as contas, mas era chato. Era colocar informações no computador e outras coisas diversas.

Meu segundo emprego não apenas me emocionava, mas era uma ótima maneira de ganhar dinheiro rápido. Não era nada para me envergonhar, mas preferia que isso não fosse anunciado ao mundo ou a cada novo amigo que conheço.

Alex franziu a testa, confusa. Ela parecia esperar que eu oferecesse uma explicação, mas não iria conseguir uma.

Lexy abriu os recipientes.

— Eu quis dizer nosso jogo de bebida, bobinho.

Sentei-me e tomei um pouco de suco.

— Ah, então você sabe a resposta. Não há necessidade de recarregar as energias para isso.

Depois de enchermos nossos pratos, o barulho dos garfos encheu a sala enquanto comíamos.

— Tiveram notícias de Jimmy? — Seth me perguntou, depois olhou para Alex e para mim novamente. — Perguntou a ele por que ele não mencionou que Alex é uma garota?

Girei o macarrão com um garfo no prato.

— Conversei com Jimmy. Ele me disse que não precisava me contar e que eu deveria lidar com isso. — Estiquei o pescoço para Alex. — Não que eu tenha algo contra você ser minha colega de quarto. Liguei para avisar que ele deveria ter nos falado. Só isso.

— Eu entendo — Alex disse, engolindo frango em cubos. — Eu também deixei uma mensagem para ele. Pelo menos ele te atendeu. Ele me mandou uma mensagem e me disse que você é um cara legal. Disse que cuidaria de mim — ela disse a última frase rapidamente. — Mas você não tem que fazer isso. Eu não sou uma menininha.

Não, ela definitivamente não era uma menininha, mas sentia a necessidade de cuidar dela. Afinal, Alex era prima de Jimmy e minha colega de quarto.

— Como estão suas aulas? — Lexy enfiou o garfo em um camarão.

— Boas. — Alex assentiu, mastigando macarrão. — Eu me perdi algumas vezes no campus — bufou. — Adoro não ter que ficar na sala de aula o dia todo.

— O que você achou do seu novo emprego? — Seth perguntou, enfiando frango na boca.

— Adorei. — Alex sorriu. — Gosto de trabalhar com Lexy.

— Não deixe ela mandar em você. — Seth bebeu um pouco de água.

Lexy cutucou o braço de Seth.

— Eu só dou ordens em você porque você age como uma criança.

— Eu não ajo como criança! — Seth fez beicinho, então seus olhos brilharam.

— Alex, você tem uma voz incrível — ela disse, e eu queria falar o mesmo, mas tinha esquecido.

— Obrigada — Alex baixou a cabeça e corou —, mas minha voz não é tão incrível quanto a de Ellie.

Eu não podia acreditar que ela tinha me elogiado. Meu rosto esquentou e não gostei de como ela estava me fazendo sentir, então tentei ignorar agindo de forma arrogante.

— Sim, o American Idol achou que eu era bom demais para eles. Não haveria competição se eu participasse.

Nós compartilhamos uma risada.

Seth tomou um gole de sua bebida e continuou com suas intermináveis perguntas. Eu também queria saber mais sobre Alex, mas não queria questionar. Eu tinha Seth para isso; ele era o intrometido do nosso grupo.

— Há quanto tempo você e Liam estão namorando? — Seth enxugou os lábios com um guardanapo.

— Seth. — Lexy franziu a testa, seu tom o de uma mãe repreendendo o filho.

— Está tudo bem, Lexy. — Alex sorriu e colocou o garfo na mesa.

CLAREZA

— Liam e eu nos conhecemos na festa de um amigo em comum. Começamos a sair vários meses antes de meu pai falecer de câncer de pulmão. Ele morreu há cerca de três meses. Meu pai fumou a vida toda, provavelmente um maço por dia. — Seus olhos ficaram vidrados. — Liam estava ao meu lado naquela época, mas é difícil quando estamos em faculdades diferentes. Não sei o que vai acontecer.

Merda! Eu queria um cigarro, porém, depois do que Alex disse, como poderia fumar na frente dela? Seria uma lembrança da morte de seu pai. Não era de admirar que ela chorasse tanto, mesmo durante o sono. Pelo visto, ele aparecia em seus sonhos. Eu conhecia essa dor muito bem.

— Relacionamentos são difíceis — Lexy comentou. — Não estou tentando parecer insensível, mas há muitos caras disponíveis em nossa faculdade que adorariam sair com você.

— Obrigada, Lexy. Eu preciso dizer... — Alex engasgou e conteve as lágrimas. — Tem sido muito difícil desde que meu pai faleceu, e eu estava muito nervosa por vir aqui quando não conhecia ninguém, mas vocês me fizeram sentir como se fizesse parte de uma família. Então, obrigada. Isso torna os dias suportáveis. — Sua última frase saiu rápida quando pediu licença para dar um telefonema, mas eu sabia que ela foi ao banheiro para deixar as lágrimas saírem.

A sala ficou em silêncio. Meu coração mergulhou naquele lugar sagrado em meu peito. Peguei outra garrafa de cerveja na geladeira e sentei-me novamente.

— Você está bem, Elijah? — Seth perguntou.

Seth sabia do meu passado e sempre foi sensível aos meus sentimentos. Ele era um grande amigo — Lexy e Jimmy também. Eu não sabia o que teria feito sem eles.

— Sim, estou bem — suspirei e tomei um longo gole.

De alguma forma, consegui deixar minha dor de lado. A ferida de Alex estava em carne viva e era recente. Fazia apenas três meses e ainda assim ela era muito forte. Eu a admirava e até a entendia um pouco mais.

Depois que pedi a Lexy para verificar Alex, Seth e eu fomos para o nosso destino.

CAPÍTULO 14

ALEXANDRIA

Fiquei ao lado de Lexy na pia da cozinha.
— Onde estão Seth e Elijah?
Ela me disse para vestir roupas mais quentes enquanto lavava a louça. Lexy enxugou as mãos com uma toalha e pegou as chaves no balcão.
— Eles já estão na corrida. É melhor nos apressarmos. Não é grande coisa, mas é um pouco emocionante, porque é ilegal.
— O quê? — meu tom subiu um pouco.
— Não se preocupe. Já estive lá muitas vezes. — Lexy me puxou para fora da porta da frente e fechou-a atrás de nós.

No caminho, ela explicou que as corridas de rua eram ilegais, o que eu sabia. Então, por que diabos alguém iria nessas coisas? Logo descobri.

Depois que saímos do carro, caminhei ao lado dela com passos rápidos, passando por inúmeras pessoas arrumando seus cobertores para assistir a corrida do alto de uma colina.

A animação penetrou em meus ossos, especialmente porque tudo era novo para mim.

Enquanto descia a colina, abotoei meu cardigã depois de ser pega pela brisa repentina e forte. Nem uma única estrela nos agraciou esta noite, nos dando uma sensação estranha. Devia ser o medo de estar em um evento ilegal.

Um enorme campo vazio se estendia diante de mim. Nada além de terra e grama morta, além de marcações circulares e fluorescentes, onde a corrida aconteceria. E holofotes espalhados pela pista nos davam luz suficiente.

Vários caras atrás de uma mesa aceitavam apostas de uma fila de pessoas. Algumas pessoas se amontoavam bebendo cerveja e outras comiam amendoins ou pretzels enquanto descansavam em uma toalha de piquenique, conversando com amigos. Reconheci alguns deles das minhas aulas.

— Ah, que bom. Chegamos bem a tempo — Lexy falou, sem fôlego, quando paramos no sopé da colina. — Está vendo Seth? — Ela olhou ao redor.

Era quase impossível localizar alguém no mar de pessoas. Justamente quando me perguntei quanto tempo teríamos que esperar, os motores dos carros estacionados na linha de partida aceleraram.

Um preto e um prateado, nenhum deles parecendo carros de corrida típicos. Eram cores simples e sólidas. O que eu esperava? Não era o Indie 500.

O primeiro piloto saiu do carro com capacete e acenou para a multidão. Ele usava jeans e um suéter preto.

Aplausos e assobios ressoaram. Lexy bateu palmas e assobiou, eu fiz o mesmo. Quando o próximo piloto saiu, os mesmos sons ecoaram ao nosso redor, mas Lexy não bateu palmas.

— É o Nolan — ela disse, vaiando e apontando o polegar para baixo.

— N-Nolan? — eu gaguejei. Ótimo. Eu estava em um campo frio para ver aquele idiota agarrador de bunda.

Nolan me viu e piscou. Não lhe dei resposta. Ele tirou o capacete e mandou beijos para o público.

Assobios invadiram o ar noturno quando uma garota oscilou sedutoramente entre os dois carros e encarou os pilotos. Ela usava salto alto, saia curta e um suéter vermelho justo.

Quando ergueu um lenço branco, os motores rugiram mais alto.

Cobri meus ouvidos do som estrondoso. A tensão aumentou e estalou na plateia e nos carros acelerando. O lenço caiu e os carros dispararam.

A fumaça subiu e as nuvens de poeira cobriram a área. Quando a poeira baixou, a garota se aproximou em minha direção. *Heather?* Como eu poderia ter deixado passar aquele rosto perfeito e corpo matador?

A poeira chegou até onde estávamos, então Lexy e eu fomos para um lugar mais alto.

As pessoas aplaudiam ou xingavam, o dinheiro que apostaram estava em jogo. A multidão parecia possuída pela animação e pela pressa.

Meu coração bateu mais rápido. Quem venceria? Eles estiveram lado a lado durante toda a corrida até agora.

— Olha! — Lexy apontou para os holofotes. — Vê aqueles caras segurando as placas de números piscando? Quando marcam dez, é a indicação de que a corrida está prestes a terminar.

Os carros passaram rapidamente e os cartões mudaram... sete... oito... nove...

Então "dez" piscou sem parar, como um sinal de SOS. A alegria coletiva da multidão explodiu.

Prendi a respiração.

Eu queria que o outro cara vencesse, mas isso não estava a favor dele. A situação piorou quando Nolan derrapou para a direita, quase atingindo o adversário, fazendo com que a distância aumentasse enquanto o outro piloto desviava. Então o carro de Nolan cruzou a linha de chegada primeiro.

— Merda! Isso significa... — Lexy nunca terminou. Seus olhos se arregalaram.

A torcida parou abruptamente.

Lexy agarrou meu braço e me puxou colina acima.

— Corra, Alex. A polícia está aqui.

Não ouvi as sirenes, mas a multidão se agitou como formigas numa colina. Alguém bateu no meu ombro, quase me derrubando. Aparentemente, todos perderam a coordenação motora quando o inferno começou. Estávamos quase chegando ao topo quando alguém me bateu em mim com força. A mão de Lexy me soltou.

— Alex! — Lexy gritou.

Eu tropecei ladeira abaixo. Felizmente, a colina não era íngreme, mas tive que usar as mãos para amortecer a queda. Uma dor ardente saiu do corte na palma da minha mão. Eu esperava que não fosse muito profundo. Nada de sangue. Sentindo-me atordoada, entrei em pânico tentando descobrir que caminho seguir quando as pessoas ao meu redor esbarraram em mim novamente.

Alguém chamou meu nome e fui levantada do chão por trás. Na minha tontura, só um segundo depois percebi que havia sido jogada sobre o ombro de alguém. Não lutei contra o cara que me segurou. Eu só queria sair de lá. Quando ele me colocou no chão ao lado de Lexy, perdi a língua para falar.

— Mas que diabos, Lexy? Por que você a trouxe aqui?

Eu nunca tinha visto Elijah tão bravo antes. Por que eu não poderia estar lá se Lexy podia?

— Eu... — Lexy começou a dizer, mas suas palavras ficaram presas na garganta.

A ira de Elijah a pegou desprevenida.

— Não importa — Elijah a cortou. — Leve-a para casa. Preciso encontrar Seth.

Fui ao banheiro para cuidar do meu ferimento quando chegamos em casa. Lexy seguiu atrás de mim e encostou-se na porta.

— Desculpe, Alex. Eu não deveria ter te levado lá. Achei que isso ajudaria a tirar sua mente do seu pai. — Ela parecia se desculpar no início, mas depois ficou cheia de animação. — Mas não foi divertido?

Eu não queria que ela se sentisse mal por fazer algo atencioso. Ao passar a mão debaixo d'água, eu disse:

— Estou feliz por você ter me levado. Nunca estive em uma corrida dessas antes. Foi emocionante, mas a polícia sempre aparece?

— Quem leva o dinheiro é quem organiza a corrida. Eles são muito cuidadosos, então ou alguém denunciou a localização ou os policiais deram um palpite desta vez. Se você for pego, eles vão te jogar na prisão e te deixar sair no dia seguinte.

— Como você sabe? — Coloquei sabonete líquido nas mãos e esfreguei sob a água.

Lexy me deu um sorriso malicioso e me entregou a toalha.

— Jimmy foi pego uma vez.

— Sério? — Eu ri enquanto pendurava a toalha de volta no gancho.

Nossa risada foi interrompida quando fomos para a sala e Seth e Elijah entraram pela porta. Elijah ainda estava bufando de raiva. Os músculos de sua mandíbula se contraíram e seus lábios estavam pressionados em uma linha fina.

— Fora! — Elijah disse baixo e direto ao ponto. Ele fez todo mundo tremer, inclusive eu.

Pensando que ele se referia a mim também, fui para o meu quarto. Eu também não queria estar perto dele.

— Alex, você não — Elijah disse com um tom mais calmo.

Girei e fui para a cozinha. Enquanto eu esperava por Elijah, os três discutiram em sussurros ásperos, como se não quisessem que eu ouvisse, mas não durou muito.

— Vejo você amanhã no trabalho — Lexy se despediu.

— Boa noite, Alex — Seth disse em seguida. — Vá com calma com ela — disse a Elijah.

Por que ele diria isso?

— Tchau — respondi, sem me mover para levá-los para a porta.

Sentindo-me inquieta, meu coração batia mais rápido enquanto eu tirava leite da geladeira e um saco de biscoitos de chocolate do armário. Coloquei-os no balcão perto da pia. Já era tarde da noite, mas tive vontade de comer algo doce.

Depois que peguei um biscoito, coloquei-o dentro do copo cheio de leite enquanto observava Elijah entrar. Embora seus ombros estivessem relaxados, uma expressão preocupada assombrava seus olhos escuros. Mas não durou muito depois que ele se apoiou no armário alto.

— O que você está fazendo? — ele riu.

— Mergulhando o biscoito no leite. Você nunca fez isso?

— Não — respondeu.

— Então você está perdendo. Quer um pouco? — Gemi quando dei uma mordida.

— Não sou um grande fã de leite. — Elijah puxou o cabelo para trás com os dedos e soltou um suspiro curto e agudo. — Olha. Me desculpe, eu fiquei com raiva mais cedo. Não foi por sua causa. Foi em relação à situação e à Lexy. Ela não deveria ter te levado lá.

Depois de engolir, eu disse:

— Por que não? Você viu a quantidade de gente? Por que não posso estar lá?

— Não acredito que você está me fazendo essa pergunta. — Ele ergueu uma sobrancelha. — Se *eu* vi a multidão? *Você* viu a multidão? — Ele piscou rapidamente, recitando suas palavras, mas seus lindos olhos castanhos e penetrantes e seus longos cílios me distraíram. — Há membros de gangues, apostadores, drogados, sem falar nos policiais.

— Eu não sabia sobre a polícia, e quem colocou você no comando da minha vida, afinal? — Mergulhei o mesmo biscoito e dei outra mordida.

— Eu mesmo. — Ele se afastou do armário alto e cruzou os braços.

Virei-me para encará-lo de frente e fiz uma careta.

— Não preciso que você cuide de mim porque sou prima do Jimmy. Eu gostaria que todos parassem de fazer isso.

— Essa não é a razão.

— Então, o que é? E não vi nenhum membro de gangue ou drogado. Embora eu não saiba como eles sejam. — Mergulhei um biscoito novo e dei uma mordida.

— Exatamente. E você já esteve em uma prisão antes?

— Não. — Morder meu biscoito me ajudou a lidar com a forma como ele continuava a me distrair.

Algo sobre sua proteção e como ele olhava para minha boca... Elijah exalava sexualidade.

— Exatamente.

— Pare de dizer "exatamente". Você já esteve?

Ele não respondeu. Achei que isso era um sim. Antes que pudesse ir embora, apontei para ele com o biscoito meio comido, a raiva fervendo dentro de mim.

— E os outros alunos e seus amigos? Eles estavam todos lá. Não sou boa o suficiente para ir?

— Não, você não é! — ele exclamou, me assustando.

Quando ele deu um passo em minha direção, recuei e esbarrei no armário. Dei uma mordida no biscoito, deixando o pedacinho restante entre meus dedos. Suas palavras perfuraram meu coração. Ele realmente disse isso para mim, fazendo-me sentir inútil? Como ele ousa! Com as mãos plantadas em cada lado do armário, a centímetros de meu rosto, seu corpo se inclinou muito perto do meu. Meu olhar foi para a tatuagem do dragão que se curvava enquanto seus músculos flexionavam. Seus ombros largos e seu peito duro e definido eram demais para eu aguentar, especialmente lembrando de como ele ficava sem camisa.

Uma energia ardente crepitou no espaço entre nós. Afoguei-me no cheiro dele, *nele*, naquela jaula que ele criou. Eu queria mergulhar em seus braços.

Elijah abaixou a cabeça e roçou os lábios em minha orelha, acentuando uma palavra por vez, e murmurou:

— Você. É. Melhor.

Eu não sabia quanto tempo ficamos parados ali. Um segundo pareceu uma eternidade.

Depois de uma inspiração suave, ele disse:

— Não sei o que eu teria feito se algo tivesse acontecido com você.

Suas palavras me acalmaram e derreteram. Tentei não engasgar com o biscoito que ainda estava na boca. Quando sua respiração aqueceu meu pescoço, eu queria tanto que ele me devorasse.

A sensação de calor piorou quando seus lábios desceram em direção aos meus com uma lenta hesitação.

Meu coração acelerou enquanto a cozinha girava. Ficamos cara a cara e ele olhava nos meus olhos com desejo e necessidade.

Sem tirar os olhos de mim, Elijah pousou a mão no meu ombro e depois deslizou cautelosamente pelo meu braço, causando-me arrepios agradáveis por toda parte. Eu estava gostando disso um pouco demais e não queria que acabasse. Quando ele finalmente alcançou meus dedos, puxou-os até a boca e soltou o gemido mais prazeroso que já ouvi.

Parecendo atordoado, Elijah desviou os olhos para o biscoito em minha mão e murmurou:

— Acho que vou querer aquele biscoito agora.

Nada foi registrado até que seus lábios se separaram e meus dedos desapareceram em sua boca. *Ai. Meu. Deus.* Minha pulsação disparou e eu choraminguei com o calor de sua língua e a sensação que subiu pelo meu braço.

Quando meus dedos molhados deslizaram para fora de sua boca, seus dentes roçaram levemente minha pele e cada músculo do meu corpo ficou molenga. Sua mandíbula se mexeu, mastigando. Foi a coisa mais sexy que já vi. Ele fez comer um biscoito parecer tão sexy.

Depois de engolir, Elijah pegou meu copo de leite no balcão e engoliu o que sobrou. Seus olhos se arregalaram, como se ele não pudesse acreditar que acabou de beber leite, e colocou o copo na mesa com um baque.

— Boa noite, Alex. Nunca vá a nenhuma corrida sem mim — declarou, e saiu.

O que acabou de acontecer? Leite e biscoitos nunca mais serão os mesmos para mim...

NUNCA.

CAPÍTULO 15

ELIJAH

Cheguei muito perto de beijar Alex, de novo. O que diabos havia de errado comigo? Você não beija sua colega de quarto. Para completar, ela está saindo com Liam, que não merecia estar com ela.

Se Alex fosse minha garota, eu a trataria muito melhor. Estaria com ela sempre que tivesse oportunidade. Ele era um idiota ou estava saindo com outras. Talvez as duas coisas.

Por que diabos eu imaginaria namorar com Alex? Em primeiro lugar, eu não queria um relacionamento.

Graças a Deus por aquele biscoito. Depois de usar toda a minha força de vontade para afastar meus lábios dos dela, eu precisava de algo em minha boca. Aquele biscoito me salvou. Eu não queria acabar com ele, mas queria enfiar os dedos dela na minha boca ao mesmo tempo. Isso me levou ao limite. Eu a teria tomado ali mesmo, no balcão da cozinha, se ela tivesse deixado.

Também não queria irritá-la por estar na corrida, mas e se eu não a tivesse visto? Alex poderia ter acabado na prisão ou pior. Ela poderia cuidar de si mesma, mas eu tinha essa necessidade em mim. Desde que se mudou, meu corpo se sintonizou com o dela. Eu sempre ficava ciente dela.

Achei que poderia dizer a Alex que seria o próximo a competir contra Nolan. Fiquei me perguntando o que ela pensaria de mim. Exausto demais, fechei os olhos e pensei em meu irmão enquanto ia dormir.

Quadro magnético:

> *Apenas um lembrete:*
> *o aluguel vence na próxima semana.*
> *— E*

Três semanas se passaram desde o início das aulas de história da arte, mas foi o primeiro dia para mim. Só fiz essa aula para ser mais fácil de tirar nota máxima, mas me arrependia de ter feito... até Alex entrar.

Com uma mochila pendurada no ombro, ela desceu correndo as escadas do auditório, sua bunda linda demais naquela calça jeans. Eu a observei dar cada passo à frente da sala. Ela estava atrasada para a aula e o motivo me deixou louco. Liam a visitou na noite anterior. Ele provavelmente ainda estava em nosso apartamento.

Eu não sabia que dividíamos uma aula, mas, de novo, foi a primeira vez que apareci. Não me preocupei em olhar sua agenda, embora ela a tivesse colocado ao lado da minha na geladeira.

O enorme tamanho da turma do auditório funcionaria a meu favor. Planejei sentar no fundo, já que ela gostava de sentar na frente. Talvez Alex nunca descobrisse que eu fazia aquela aula também. Mas se ela olhasse a programação, saberia.

Quando Alex olhou ao redor como se procurasse alguém, seus lindos olhos azuis pousaram em mim, como se soubesse exatamente onde eu estava sentado. Deveria ser uma coincidência. Quando ela se virou sem me reconhecer, percebi que estava errado. Então ela olhou para mim novamente e me recompensou com o maior sorriso tímido e sexy.

Meu coração pulou uma batida e então despencou. Aquele sorriso me ferrou.

Levantei minha caneta no ar como um cumprimento fraco. *Droga!* Como eu deveria me concentrar depois disso? Eu ficaria pensando naquele sorriso o dia todo.

ALEXANDRIA

Eu não pretendia procurar Elijah, mas não tinha autocontrole. Quando Lexy confirmou que ele também assistiria à aula, quase tive um ataque cardíaco. Notei quando olhei a agenda dele, mas, como nunca o tinha visto, pensei que ele tivesse desistido.

Uma parte de mim se sentia culpada porque meu coração batia mais rápido toda vez que pensava nele, mas eu considerava isso apenas uma atração física. Que mulher não se sentiria atraída por ele? Estive perto de terminar com Liam, mas, quando ele ficou aqui ontem à noite e agiu tão gentilmente, eu cedi. Liam não seria o melhor namorado se chegássemos a esse ponto.

Nenhum relacionamento jamais estará isento de problemas. Talvez eu estivesse mais determinada a fazer tudo funcionar porque o casamento dos meus pais desmoronou. Talvez eu tenha aguentado, incapaz de abrir mão de alguém. Meu coração não suportava muita dor.

Enquanto eu fazia anotações em meu caderno e o professor falava, a garota ao meu lado ficava olhando para mim e sussurrando algo para a amiga ao lado dela. Já farta, virei-me para ela e larguei a caneta.

— Eu estava pensando... você é colega de quarto de Elijah? — A garota sorriu.

— Sim — respondi hesitante.

— Você é tão sortuda — ela sussurrou. — Como você dorme em frente ao quarto dele e não quer pular na cama com ele?

Ela não tinha ideia de quantas vezes esse pensamento passou pela minha cabeça, mas namorar Liam me manteve com os pés no chão.

— Estou saindo com alguém — sussurrei de volta.

— Isso faz sentido. — Ela riu. — Meu nome é Cynthia. Se você der uma festa, fique à vontade para me convidar. Somos fãs dele. — Ela apontou para sua amiga.

— Ouvi dizer que ele leva para casa uma garota diferente todas as noites — a amiga de Cynthia falou. — Isso é verdade?

— Não. — Depois de Heather na primeira noite, ele não levou mais ninguém para casa desde então.

Cynthia olhou por cima do ombro para onde Elijah estava sentado e depois olhou para mim num estado de sonho.

— Ele é como o namorado literário dos sonhos que se tornou realidade.

Eu sabia o que ela queria dizer, mas apenas sorri. Tentando não deixar isso óbvio, olhei para ele por cima do ombro. Achei que Elijah olhou na minha direção, mas não consegui perceber.

Cercado por lindas garotas, por que ele se incomodaria em olhar para a pessoa que via todos os dias? Elijah estava obviamente distraído.

Cynthia bateu em meu ombro enquanto eu continuava a fazer anotações da aula.

— Sim? — Eu sorri, embora estivesse um pouco irritada.

— Ouvi dizer que ele leva todas as garotas com quem dorme ao orgasmo. — Cynthia não conseguia parar de rir. — Ouvi dizer que até garotas que têm namorados querem dormir com ele. Você sabe, um caso de uma noite, só para que elas saibam como é ter um.

Eu já tinha ouvido o suficiente. Não queria que ela espalhasse boatos, pelo menos pensei que eram boatos. E senti necessidade de proteger meu colega de quarto.

— As garotas com quem ele dormiu provavelmente estavam tão apaixonadas por ele que apenas tê-lo dentro delas seria o suficiente para fazê-las explodir. — Eu não conseguia acreditar nas palavras que saíram da minha boca. O que diabos eu acabei de dizer?

A ideia de Elijah induzindo orgasmos me deixou quente e incomodada. Como eu iria me concentrar depois disso?

ELIJAH

Quadro magnético:

> *Obrigado pelo delicioso bolo de carne!*
> *Terei que mantê-la como minha colega de quarto para sempre.*
> *— E*

Fui para casa depois de jantar com Seth. Eu me perguntei se Liam ainda estava no meu apartamento. Duas vozes distintas vindas do quarto de Alex responderam à minha pergunta.

Algo na boca do estômago me fez querer vomitar só de pensar em Liam. Por que ela ficou com ele depois de todas as vezes que a fez chorar? Eu não tinha ideia.

Antes de ir para o meu quarto, fui até a cozinha pegar algo para comer. Por alguma razão, eu queria um picolé Big Stick. Suas vozes se elevaram em uma discordância barulhenta.

Como o quarto de Alex ficava ao lado da cozinha, as vozes deles atravessavam as paredes finas.

Inclinei-me para mais perto da porta do quarto de Alex. Liam xingou e gritou com ela. Eu queria acabar com aquele idiota. Meus punhos se fecharam, meus músculos ficaram tensos e me imaginei atravessando a porta e apresentando Liam ao meu gancho de direita.

Antes que eu pudesse decidir o que fazer, ele parou de gritar. Corri de volta para a cozinha — bem a tempo de evitar ser pego. Liam saiu furioso do quarto e pisando duro.

Quando me viu na cozinha, fez uma careta e me avaliou. Aquele cara me irritava.

Tirei um picolé do freezer.

— Alex, você quer... — eu sorri e suavizei meu tom para que Alex não pudesse me ouvir e disse: — meu Big Stick?

Seu olhar se intensificou e seu rosto ficou vermelho-sangue. *Big stick* significava "pau grande" em inglês. As veias de seu pescoço saltaram e seus olhos se encheram de veneno. Graças a Deus Alex apareceu, ou eu teria quebrado seu nariz.

— O que você disse, Elijah? — Ela parou quando viu Liam e timidamente ficou atrás dele.

Segurando um picolé com um sorriso inocente, perguntei:

— Quer um picolé Big Stick? Comprei alguns ontem.

— Meu favorito. Claro, eu poderia comer um para me refrescar. — Ela contornou Liam e o tirou da minha mão.

Liam a seguiu de volta para seu quarto.

Não tenho certeza se piorei as coisas, mas, alguns minutos depois, o cara saiu pela porta da frente.

Fiquei feliz que aquele idiota foi embora.

CAPÍTULO 16

ALEXANDRIA

Liam saiu furioso pela porta da frente. Ele queria que eu encontrasse outro lugar para morar. Eu não tinha tempo de procurar. As aulas tinham começado e todos já tinham residência. Quando eu disse a ele que não queria, ele culpou Elijah.

Liam me acusou de querer ficar por causa de Elijah. Eu entendi um pouco o seu lado. Ele tinha me visto nos braços dele na noite do karaokê, mas a princípio pensei que fosse Liam. Era *ele* quem deveria estar lá para me consolar.

Além disso, eu não queria me mudar. Elijah era um colega de quarto perfeito. Ele até comprava meus biscoitos favoritos e picolés Big Stick. Eu não entendi por que Lexy me disse que eu poderia ficar na casa dela se as festas ou as garotas saíssem do controle por aqui, porque eu não tinha visto nada do que ela havia descrito. E ver Lexy e Seth regularmente era um bônus adicional para não me mudar.

— Tudo certo? — Elijah estava sentado no sofá, com as pernas abertas, zapeando preguiçosamente os canais. Uma das mãos estava sobre o apoio de braço enquanto a outra segurava o controle remoto.

— Liam vai superar. — Sentei-me em frente a ele depois de jogar fora o palito de picolé na lata de lixo.

— Ele parece estar bravo o tempo todo.

— Ele está apenas frustrado com a situação. Moro a três horas de distância dele e não tenho carro, mas estou muito perto de ter um.

— O que você quer dizer? — Ele apertou o botão do controle, trocando de canal.

Eu poderia jurar que já havia mencionado isso a ele antes. Talvez Elijah tenha esquecido.

— Tenho economizado dinheiro para dar uma entrada.

Elijah desviou sua atenção da televisão, mudando seu corpo em minha direção.

— Você me surpreende o tempo todo. — Então ele começou a mudar de canal novamente.

Eu sorri, esperando que ele quisesse dizer isso no bom sentido.

— Ah, pare. — Apontei para a tela. — Esse é o meu filme favorito.

— *Grease*? — Seus olhos brilharam como se ele quisesse compartilhar um segredo sujo. — Não conte a ninguém, mas eu também gosto. — Ele piscou, mordendo o lábio inferior. — Eu tinha uma grande queda pela Olivia Newton-John e Michelle Pfeiffer de *Grease 2*.

Ai, meu Deus! Essa piscadinha me deu um frio na barriga.

— Qual sua música favorita? — perguntou.

— Acho que teria que dizer: "You're The One That I Want". Eu tinha uma queda imensa pelo John Travolta. Meu pai e eu cantávamos essa música juntos. Nós éramos muito próximos. A maioria das filhas é mais próxima da mãe, mas para mim foi o contrário.

Elijah assentiu, me dando total atenção.

— Costumávamos cantar muito juntos — eu disse. — Meu pai tinha uma ótima voz.

Respirei fundo propositalmente algumas vezes para me controlar. Não havia nenhuma maneira de eu desabar na frente dele de novo.

— Ele me deixava levar alguns dos meus amigos — continuei. — Minha melhor amiga, Emma, ia muito conosco. Bons e velhos tempos. — Eu sorri. — Sabe, aquela noite no Campus Karaoke foi a primeira vez que cantei em público desde o funeral dele. Eu não conseguia fazer isso antes, mas acho que aos poucos estou começando a deixá-lo ir.

Elijah me deu um sorriso suave.

— Faz apenas alguns meses. Não há problema em sofrer. Não há problema em chorar. Mas você é tão forte. Eu nunca teria sabido. Foi por isso que você saiu correndo naquela noite?

— Sim, mas piorou quando alguém cantou "You Are My Sunshine". Meu pai costumava cantar essa música para mim.

Elijah baixou o volume e colocou o controle no sofá ao lado dele.

— Nossos irmãos mais velhos da fraternidade nos fizeram cantar essa música para os jurados. Mas sabe o quê? Quanto mais você ouvir e se acostumar, mais fácil será.

— Você acha?

— Eu sei que sim. E sabe o que mais? — Ele se inclinou para frente como se estivesse prestes a dizer algo importante. — Seu pai está sorrindo para você agora. E está orgulhoso de você por ser tão forte.

Meus olhos se encheram de lágrimas. Até Elijah, ninguém além de Emma parecia entender como eu me sentia. Ele não me disse para parar de pensar no meu pai como Liam fez.

As palavras de Elijah me confortaram e não me senti tão sozinha.

Depois dessa conversa, nossa amizade cresceu para outro nível. Eu o julguei por causa de seu hábito de fumar, de sua tatuagem e de ser reservado comigo quando nos conhecemos, mas não tinha notado seu coração genuíno. Ele não era o bad boy que as outras garotas o faziam parecer, e se ele era, bem, era um bad boy com um lindo coração. Só isso o tornava mais atraente.

— Qual é a sua parte favorita de *Grease*? — Sua pergunta ajudou a parar as lágrimas que ameaçavam cair.

Sequei uma gota tremendo em meus cílios.

— Gosto de tudo no filme. Acho tão fofo no final como eles tentaram mudar a aparência um do outro. Sabe, como Sandy se vestia de maneira gostosa e sexy e Danny se vestia mais formal? E como você pode não amar o final? Eles partiram juntos para o pôr do sol. Aquilo foi fofo.

Elijah sorriu.

— Concordo com você. E já que Liam foi embora, convidei Lexy e Seth para virem aqui. Você não se importa, não é?

— Não, eu não me importo nem um pouco.

— Espero que goste de assistir filmes de terror.

Não tive coragem de dizer a ele que os odiava.

Lexy e eu fizemos a pipoca enquanto os garotos preparavam o filme. Ela sentou ao lado de Seth, o que significava que não tive escolha a não ser sentar ao lado de Elijah. Eles pareciam gostar do filme enquanto eu, por outro lado, me segurava na almofada do sofá e mordia o lábio inferior.

Ocasionalmente, quando eu cobria os olhos com as mãos, Elijah ria e me cutucava para assistir. Às vezes, seu joelho tocava o meu, mas ele se mexia. Uma vez, o braço dele passou pelos meus ombros como se fôssemos um casal, mas ele se desculpou.

Suas ações não foram intencionais, mas não me importei com seus toques suaves. De certa forma, o contato físico me deu conforto durante o terrível filme de terror.

Lexy e Seth saíram depois da meia-noite. Depois de me lavar, mantive a luz do quarto acesa e verifiquei o celular, pois não conseguia dormir. Eu perdi uma ligação e uma mensagem de Liam.

Assistir ao filme com meus amigos me ajudou a esquecer a briga que tivemos, mas ver a mensagem dele trouxe tudo de volta.

> Liam: Me desculpa por perder a cabeça. Eu não tinha o direito de lhe dizer o que fazer. Sinto sua falta. Vou aí no próximo fim de semana.

Respondia sua mensagem:

> Eu: Vejo você sábado que vem.

A melhor parte das mensagens era que, embora eu ainda estivesse brava, ele não sabia. De qualquer maneira, eu estaria calma quando nos víssemos novamente. Não adianta discutir quando Liam não entende o que quero dizer.

Li a outra mensagem:

> Emma: O que você está fazendo? Espero que você não esteja se divertindo muito com Ellie. Estou brincando. Sinto sua falta.

> Eu: Saudades de você também. Acabei de ver um filme de terror. Eu sei. Sou louca, mas vi. Agora não consigo dormir. Você está acordada?

Sem resposta dela, tentei adormecer enquanto ouvia música, mas continuava vendo a garota fantasmagórica em seu longo vestido branco. Com longos cabelos pretos e olhos escuros e malignos, ela aparecia sempre que eu fechava os olhos.

Peguei meu cobertor e travesseiro, saí pela porta e deitei no sofá. Talvez eu pudesse dormir mais perto de Elijah. Mas o zumbido da geladeira e os ruídos que nunca notava durante o dia pareciam muito estranhos na escuridão.

A sombra dos galhos projetada pela árvore lá fora também não ajudou a situação.

O relógio do micro-ondas dizia que já passava das três da manhã, então recorri à minha última opção. Bati na porta de Elijah com meu travesseiro e cobertor.

— Alex? — ele falou meu nome lentamente em uma pergunta.

— Você está dormindo? — Abracei meu travesseiro, pensando que poderia estar cometendo um erro.

— Eu estaria falando se estivesse dormindo? — ele bufou.

Dã!

— Uhmm… você acha que poderia dormir no sofá?

— Você está assustada?

Eu não sabia como responder. Eu parecia uma garotinha.

— Sim.

— Não vou dormir no sofá. Você pode entrar aqui.

Empurrei a porta e entrei em seu quarto pela primeira vez. Elijah estava deitado na cama, observando-me me aproximar dele. As persianas abertas permitiam a entrada da luz da rua.

O quarto de Elijah era quase do mesmo tamanho que o meu. Parecia praticamente o mesmo, exceto por um tipo diferente de mobília. Ele tinha uma escrivaninha e uma cômoda, e era simples e limpo para o quarto de um homem.

Ele não tinha nada pendurado nas paredes — nem pôsteres, nem quadros — como o meu. Presumi que todas as suas roupas estavam penduradas, já que não havia nenhuma no chão. Ele tinha algumas fotos em cima da cômoda, encostadas na parede, sem porta-retratos. Planejei dar uma olhada nelas pela manhã.

— Eu não sabia que você estava tão assustada. — Ele colocou os braços atrás da cabeça.

Entrar ali foi um erro. Ele parecia muito sexy e gostoso.

— Desculpe incomodá-lo, mas continuo vendo aquela garota em minha mente. Tudo bem se eu dormir no chão?

— Não seja ridícula. Eu tenho uma cama king-size. — Ele deu um tapinha no colchão, gesticulando para que eu fosse. — É grande o suficiente para nós dois.

— Uma cama king-size? — meu tom aumentou. — Você é apenas uma pessoa. Por que precisa de uma cama king-size?

— Você realmente quer uma resposta, Alex? Você pode acabar sonhando com isso.

Seu tom travesso me disse que eu não precisava saber.

— Não. Não, obrigada.

— Não se preocupe, não vou morder. Coloque seu cobertor no chão e use o meu. Você pode usar seu próprio travesseiro, se quiser.

— Obrigada. — Hesitei, abraçando meu travesseiro ainda mais forte. — Eu prometo que não ronco. — Eu ri, tentando melhorar a situação embaraçosa enquanto levantava o meu lado do cobertor.

— Não posso prometer que não vou roncar — ele disse, brincando. — Se eu fizer isso, apenas vire minha cabeça para o lado.

— Boa noite. — Eu me aninhei no travesseiro e suspirei.

— Boa noite, Alex. Tenha bons sonhos.

CAPÍTULO 17

ELIJAH

Eu não conseguia dormir, e os barulhos na sala significavam que Alex também estava tendo dificuldades para adormecer. Joguei o cobertor para longe, prestes a sair e perguntar se estava tudo bem quando ela bateu na minha porta.

Logo que entrou, parecia uma garotinha perdida. Eu queria confortá-la. Quando ela quis dormir no chão, eu lhe ofereci minha cama. *Grande erro*. Eu não conseguiria dormir ao lado dela.

Fechando os olhos, tentei fingir que Alex não estava ali, mas meus olhos se abriam toda vez que ela se movia de um lado para o outro.

— Você está com sono? — sussurrei, quando ela finalmente ficou imóvel. Eu não queria acordá-la, caso estivesse prestes a adormecer.

Alex se virou para mim, olhando para cima para encontrar meus olhos.

— Não consigo dormir. Você acha que poderia cantar uma música para mim?

Seu estranho pedido me fez rir.

— Você está falando sério?

Alex deu uma risadinha.

— Por favor. Isso vai ajudar.

Suas bochechas se contraíram e seus lábios se projetaram no beicinho mais sexy que já vi. Cacete! Eu queria chupar aqueles lábios lindos e doces dela. Como eu poderia negar seu pedido?

Olhando nos olhos dela, cantei "Follow Me" como da última vez, quando a coloquei na cama. Antes de adormecer, ela me deu um sorriso caloroso e suas pálpebras fecharam ao mesmo tempo que as minhas.

Mas acordei quando Alex soluçou:

— Não vá, papai. Não me deixe. Por favor, fique.

Alex me matou com suas lágrimas e sua dor. Deslizei a mão por baixo dela e puxei-a para o meu peito. Com a outra mão, acariciei suas costas.

Eu não tinha certeza se ela sabia o que estava fazendo quando colocou os braços em volta do meu pescoço. Seu corpo tremia enquanto continuava a chorar. Eu já havia chorado assim muitas vezes, mas sozinho.

Eu queria confortá-la, tirar sua dor, mas tê-la tão perto me deixava louco. Enquanto suas lágrimas encharcavam minha camisa, nós dois adormecemos, nossos corpos entrelaçados.

ALEXANDRIA

Pisquei os olhos, minha mão no peito de Liam, mas o dele não estava tão firme. Eu estremeci e vi a barba por fazer sexy e a linha da mandíbula forte de Elijah. Afastei-me ainda mais para ver uma tatuagem de dragão.

Estávamos ambos totalmente vestidos. Mas por que eu estava praticamente em cima dele? Ondas de calor correram para minhas bochechas. *Por favor, não esteja acordado.* Seus olhos estavam fechados. Soltei um suspiro.

Graças a Deus!

Afastando-me bem devagar, consegui sair da cama sem incomodá-lo.

Depois de pegar meu travesseiro e meu cobertor, fui na ponta dos pés em direção à porta. Antes de sair, dei uma olhada nas fotos dele. Presumi que fossem fotos da família dele: da mãe, do irmão, mas não do pai.

Elijah tinha cabelos escuros como a mãe, mas imaginei que se parecia mais com o pai, já que o irmão mais novo tinha traços mais suaves. Eles eram uma família bonita.

Escutei um bufo vindo da cama e olhei para Elijah. Seus olhos estavam fechados. Ele devia estar sonhando. Mas entrei em pânico quando vi o relógio na mesa de cabeceira. Eu teria que ir para o trabalho em uma hora. Trabalhar aos sábados era uma droga.

ELIJAH

Eu estava muito consciente de cada movimento de Alex durante a noite. Como eu poderia dormir com o corpo dela enrolado no meu? Não quando tudo que eu queria era ceder à tentação e devorá-la.

Fingi estar dormindo, mas quando ela olhou para uma foto da minha família, fiquei inquieto. Fiz um som para chamar sua atenção. Sim, funcionou.

Talvez eu devesse ter dormido no sofá. Eu nunca seria capaz de tirá-la da minha mente: seu cheiro floral, a maneira como seu corpo se moldava perfeitamente ao meu, o jeito que seu cabelo fazia cócegas em meu rosto e o jeito que sua mão passava pelo meu peito.

O que eu estava pensando? Esse era o problema. Eu não conseguia pensar com clareza perto dela.

ALEXANDRIA

Uma coisa boa de trabalhar aos sábados era Lexy. Com nossas agendas lotadas, eu só a tinha visto algumas vezes na semana anterior. Trabalhar juntas não só faria o tempo passar mais rápido, mas também teríamos a chance de colocar em dia nossas fofocas.

— Ei, Alex.— Lexy calçou as luvas de plástico transparente.

Acenei para ela da caixa registradora, chamando um cliente.

— O que você vai fazer esta noite? — perguntou, fazendo um burrito que alguém havia pedido.

— Não tenho certeza — respondi, e então congelei. Elijah caminhou até Lexy e pediu seu almoço.

Ele parecia cansado, então isso me fez questionar se dormiu na noite passada. Eu me perguntei se ele sabia que eu praticamente dormi em cima dele. Sendo o tipo de pessoa que dorme e não se mexe muito, não tinha ideia de como cheguei a essa posição.

— Por quê? — Lexy gritou com Elijah.

Eu não tinha ideia do que eles estavam falando. Elijah continuou sussurrando em seu ouvido enquanto Lexy perguntava por quê. Finalmente, bufando, ela jogou o prato para ele, que quase o deixou cair. Então ele deslizou o prato na minha frente.

— Alex. — Elijah moveu o boné de beisebol para trás e pigarreou: — Dormiu bem?

— Sim, obrigada. — Tentei não olhá-lo nos olhos.

Depois que ele me deu uma nota de vinte e pegou o troco, foi para seu lugar de costume, virando a cabeça das garotas ao longo do caminho. Como não havia outros clientes, andei em volta das mesas e recolhi o lixo com uma bandeja na mão.

— Oi, Alexandria.

Eu conhecia aquela voz. Revirei os olhos, virei-me para Nolan e dei-lhe um sorriso falso. Se ele não fosse tão idiota, seria realmente atraente. Ele tinha um corpo bonito e tonificado, rosto liso e lindos olhos verdes. Meu olhar foi para Elijah, comendo sozinho em uma mesa. Então olhei para Lexy, que parecia irritada.

— O que você vai fazer esta noite? — ele perguntou, me seguindo até a próxima mesa.

Eu me virei para encará-lo.

— Estudar. Você sabe o que é isso?

Não lhe dei tempo para responder e me senti mal por ter sido rude com o cara. Ele não agarrou minha bunda e parecia legal. Fui até a próxima mesa desocupada, mas passos me seguiram.

— Eu poderia estudar *você* se você quiser — ele riu.

Ignorando-o, fui até outra mesa e coloquei os copos na bandeja, mas Nolan continuou me seguindo.

— Eu vi você na pista de corrida — comentou. — Por que você não vem hoje à noite e é minha estrela da sorte?

— Não, obrigada. Tenho certeza de que você tem muitas estrelas da sorte para escolher. Agora, se me der licença, tenho trabalho a fazer.

Quando Nolan agarrou meu pulso, a cadeira de Elijah deslizou, ecoando pelo refeitório.

Presumi que Nolan não tinha ideia de que Elijah estava vindo em nossa direção, já que estava de costas para ele. Nolan, ainda me segurando, disse:

— Você pode ser a garota que dá a bandeirada. Estar onde a ação está.

A ideia me empolgou um pouco, mas desapareceu na presença de Elijah.

— Tire as mãos dela. — Elijah cerrou as palavras entre os dentes.

96   M . C L A R K E

— O que você disse? — Nolan me soltou e encostou o corpo no peito de Elijah, uma forma de desafiá-lo.

Nenhum deles se importava com as pessoas ao seu redor. Na verdade, algumas delas pegaram o almoço e foram embora. Muita testosterona preencheu o espaço entre eles, seus olhos cheios de arrogância e raiva.

— Eu disse… Tire. As mãos. Dela. — As palavras de Elijah saíram lentas, mas claras.

Nolan recuou como se fosse se submeter, mas não o fez.

— Ela não é sua garota. Na verdade, você pode ser a garota que dá a bandeirada.

As narinas de Elijah dilataram-se.

— Não, ela não vai. E nunca mais a chame para sair — o tom de Elijah permaneceu frio e firme, mas o olhar de morte em seus olhos foi o que mais me assustou.

Nolan parecia confuso e eu tinha certeza de que dei a Elijah o mesmo olhar. *Qual era o problema com ele?* Ele não tinha o direito de tomar decisões por mim.

Suspirei e disse:

— Vou hoje à noite e você não pode me impedir.

Nolan piscou surpreso ao olhar para mim, depois para Elijah.

— Ele só está com medo de que eu dê uma surra nele e ficar parecendo um idiota.

As palavras de Nolan aumentaram o fogo escaldante. Mas Elijah apenas olhou para mim com a testa franzida, parecendo confuso.

Elijah não me queria na pista porque não queria me dizer que corria para ganhar dinheiro fácil. Ele não sabia que Lexy tinha me contado. Estava com medo que eu o julgasse?

— Eu vou — falei, como se fosse um fato real.

— Não, você não vai — Elijah decretou, como se suas palavras fossem definitivas.

— Sim, ela vai. E estará no meu time — Nolan zombou.

Os punhos de Elijah se apertaram, os músculos de seus braços flexionaram, ele olhou para Nolan e disse:

— Nem. A. Pau.

Os olhos de Nolan se arregalaram e ele se afastou, prestes a dar um soco em Elijah. Peguei um copo da bandeja e joguei água no rosto de Nolan. Ele olhou para mim, piscando.

Elijah, por outro lado, soltou uma gargalhada. Ele não tinha ideia do quanto me irritou, então joguei o segundo copo de água em sua camiseta. Sim, aquele sorriso saiu de seu rosto, substituído por uma expressão de choque.

Ele teve sorte de eu pegar leve com ele. Fui em direção a Lexy, que não conseguia parar de rir.

CAPÍTULO 18

ALEXANDRIA

Não vi Elijah o resto do dia depois que joguei água nele. Eu não me importava se ele estava bravo comigo. Eu estava com raiva o suficiente para passar a próxima semana e mais um pouco.

Depois que Lexy me pegou, fomos para uma pista de corrida diferente.

— Por que Elijah é contra eu ir para a corrida? Eu não entendo. — Ajustei o lenço branco em volta do pescoço que Lexy me disse para usar.

Ela deu sinal e mudou de faixa.

— Para começar, tem a questão dos policiais, e não é o ambiente mais seguro. Uma vez, um motorista perdeu o controle e o carro capotou na plateia.

— Isso é terrível. Nunca pensei nessa possibilidade. Você estava lá?

— Sim, mas tive sorte. Eu estava do outro lado da pista. — Lexy olhou para o espelho retrovisor lateral e girou o volante.

— É igualmente perigoso para ele também.

— Eu sei, mas ele precisa disso. — Ela lançou um olhar para mim, como se tivesse falado demais.

— O que você quer dizer?

— Por favor, não diga a Elijah que eu te contei. A vida às vezes é uma droga e você tem que fazer o que for preciso para sobreviver. Não é como se ele estivesse vendendo drogas ou machucando alguém.

— Vou fingir que você nunca me contou — prometi.

— Elijah começou a correr quando seu irmão mais novo ficou muito doente. Ele fez isso para ajudar a pagar as contas médicas, mas principalmente para pagar as contas de casa da família. Quando seu irmão faleceu, há um ano, sua mãe cometeu suicídio pouco depois. É por isso que ele tirou um ano dos estudos. É a razão pela qual ele não se formou com Jimmy.

Essas palavras apertaram meu coração. Lembrei de ter visto a foto de sua família. Eles pareciam tão felizes.

— E o pai dele? — perguntei.

Lexy olhou por cima do ombro e mudou de faixa.

— Ele era um grande apostador. Seus pais se divorciaram há algum tempo. Então seu pai parou de pagar pensão alimentícia. Sua mãe era dona de casa e nunca teve um emprego na vida. É triste que ele não saiba onde está o pai, mas, por outro lado, não importa. Elijah diz que seu pai está morto para ele de qualquer maneira.

Meu estômago afundou. Eu tinha acabado de contar a ele sobre minha perda, mas ele também estava de luto. Ele havia perdido a mãe e o irmão. Eu me senti horrível.

— Como o irmão dele morreu?

— Câncer — ela respondeu e entrou em um estacionamento. — Chegamos. Certifique-se de ficar perto de mim. Se eu perder você, estarei em apuros.

— Lexy. — Coloquei minha mão em seu ombro antes que ela pudesse sair do carro. — Agradeço por me contar sobre Elijah. Não vou deixar transparecer nada.

Lexy me deu um sorriso suave e assentiu.

— Tentamos estar ao lado dele, mas as pessoas sofrem de maneiras diferentes. Elijah é um cara legal. Acho que se culpa por não ter conseguido salvar o irmão e a mãe. Estamos felizes por ele ter voltado e começado a viver novamente.

— Mais uma coisa. — Estendi a mão para ela outra vez. — Você não precisa sentir que tem que cuidar de mim.

— Todos nós cuidamos uns dos outros, Alex. E também, Elijah me pediu. Agora que Nolan demonstrou interesse em você, ele não quer que você saia com aquela turma.

Lexy saiu do carro. Depois que coloquei minha jaqueta e ajustei meu lenço, ela entrelaçou os braços nos meus e contornamos os carros estacionados.

— Então, o que está acontecendo com Liam? — ela perguntou.

— Não sei. — Passei por cima de latas de cerveja amassadas. — Ele mudou ou talvez eu tenha mudado. Acho que esse relacionamento à distância não está ajudando. Ele está sempre bravo comigo. Não sei mais o que sinto por ele.

— Relacionamentos à distância são difíceis, mas se você não o ama, termine. Por que desperdiçar seu tempo?

Paramos no sinal vermelho e atravessamos a rua quando o sinal verde piscou e ganhou vida. Dei passos rápidos para combinar com os dela.

— É mais fácil ver o que acontece do que fazer algo a respeito. É difícil abrir mão das coisas.

— Eu entendo. — Ela suspirou e me levou pela rua, passando por multidões bebendo em seus grupinhos. — Foi difícil para mim terminar com Jimmy.

— Heather e Elijah terminaram? — O vento repentino jogou meu cachecol para trás.

— Quem sabe? Eles ficam de vez em quando, mas nunca estiveram oficialmente juntos. Elijah não vai se comprometer porque desistiu de relacionamentos após o último desastre.

— Último desastre?

Lexy parou na entrada da pista de corrida e lançou um olhar sério.

— Não diga a ele que eu te contei. Ela era manipuladora, egoísta, interesseira e uma vagabunda. Não tenho provas, mas tenho a certeza que Nolan pagou a ela por informações sobre Elijah. Quem sabe o que mais ela fez com ele?

— É por isso que Nolan e Elijah não se dão bem? — Olhei para as pessoas que passavam.

Algumas eu reconheci do campus.

— Em partes. Eles sempre foram os dois melhores pilotos e ambos têm egos enormes que não conseguem controlar.

Eu ri, porque concordava com ela.

— Heather vai estar lá?

— Acho que não. Provavelmente está chateada por não dar a bandeirada, então, conhecendo-a, ela não estará lá.

Depois que entramos por uma porta privada, fiquei boquiaberta com a multidão no local. Estava mais lotado que a outra pista. Ombro a ombro, esbarramos em pessoas entrando.

A música bombava. As pessoas faziam apostas nas arquibancadas. Outros bebiam em latas ou garrafas de cerveja. Meu corpo formigou de alegria e senti um frio na barriga.

Lexy me guiou mais para dentro. Acima de nós estendiam-se fileiras e mais fileiras de assentos. Esta pista de corrida de cavalos abandonada transformada em uma pista de corrida de carros parecia real, e não algo ilegal.

— Temos que nos apressar. — Lexy me puxou junto. — Elijah me disse que você vai dar a bandeirada hoje.

A multidão engoliu suas palavras quando passamos em frente aos alto-falantes.

CLAREZA

Eu ouvi direito?

— Elijah não queria que eu desse a bandeirada — eu disse, enquanto passávamos por um portão.

Esforcei-me para ouvir Lexy dizer algo sobre me levar para a posição inicial enquanto acelerava meus passos, tentando acompanhá-la.

Atravessamos o terreno e paramos em uma longa faixa branca que alguém havia pintado. Lexy tirou o lenço do meu pescoço e me entregou. Olhei para o público em seus assentos. A onda de alegria que emanava da multidão jovial me sacudiu.

Dois carros se aproximaram. Reconheci o carro prateado da última corrida, então o preto deveria ser do Elijah. Cada fibra do meu ser ficou tensa de nervosismo e meu coração batia forte com o barulho dos carros de corrida.

— Eu estarei lá. — Lexy apontou para o portão pelo qual havíamos passado. — Quando os carros passarem por você, corra para mim.

Levantei o polegar para ela e fiquei ali me perguntando o que diabos eu estava fazendo ali. Quando os assobios irromperam da multidão, eu sabia que eram para mim.

Quando o locutor anunciou o nome de Nolan, ele saiu do carro e me mandou um beijo. A multidão aplaudiu e assobiou.

Revirei os olhos para ele, então Elijah saiu do carro. Perdi o ar. Ele vestia uma calça jeans simples e uma camiseta preta, mas estava perfeito. Quando vestiu a jaqueta de couro, o público gritou seu nome. Depois que Elijah puxou o cabelo para trás com um movimento longo e lento, colocou o capacete e piscou para mim.

— Nós amamos você, Elijah! — um grupo de garotas gritou nas arquibancadas.

Ele acenou para elas e o ciúme tomou conta de mim. Mas eu não tinha o direito de me sentir assim. Depois que ambos entraram nos carros, olhei para Lexy em busca de orientação.

— Seu lenço!

O lenço balançava contra o vento suave enquanto eu o segurava. Em meio ao som estrondoso e desagradável dos motores dos carros, abaixei o lenço. Aconteceu tão rápido que um túnel de vento passou e poeira levantou quando os carros passaram por mim. Depois que a poeira baixou, me dando uma visão melhor, enrolei o lenço em volta do pescoço enquanto corria para Lexy.

— Isso foi incrível! — eu gritei, mantendo os olhos fixos nos carros zunindo na pista.

— Temos que chegar a um terreno mais alto. Elijah vai acabar comigo se estivermos aqui. Lembra do que contei sobre o que aconteceu da vez que o carro perdeu o controle?

Lexy pegou minha mão e subimos as escadas. Encontramos Seth na área central e sentamos ao lado dele. A tensão em meu estômago não cessava, não importava quantas vezes eu respirasse fundo. Meu aperto no braço de Lexy aumentou e meus dentes cerraram com tanta força que pensei que meu maxilar fosse quebrar.

Na quinta curva, Elijah assumiu a liderança.

— Vamos — Lexy murmurou baixinho.

A multidão aplaudiu mais alto, mas praticamente ficou em silêncio quando o carro de Elijah derrapou para o lado. Nolan bateu no carro dele. *É melhor que seja por acidente.* Assim que Elijah voltou aos trilhos, meus músculos relaxaram.

Os aplausos explodiram novamente. Por mais que eu quisesse que Elijah vencesse, as chances pareciam mínimas, já que Nolan havia assumido a liderança. Mesmo depois de mais algumas voltas, Elijah ainda ficou para trás.

Eu me senti mal por ele perder, principalmente porque precisava do dinheiro. Elijah nunca teve um pai que economizasse dinheiro para a faculdade para ele como o meu.

Na décima volta, baixei o olhar para o lenço em volta do pescoço e prendi a respiração. Eu não queria ver Nolan passar primeiro da linha de chegada. O barulho da multidão soou como um trovão enquanto eles batiam os pés e aplaudiam.

Seth ergueu o punho. Lexy pulou e gritou. Todos ao meu redor fizeram o mesmo. Eu não sabia o que tinha acontecido. Eu não conseguia ver nada sobre todas aquelas cabeças, mesmo estando na ponta dos pés. Quem ganhou?

Os gritos e palmas ficaram mais altos, enquanto as cabeças se voltavam para mim. Eu estava tão confusa. Estava prestes a perguntar a Lexy quem havia vencido quando dois braços me envolveram. Eles me levantaram e me viraram. Levei um minuto para registrar quem era.

— Alex! Eu venci! — a voz profunda de Elijah ressoou em meu ouvido.

Ele me colocou no chão e me beijou nos lábios. O beijo rápido disparou fogos de artifício em cada osso e músculo de mim, fazendo minha cabeça girar. Fiquei em estado de choque e não conseguia me mover. Eu não conseguia processar nada acontecendo ao meu redor. Elijah venceu?

CLAREZA

Elijah desapareceu da minha vista. Seus amigos o arrastaram e o que ouvi em seguida tocou meu coração. Eles cantaram e balançaram juntos com os braços nos ombros ao som de uma música antiga chamada "We are the Champions" do Queen.

— Campus Karaoke! — Jonathan exclamou.

— O último a chegar paga a conta! — outro cara gritou.

— Vamos, Alex. Vamos. — Lexy agarrou minha mão. — Vai ser um inferno sair daqui.

CAPÍTULO 19

ELIJAH

Achei que estava fora da corrida, mas senti meu irmão mais novo cuidando de mim. Concentrei-me não apenas na pista, mas também nas pessoas que me motivaram a vencer. Rostos passaram pela minha mente, mas o que ficou comigo foi o de Alex.

Imaginei seu lindo sorriso e seus lábios fazendo beicinho. Seu perfume floral perdurou por muito tempo depois que ela saiu da minha cama. Ela foi meu incentivo para chegar à linha de chegada.

Quando desci do carro, corri para Alex no meio da multidão. Eu já sabia onde ela estava. Enquanto subia as escadas, o público aplaudiu e as mulheres gritaram meu nome. Ao longo do caminho, cumprimentei as pessoas que estenderam as mãos.

A adrenalina da vitória tomou conta e agi puramente com ela. Alex estava tão linda parada ali, toda confusa. Não consegui me controlar e o que fiz a seguir foi por minha própria necessidade egoísta. Depois de girá-la e colocá-la no chão, tomei seus lábios nos meus. Foi curto e rápido, mas cara, ela tinha um gosto tão bom. Eu queria mais.

Lexy me lançou um olhar estranho. Dei de ombros e um grupo de fãs me levou embora antes que Alex soubesse o que tinha acontecido.

Depois que a multidão diminuiu, fui até James, o cara que organizou a corrida. Peguei meu dinheiro e saí de lá. Graças a Deus a polícia não apareceu. Seth espalhou rumores sobre o local errado, ao mesmo tempo em que informava aos outros onde a corrida realmente ia acontecer.

Deixei o carro de corrida do pai de Seth na oficina dele e depois fui de moto até o Campus Karaoke.

ALEXANDRIA

Eu não sabia o que significava o beijo de Elijah, mas não conseguia parar de pensar nos lábios dele nos meus, ou em como ele me fazia sentir. Se eu me sentia assim com um selinho, me perguntava como me sentiria com um beijo de verdade. Liam nunca fez meu coração trovejar daquele jeito.

O ar mudou dentro do Campus Karaoke quando Elijah entrou. Ele se sentou à minha frente, mas não encontrou meu olhar. Eu não sabia como agir perto dele. Depois que as bebidas foram pedidas, seus amigos se revezaram cantando.

— O que diabos aconteceu? — Seth perguntou.

Elijah esfregou o rosto.

— Sinto muito pelo seu carro. Vou fazer com que Nolan pague pelos danos. Aquilo foi totalmente sem noção.

O carro de corrida pertencia a Seth?

Seth rosnou.

— Aquele idiota não vai te dar um centavo. Posso ajudar meu pai a consertar o carro. Não se preocupe com isso. Estou muito feliz que você ganhou. Você deveria ter visto a expressão no rosto de Nolan. Eu gostaria de ter feito um vídeo e colocado no YouTube.

— Não faça nada para provocá-lo. — Lexy tomou um gole de cerveja. — Se ele é louco o suficiente para essa façanha, quem pode dizer o que ele tentará em seguida? De qualquer forma... — Lexy olhou para o relógio — é meia-noite. Feliz aniversário, Elijah!

Alguns dos amigos do hóquei com vassouras de Elijah já estavam no palco. A música tocou e, enquanto todos no restaurante cantavam "Parabéns pra você", a garçonete trouxe um bolo.

Eu me senti horrível. Gostaria que Lexy tivesse me contado. Eu não poderia fazer nada por ele, exceto cantar junto e comprar um presente amanhã.

Elijah cobriu o rosto com as mãos enquanto balançava a cabeça e depois ergueu os olhos.

— Não é tão importante, mas obrigado. — Ele acendeu aquele sorriso tímido e sexy que eu tanto amava.

Depois que a música terminou, Elijah lançou um rápido olhar para mim e apagou todas as velas.

Um dos amigos de Elijah falou ao microfone.

— Vamos, aniversariante, você é o próximo.

Elijah deu um sorriso malicioso.

— Não vou lá sozinho. — Ele puxou Seth e Lexy, e como eu me debati, ele me pegou no colo.

— Elijah, me coloque no chão. — E assim ele fez, mas direto no palco.

Lexy e Seth apertaram meus braços para que eu não pudesse me libertar, enquanto Elijah digitava os números no painel de controle. Minha empolgação aumentou quando "Summer Nights", de *Grease*, tocou nos alto-falantes. Tendo meus amigos ao meu lado, meus nervos se acalmaram e balançamos a bunda ao ritmo da música.

Elijah e Seth cantaram primeiro. Então Lexy e eu cantamos as partes femininas. Nós cantamos e eu me diverti muito. Olhei para Lexy, que sorriu de volta para mim, rindo enquanto nos revezávamos cantando. A música terminou e, quando me virei para sair do palco, Elijah colocou a mão em meu ombro e me virou para encará-lo.

— Não tão rápido — ele disse.

Outra música tocou. Elijah cantou "You're the one that I want". Minha música favorita.

Ele lembrou! Elijah cantou a parte de Danny. Depois cantei a parte de Sandy. Ele poderia ter tornado o ato de cantar aquela música ainda mais legal? Aquele garoto era sexy.

Enquanto cantávamos juntos, nos olhávamos nos olhos, sorrindo e dançando. Todos ao nosso redor se afastaram e apenas nós dois ficamos naquele palco cantando um para o outro. Foi eletrizante, como dizia a música. Então eu soube que meu coração estava voltado para ele.

Dei a Elijah o meu maior sorriso quando a música terminou. Ele sabia o quanto aquela música significava para mim. Elijah pegou aquela lembrança triste da minha perda e a substituiu por uma feliz.

— Feliz aniversário para mim — ele disse, passando o braço em volta dos meus ombros e dando um beijo na minha testa. — Esse foi o melhor presente de todos. Obrigado, Alex.

Eu não tinha ideia de por que ele me agradeceu, mas não queria pensar muito sobre isso. Elijah estava feliz com sua vitória e seu aniversário.

CAPÍTULO 20

ALEXANDRIA

Quadro magnético:

> *Desculpe! Não tive tempo de tirar a roupa da secadora. Farei isso de noite.*
> *— E*

Lexy, Seth, Elijah e eu caminhamos até a porta da frente, mas paramos quando Liam saiu da sombra. Ele cruzou os braços, protegendo-se do frio.

— Liam? O que você está fazendo aqui? — perguntei.

— Você não recebeu nenhuma das minhas mensagens? — Seu olhar aquecido viajou para Lexy, depois para Seth.

Elijah deixou cair o braço que estava preguiçosamente colocado nas minhas costas. Liam não se preocupou em dizer olá aos meus amigos.

Não respondi a sua pergunta, mas perguntei:

— Quanto tempo você esperou?

Sua aparição inesperada me chocou, então fiquei ali parada. Elijah abriu a porta e Lexy e Seth o seguiram para dentro.

Liam zombou e fez uma careta.

— Parece que você estava se divertindo muito para verificar suas mensagens.

Ignorei seu tom chateado e esfreguei meus braços para me aquecer.

— Vamos conversar lá dentro.

Liam me seguiu até meu quarto e fechou a porta atrás de si. Sentamos no colchão com uma distância entre nós enquanto o silêncio aumentava.

— Elijah e eu somos apenas amigos — afirmei, tentando quebrar o gelo.

Eu não tinha ideia de por que essas palavras saíram da minha boca primeiro. Ele não me perguntou nada, mas ver Liam me fez sentir culpada pela forma como me senti quando Elijah me beijou.

Liam se mexeu para me encarar.

— Você encontrou um novo lugar para ficar? Quando você conhecer meus pais, não quero contar a eles que você tem um colega de quarto homem. Meus pais são tradicionais. Eles não vão aprovar.

— Você quer que eu conheça seus pais? — Meu tom subiu um pouco. — Mas você disse que, quando conhecermos os pais um do outro, isso significa que daremos o próximo passo. É isso que você quer?

Ele assentiu.

— Você pode conhecer meus pais durante as férias.

Cruzei os braços.

— Quanto tempo ficaríamos fora? Eu preciso ver minha mãe também.

Os ombros de Liam relaxaram. Estremeci quando ele se aproximou de mim.

— Venha aqui. — Ele deu um tapinha no espaço na cama ao seu lado. — Senti a sua falta.

Não pude responder. Ainda estava chateada pela maneira como ele foi embora quando lhe disse que não encontraria outro lugar para ficar.

Como não me mexi, ele me puxou para si. E como sempre, eu deixei.

— Que tal darmos uma olhada nos apartamentos de que falei da última vez? — ele perguntou docemente, beijando meu pescoço.

A mão de Liam deslizou pelas minhas costas por baixo do suéter e ele abriu meu sutiã.

Seus lábios delinearam meu queixo e sua língua entrou em minha boca. Enquanto ele me beijava avidamente, começou a puxar meu suéter. Afastei suas mãos.

Cada vez que Liam me visitava, parecia que sexo era a única coisa em sua mente. Ele sabia que eu queria esperar até termos um relacionamento estável, principalmente porque eu era virgem, mas ele sempre tentava.

Passar algum tempo separados me deu a chance de pensar sobre o que eu queria em um relacionamento. A maneira como me sentia tão confortável perto dos meus novos amigos também me ajudou a vê-lo sob uma nova perspectiva. Eu não tinha certeza se queria mais estar perto dele.

Levantei da cama e fui até a mesa, a raiva fervendo em meus ossos.

Sempre cedi às suas exigências. Cancelar meus planos com Emma, trocar minhas roupas para agradar seus olhos e até deixar meu cabelo crescer para ele. Eu saía com os amigos dele, mas Liam não queria ficar com os meus. Tive que parar de falar sobre meu pai porque isso o deixava chateado. Já chega.

Encostei-me à mesa, com o queixo erguido, e disse:

— Não vou procurar outro lugar para morar.

Ele estreitou os olhos, penetrantes e frios.

— Eu disse que pagaria.

— Eu não quero que você pague.

— Você vai ter que se acostumar com isso quando morarmos juntos depois que eu me formar.

Soltei um suspiro agudo.

— E se eu não quiser morar com você? Você nunca me perguntou o que eu queria.

— Você vai morar aqui com Elijah pelo resto da sua vida?

Quase disse sim para irritá-lo, mas depois pensei melhor.

— O que você tem contra ele? Você nem o conhece. Ele é... ele é...

Ele pulou da cama, apertando a mandíbula.

— Eu não gosto do jeito que ele te olha. Não gosto do jeito que ele pensa que você é dele.

Bufei e cruzei os braços.

— Você pode ler mentes agora? Como você sabe o que ele pensa?

— Eu sou um cara. Eu sei.

— Você não sabe nada. — Agarrei o encosto da cadeira.

Liam deu mais um passo em minha direção e parou.

— O que você acabou de dizer?

Pela primeira vez, ele me assustou. Um olhar maligno e perigoso apareceu em seus olhos, e seu tom tornou-se dominador, mas não me importei. Eu já estava farta.

— Você me ouviu. — Combinei com seu tom. — Você não tem ideia do que está acontecendo entre nós. Tudo é sobre *você*. O que *você* quer. O que *você* precisa.

— Isso não é verdade. — Seus olhos se arregalaram, fechando os dedos em punhos. — Não posso acreditar que você está agindo de forma tão ingrata agora. Dirigi três horas para te ver.

Agarrei a cadeira com mais força.

— Você simplesmente não enxerga. Não acho que isso vai dar certo entre nós. Cada vez que nos vemos, brigamos.

Os olhos de Liam escureceram e um ruído perigoso escapou de sua boca.

— Nós brigamos por causa dele. Você precisa se mudar. Não vou pedir de novo.

Não pude acreditar no que ele disse. Isso me irritou ainda mais.

— O que precisamos é de um tempo separados. Isto…

Liam não me deixou terminar. Todo o seu rosto ficou vermelho e suas sobrancelhas se ergueram.

— Você precisa se mudar!

— Você não está me ouvindo! — gritei, meu corpo tremendo. — Você nunca me ouve.

Liam deu passos rápidos, mas, antes que pudesse me alcançar, saí correndo do meu quarto e pela porta da frente. Ele nunca me mostrou que poderia ser do tipo violento, mas eu não queria ficar para descobrir.

Eu não sabia se Elijah estava em casa ou se Seth e Lexy foram embora. Tudo que eu sabia era que queria ficar longe de Liam. Ele gritou meu nome e então a porta de um carro bateu, mas continuei correndo, sem olhar para trás.

A brisa fria do outono açoitava meu rosto e meu coração batia forte enquanto a respiração me deixava em jatos. Fazia muito tempo que eu não corria tão longe e rápido.

Parei lentamente e apoiei as mãos nos joelhos. Meu corpo caiu, eu arfei por ar. Não tinha ideia de onde estava. Só conhecia um caminho para o campus. A música soava no prédio na minha frente. Alguém estava dando uma festa. Eu me virei para ir embora quando ouvi meu nome.

Eu conhecia aquela voz.

— Elijah?

Ele apareceu das sombras atrás de arbustos altos.

— O que você está fazendo aqui? — Ele deixou cair o cigarro no concreto e o esmagou com o sapato.

Sua ação trouxe de volta as lembranças ruins do meu pai e, para piorar, Heather estava ao lado dele, toda alegre. Por alguma razão, isso realmente me incomodou. Meu coração brincava de cabo de guerra. Às vezes eu me perguntava como seria se Elijah e eu estivéssemos namorando, e outras vezes não me importava.

— Você estava em nossa casa? Quero dizer… — perdi minhas palavras.

— Dean vai dar uma festa na casa dele. — Ele apontou para a porta da frente. — Eu pensei que você estava com Liam.

Quando ele veio em minha direção, Heather ergueu as mãos. Sem dizer uma palavra, voltou para dentro.

CLAREZA

— Nós brigamos. — Eu queria contar a ele que havia terminado com Liam, mas decidi não fazer isso. Qual era o objetivo?

— Por que ele está bravo desta vez? Desculpe. — Elijah enfiou as mãos nos bolsos. — Não é da minha conta.

— Tudo bem. Aproveite sua festa. Parece que sua acompanhante voltou para dentro. Ela não parecia muito feliz. Vou voltar para casa agora.

— Espere. — Elijah pegou seu celular e enviou uma mensagem. — Vou te levar para casa.

— Mas seu amigo está esperando por você. — Apontei o queixo em direção ao apartamento de Dean.

Elijah caminhou na minha frente pelo caminho cimentado e olhou por cima do ombro.

— Você vem ou tenho que voltar para casa sozinho?

Eu ri e o alcancei.

— Está uma noite linda, não é? — Ele olhou para o céu escuro com alguns pontos brilhantes.

Eu me perguntei sobre o que ele estava falando. As nuvens cobriram a lua.

— Poderia ser melhor se houvesse mais estrelas.

— Você está procurando algo que não vê, em vez de se concentrar no que pode ver.

Eu nunca olhei sob essa perspectiva. Elijah abriu meus olhos.

— Você tem razão. Está uma linda noite.

Elijah parou sob um poste de luz e encontrou meu olhar.

— Às vezes você pode ver beleza em poucas coisas. — Seu dedo veio em direção ao meu rosto e roçou levemente a ponta do meu nariz. — Mais ou menos como essas sardas.

— Minhas sardas? — exclamei. — Eu não gosto delas.

— Eu acho que elas são fofas. São muito fracas, então a maioria das pessoas não notaria, mas eu vi você de perto.

Me senti corar. Liam sabia que eu tinha sardas no nariz?

— Então, Freckles, conte-me sobre seu pai — ele disse, voltando para casa novamente.

— Freckles? Você acabou de me chamar de "Sardas"? — eu ri.

— É o seu novo apelido. Todos nós temos um apelido, exceto você. Eu até chamo Lexy, de Lexus, às vezes.

Eu ri, acompanhando seu passo.

— Não tenho certeza do que dizer sobre meu pai. Você já sabe o suficiente sobre ele. Que tal me contar sobre seu irmão?

Assim que disse as palavras, me arrependi delas. Foi um lapso.

Elijah parou, franzindo as sobrancelhas, parecendo chateado.

— Quem te disse que eu tinha um irmão?

Eu não queria apontar o dedo para Lexy, então tive que pensar rápido.

— Vi as fotos naquela noite quando dormi na sua cama.

Engoli em seco. Essas palavras soaram maliciosas e íntimas. Elijah franziu a testa e saiu andando, cortando a grama, me deixando para trás.

— Elijah, me desculpe. — Corri para alcançá-lo, mas meu tornozelo torceu e caí de cara no chão. Graças a Deus estava na grama. Meu pé mergulhou em um buraco.

— Alex, você se machucou? — Elijah passou os braços em volta do meu peito e me levantou.

— Estou bem. Eu sou tão desajeitada.

Nossos olhos se encontraram quando me endireitei. Minha respiração arfou quando sua mão alcançou meu rosto. Seus dedos acariciaram minha bochecha, como se tocassem a coisa mais delicada do mundo. A princípio, pensei que meu rosto estava cheio de grama, mas me enganei… e como me enganei.

O tempo parecia não ter fim. Embora as luzes da rua fornecessem luz suficiente, eu não sabia dizer se uma lágrima se acumulou em seus olhos ou se a luz fez suas íris brilharem como as estrelas.

— Alex — Elijah sussurrou, continuando a acariciar minha bochecha.
— Meu irmão… — Ele engoliu em seco. — Ele morreu de leucemia. Ele tinha apenas treze anos. Não pude salvá-lo. Eu não era um doador compatível. Eles não conseguiram encontrar um a tempo.

Tanta dor espreitava naqueles olhos lindos e sombrios. A cada palavra que ele falava, eu sentia sua dor apertando meu coração.

Eu suspirei.

— Não é sua culpa. Você não deveria se culpar por algo sobre o qual não tinha controle. Eu sei que, se fosse possível, você teria trocado de lugar com ele. Você é uma pessoa incrível. Seu irmão está muito orgulhoso de você.

Os lábios de Elijah se contraíram, uma sugestão de sorriso.

— Você acha? — ele perguntou suavemente, a ponta do dedo deslizando sobre meu lábio inferior.

Ah, meu Deus! O que ele estava fazendo comigo? Meu pulso acelerou, minha mente em frangalhos. Eu tinha esquecido do que estávamos falando.

CLAREZA

— Sim — choraminguei.

Os lábios de Elijah alcançaram os meus. Mais perto... mais perto... quase tocando... e por que eu não o estava impedindo?

Algo molhado atingiu meu rosto e depois outras partes do meu corpo. Ficamos ali estupefatos, olhando um para o outro em estado de choque e nos encharcando.

— Que droga é essa? — Elijah agarrou minha mão e corremos pelo gramado.

Chegamos à porta da frente do nosso apartamento rindo. Parecia que tínhamos tomado banho vestidos. Envolvendo meus braços ao meu redor, estremeci como uma louca. Elijah me aninhou nele, me aquecendo com uma mão enquanto a outra enfiava a mão no bolso para pegar as chaves.

Não me senti culpada por gostar de estar em seus braços. Ele estava sendo doce, um amigo. Elijah tocou meu coração com sua dor esta noite e de alguma forma afastou a minha. Eu queria confortá-lo como ele fez tantas vezes por mim.

— Vou fazer um chocolate quente — ele disse quando entramos e fechamos a porta.

— Com biscoitos? — perguntei.

Elijah riu, indo para seu quarto.

— O que você quiser, baby.

Acho que ele nem percebeu que me chamou de "baby". Tenho certeza de que foi um lapso, mas me deixou confusa e alegre ao mesmo tempo.

CAPÍTULO 21

ELIJAH

Quadro magnético:

> *O aluguel vence em breve.*
> — E

Se aqueles *sprinklers* não tivessem ligado, eu a teria beijado. Eu não sabia o que estava pensando quando meus lábios foram em direção aos dela. Culpei o álcool, mas não bebi muito. Eu nunca bebia muito. Deve ser a emoção de vencer a corrida.

Depois de tomar banho, fiz chocolate quente e coloquei alguns biscoitos em um prato e nos sentamos à mesa de jantar.

— Não me diga que você vai mergulhar esse biscoito no chocolate quente. — Fiz uma careta.

— Por que não? O gosto é delicioso. — Alex submergiu o biscoito com as pontas dos dedos. — É o mesmo conceito, só que é mais quente e derrete mais rápido.

Ela abriu a boca, deixando cair um pedaço. Passando a língua, lambeu o farelo do lábio inferior. Eu tive que respirar fundo. Isso foi demais depois de vê-la encharcada e nosso quase beijo. Sem falar na lembrança daquele episódio em que comi o biscoito de sua mão para me impedir de beijá-la.

— Você não precisa voltar para a festa? — Alex deu outra mordida.

Ela fazia com que comer um biscoito parecesse tão tentador. Parecia que eu estava perdendo algo.. Talvez eu devesse experimentar.

— Quer vir comigo? Lexy e Seth estão lá. — Tomei um gole e passei o dedo pela borda.

— Não. Estou meio cansada.

— Estou meio cansado também. Beber chocolate quente faz isso comigo. — Eu pretendia voltar para a festa depois de deixá-la em casa, mas não podia deixá-la sozinha, especialmente depois que Liam foi embora.

— Elijah, posso te fazer uma pergunta? Você não precisa responder se não quiser — ela perguntou, tímida, torcendo uma mecha de cabelo atrás da orelha.

— Claro.

— Por que você fez essa tatuagem de dragão? Eu acho lindo.

Olhei para minha bebida por um segundo e depois para cima.

— Meu irmão adorava dragões. Fiz essa tatuagem para mostrar a ele que sempre estaria comigo. — Engoli minhas lágrimas e pisquei. — Ele adormeceu sorrindo com a mão na tatuagem e nunca mais acordou.

— Sinto muito. — Ela olhou para sua caneca. — É bonito. Eu gostaria de ter feito algo assim pelo meu pai.

— Nunca é tarde demais.

— Eu sou medrosa. — Ela estremeceu.

— Reparei. — Revirei os olhos de brincadeira, aliviando o clima.

— Ei, não posso evitar. — Ela fez beicinho.

Maldito beicinho. Ela tinha que parar ou eu poderia simplesmente chupar aqueles lábios.

— Da próxima vez que você estiver com medo, não precisa bater. Basta entrar. No entanto, posso estar nu na cama. Esteja avisada.

Alex soltou um som fofo, ficando vermelha.

— Tranque a porta se estiver, e se não, deixe-a aberta. Esse será o seu sinal.

Embora a ideia de Alex na minha cama me emocionasse, eu sabia que nunca aconteceria novamente.

Bebi e a caneca bateu quando a coloquei sobre a mesa.

— A fraternidade de Seth está organizando uma festa de Halloween. Quer vir? Lexy estará lá. Tenho certeza que ela vai falar sobre isso com você.

— Ela já falou. — Alex tamborilou os dedos na lateral da caneca. — Ela vai me levar para comprar fantasias depois do trabalho ainda esta semana. Você tem uma fantasia?

Arqueei uma sobrancelha.

— Se eu tenho uma fantasia? Eu vou como eu mesmo.

— Você não é engraçado. — Alex fez uma careta e depois fez beicinho.

Aquele beicinho de novo. *Droga, Alex. Pare.*

— Você vai convidar Liam? — perguntei

O olhar de Alex mudou para a televisão.

— Ele provavelmente vai querer que eu vá para a casa dele, mas não quero sair com seus amigos ricos e esnobes. Além disso, tivemos outra briga, então não sei o que vai acontecer.

Antes que eu pudesse dizer qualquer coisa, ela foi até a cozinha e depois voltou.

— Você tem outra tatuagem, não tem?

Eu me mexi no sofá.

— Como você sabia?

— Eu notei quando você tirou a camiseta — ela disse hesitante. — Vi as letras C-L-A-R, mas não vi o resto.

Arrastei meu cabelo para trás.

— É aí que eu digo que não é da sua conta. — Pisquei para que Alex não pensasse que eu estava chateado com ela.

Alex acenou com a cabeça e abriu os lábios, provavelmente querendo fazer outra pergunta, mas a interrompi.

— Vamos conversar sobre outra coisa.

Talvez eu devesse ter ido à festa.

Alex assentiu novamente.

— Como você sabe se um cara realmente te ama? Estou perguntando porque você parece ter muito mais experiência com relacionamentos.

Pensei nisso por um momento. Ninguém nunca tinha me feito essa pergunta antes.

— Liam faz você andar nas nuvens? É assim que as garotas costumam descrever quando se apaixonam.

— Eu não sei — ela disse baixinho.

Fui para a cozinha e Alex me seguiu. Depois de colocar minha caneca na pia, ela fez o mesmo.

Encostei-me no balcão.

— Você já ouviu a música chamada "To Love A Woman", de EC?

— Como é? — Ela olhou nos meus olhos, implorando. — Você pode cantar para mim?

— Não — eu disse.

Alex deu um passo para o lado e ficou na minha frente.

— Você tem uma voz tão boa. Adoro ouvir você cantar. Por favor? — Alex agarrou meu suéter e não soltou.

Com aquele sorriso angelical e aqueles olhos inocentes olhando para mim, como eu poderia negar?

CLAREZA

— Ok, mas só um pouco.

Ela soltou meu suéter e encostou as costas no armário alto.

Pigarreei.

— Você a vê do outro lado da sala, todos os outros rostos desaparecem. A Terra treme dentro de você, o sorriso dela te domina. Tocando seu coração, sua alma. Você não pode fazer nada, apenas sonhar com ela. Tudo o que você quer fazer é segurá-la em seus braços.

Antes que eu percebesse, eu a prendi contra o armário — perdido no momento, perdido na música e perdido nela. Alex era minha prisioneira, trancada e hipnotizada enquanto eu continuava a cantar.

Minha voz cantando ficou mais suave quando meus lábios quase tocaram seu pescoço.

— Você quer respirá-la e provar cada palavra em seus lábios. Você deseja tocá-la. Saboreá-la. Fazer amor com ela até que você possa senti-la em seu sangue...

Recuei, precisando de um momento para clarear a cabeça. Ao mesmo tempo, Alex respirou fundo. Ela parecia prestes a desmaiar.

Olhando em seus olhos, passei meus dedos por seu cabelo e continuei a cantar:

— A cada beijo e a cada toque, ela tira pedaços de você, até não sobrar nada. Mas você precisa dela, então você a deixa fazer isso... porque você a ama... e não consegue respirar sem ela.

Eu tinha cantado a música inteira quando pretendia cantar apenas uma parte dela. Fui pego no momento e me senti tão bem. Não conseguia parar.

— Alex — sussurrei. De alguma forma, minhas mãos envolveram sua cintura. — *Agora é assim que um homem deve amar sua mulher.*

Eu não conseguia olhar para ela. Se Alex continuasse a me fitar com olhos sonhadores e atordoados, eu poderia beijá-la. Me afastar era a única maneira de manter o controle, mas ela me impediu.

— Elijah, você já amou alguém assim antes? — ela perguntou suavemente, ainda parecendo sonhadora, ainda plantada contra o armário como se estivesse colada ali.

— Não. Boa noite, Freckles — eu disse e fui para o meu quarto.

As perguntas de Alex trouxeram à tona as memórias da minha mãe e do meu irmão. Deitado na cama, lembrei claramente daquele dia terrível, como se tivesse acontecido ontem.

Eu não sabia o que dizer quando me sentei em uma cadeira ao lado de Evan em sua cama de hospital. Tudo o que podia fazer era ser forte pelo meu irmão mais novo e fingir que tudo ia ficar bem. Mas não ia, e ele sabia disso.

Memórias felizes dançaram na minha cabeça. Evan e eu jogando bola, assistindo filmes, jogando videogame e enfrentando um ao outro. Nossa diferença de idade de oito anos não importava. Estávamos próximos.

Como pode um garoto saudável de treze anos ficar tão doente de repente? Sua vida estava apenas começando. Não era justo para ele e não era justo para aqueles de nós que ficaríamos com nada além de dor e as lembranças. A vida era cruel. Eu sabia disso muito bem.

— Você nunca vai acreditar no que eu fiz — comecei.

Seus olhos se arregalaram de animação.

Estreitei os olhos e apontei um dedo para ele.

— Não conte para a mamãe, ok? Eu fiz uma tatuagem, então estou um pouco dolorido.

Uma risada suave escapou de sua boca.

— Você fala demais. Depois de ver, então decidirei. Onde está a mamãe?

Foi preciso muito mais energia para falar hoje do que ontem, mas seus olhos brilharam de animação.

— Na sala de espera. Eu disse a ela que queria ficar sozinho com você. — Arregacei a manga e mostrei a ele a tatuagem do dragão.

Ele me deu o sorriso mais feliz que já vi. Gravei essa expressão em minha mente para nunca esquecer. Então seus lábios murcharam, tremendo, piscando os olhos para conter as lágrimas.

— Você fez essa tatuagem de dragão legal para mim?

— Claro que sim, amigão. Eu sei o quanto você ama dragões.

Ele desviou o olhar para enxugar os cílios, depois encontrou o meu.

— Para que você sempre pudesse se lembrar de mim. Foi por isso que você fez isso?

Minha compostura fria voou porta afora. Eu não conseguia olhar para ele, sabendo que a morte estava chegando. Incapaz de dizer uma palavra, com medo de perder o controle, balancei a cabeça.

— Você pode me dar um abraço, Elijah? Não posso mais pular em você.

Abaixei-me e passei meus braços em volta dele. Meu irmão estava muito mais fraco do que ontem e suas palavras demoraram a chegar.

Evan me empurrou para trás, mas seus dedos agarraram meus braços.

— Quando as pessoas vão para o Céu, elas se lembram da família que deixaram para trás?

Eu o soltei e sentei novamente.

— Eu não tenho certeza.

— Quando eu te vir no Céu, você acha que nos conheceremos?

Eu não tinha ideia, mas meu coração já em pedaços se partiu ainda mais. Eu precisava aliviar o clima ou poderia perder a compostura na frente dele.

Apontei para a tatuagem.

— Como você poderia não reconhecer isso? Você vai se lembrar de mim.

Evan bufou.

— Sim, você está certo. — Seu sorriso desapareceu. — Pode me prometer algo? Você vai parar de fumar?

Esfreguei meu rosto e suspirei. Eu nunca tinha fumado na frente dele antes.

— Como você sabe disso?

Evan deu um sorriso culpado.

— Uma noite, espiei pela janela e vi você com uma garota. Vocês dois estavam fumando.

— Você me viu com a Clara? — Agarrei seu cobertor. — Eu não fumo muito, então não se preocupe.

Ele colocou a mão no meu braço.

— Quando eu chegar no Céu, vou pedir a Deus que mande para você a garota mais gostosa do mundo para fazer você parar. Você sabe, o tipo de garota sem a qual você não pode viver. Você fará isso por ela. — Ele riu, uma risada fraca e curta.

Bati em seu nariz.

— Se você está planejando me enviar a garota mais gostosa do mundo, vou esperar. De qualquer forma, quero que ela me ame pelo que sou e não pelo que ela quer que eu seja. E por que estou falando sobre relacionamentos com você?

Ele conseguiu me dar um sorriso e perguntou:

— Acha que o papai sabe que estou doente?

A palavra "pai" me fez reagir com raiva. Ele nos deixou há três anos, quando se viciou em jogos de azar, e não tivemos notícias dele desde então. Eu tinha que me acalmar pelo bem de Evan.

— Se soubesse que você está doente, tenho certeza de que ele estaria aqui. — Era mentira, mas ele precisava ouvir algo positivo.

Evan esfregou os olhos, piscou e apontou para o teto.

— Você vê a luz? Você a vê?

Virei-me para sua linha de visão. Do que diabos ele estava falando?

— Vejo o quê?

Evan pousou a mão na minha tatuagem, sua voz fraca, mas clara.

— Nunca esquecerei que você fez isso por mim. Você é o melhor irmão que alguém poderia ter.

Evan olhou para o teto e sorriu, então sua mão deslizou da minha tatuagem. Ele fechou os olhos e seu peito não subiu novamente. Então um bipe rápido ressoou no monitor que media seu pulso.

Alguém arrancou meu coração e deu um soco em meu estômago. A dor que senti foi diferente de tudo que já havia sentido antes. Sons que não reconheci escaparam da minha boca. Ao segurar a mão do meu irmão mais novo pela última vez, soltei um grito angustiante.

Meu peito doía, minhas mãos estavam trêmulas e eu tremia tanto que parecia que a qualquer minuto uma bomba explodiria dentro de mim. Então minha mãe e as enfermeiras entraram correndo.

Minha mãe caiu no chão, gritando, e me deu um tapa para voltar à realidade. Por um segundo, pensei que fosse tudo um sonho, mas não foi. Meu foco voltou e a dor diminuiu o suficiente para que eu caísse no chão ao lado dela.

Eu a abracei, o único conforto que poderia dar. Seu lamento foi alto o suficiente para nós dois. As unhas dela cravaram minha tatuagem recente, a dor afiada no meu braço, mas não me importei. Não era nada comparado ao tormento que estava sugando minha alma. A morte abriu um buraco que não poderia ser consertado.

Como você supera a perda de alguém que ama com todo o coração?

CAPÍTULO 22

ALEXANDRIA

Lexy me levou a uma loja de Halloween e andamos pelos corredores com várias fantasias. Fadas, vampiros e asas de anjo, mas me afastei das máscaras assustadoras e nojentas. A máscara de Jason em exibição me deu arrepios.

— Você sabe o que quer ser? — Lexy ficou de frente para o espelho, lutando para colocar uma longa peruca loira na cabeça. Então ela a colocou de volta no gancho. — Talvez eu seja uma pirata sexy ou um demônio.

— Que tal este? — Levantei uma fantasia de anjo.

— De jeito nenhum. Quero parecer alguém com quem você deseja dormir, não alguém com quem deseja orar. — Ela bufou e virou-se para a próxima prateleira.

— Você sabe como Seth e Elijah vão? — Mesmo que Elijah tenha me dito que não ia se fantasiar.

— Seth sempre se veste de algo realmente assustador, e quanto a Elijah, ele se acha legal demais para essas coisas. Tenho tentado fazê-lo se fantasiar há não sei quantos anos. Eu desisto. Ele irá com roupas normais.

— Que tal estes? — Levantei duas fantasias. — Mulher Maravilha ou Batwoman?

— Batwoman. Vou tentar isso. Encontrou algo para você?

Levantei uma roupa de couro.

— O que você acha disso? Eu só preciso de uma peruca loira encaracolada. Ou acho que poderia estilizar meu cabelo, mas vai ficar muito longo.

— Você vai ficar tão gostosa. Com esse corpo, você se parecerá com ela.

— Você acha?

— Vem, vamos provar.

Depois de pegar algumas fantasias, entramos juntas em um provador espaçoso.

Como eu já tinha decidido a fantasia, sentei-me no banco, mas Lexy experimentou uma após a outra.

— O que você acha dessa aqui? — Ela olhou para o telefone na minha mão. — Tudo certo?

— Liam não ligou. Eu disse a ele que precisávamos de um tempo, mas para ele só importava que eu me mudasse. Esperava que ele pelo menos ligasse para pedir desculpas, mas, de qualquer maneira, isso não importa. Vou terminar com ele. Só preciso fazer isso cara a cara.

— Ah. — Seu tom ficou sério. — Esqueça ele. O cara está brincando com você. Ele provavelmente está esperando que você se ajoelhe primeiro. Haverá muitos caras na festa hoje à noite e com a sua roupa você não terá problemas.

Sorri e dei uma rápida olhada no meu telefone quando ela se encarou no espelho.

Lexy ergueu uma fantasia na frente do corpo e posou como uma modelo.

— Já decidi. Eu vou ser um demônio sexy. Estou morrendo de fome. Vamos comer.

Guardamos tudo, pagamos e saímos.

Quadro magnético:

> *Obrigado pelas sobras de espaguete.*
> *Quero saber como você estará vestida esta noite.*
> *— E*

Lexy e eu trabalhamos no turno da noite e depois voltamos para minha casa para nos vestir. Elijah foi ajudar Seth e seus irmãos da fraternidade. Em vez de comer fora, convidei Lexy para provar o espaguete que sobrou.

— Isso é tão fofo. — Lexy olhou para o quadro.

Tirei um prato aquecido do forno de micro-ondas e entreguei a ela.

— É como Elijah e eu nos comunicamos às vezes.

— Já vi isso antes, mas não disse nada. — Lexy foi até a sala de jantar e colocou uma porção de espaguete em nossos pratos.

Sentei em frente a ela e bebi um pouco de suco.

Lexy girou o garfo no macarrão.

— Eu tenho que dizer, Alex. Você faz o melhor espaguete do mundo.

— Obrigada. É a receita especial do meu pai. — Enfiei um pouco de macarrão na boca.

— Sinto muito pelo seu pai — ela disse.

— Tudo bem, Lexy. Elijah está certo. Quanto mais falo sobre ele, mais a dor se torna suportável.

— Estou aqui para ajudá-la — Lexy falou, dando outra mordida. — Tenho sorte de ainda ter meus pais. Elijah, por outro lado... — Ela não terminou.

O pedaço de espaguete que engoli não caiu bem quando Lexy mencionou Elijah e o que ele havia passado. A vida às vezes é uma droga, mas ter bons amigos compensa a falta de apoio familiar.

— E sua mãe? — Lexy bebeu um pouco de suco.

— Meus pais eram divorciados. Tenho certeza de que ela sofre por meu pai à sua maneira, mas não da mesma forma que eu. Pelo menos é o que eu penso.

Depois de comermos e nos vestirmos, tiramos fotos e mandamos para Emma. Então saímos de casa. Um frio começou a tomar conta da minha barriga. Achei que íamos para a casa de alguém, mas chegamos a um restaurante. Havia uma exposição de abóboras esculpidas alinhadas em ambos os lados da entrada.

— Ingressos — o cara na porta, vestido de vampiro, disse.

— Que ingresso? — perguntei a Lexy. — Lexy, não tenho nenhum ingresso.

— Não se preocupe. Eu tenho o seu. — Ela vasculhou sua bolsa e entregou-os a ele.

Quando os vi, notei quanto custam. Cinquenta dólares cada.

— Depois te pago. — Levantei minha voz quando passamos pelas portas. A música explodía em meus ouvidos.

Ela se inclinou mais perto enquanto contornávamos um cara vestido de cachorro-quente.

— Eu não paguei por eles. Você não deveria ver quanto custaram.

— Quem pagou pelo meu? — Olhei para um grupo de garotas vestidas como bruxas sensuais.

— Cortesia do seu colega de quarto. Não diga nada ou ele vai ficar bravo comigo.

Eu teria que compensar ele também. Preparar o jantar ou comprar mantimentos extras. Pensando em Elijah, eu me perdi, até que assobios soaram. Dean acenou para nós. O time de hóquei com vassouras ficou boquiaberto com Lexy e comigo quando nos aproximamos deles.

— É o demônio sexy e a prostituta. — Dean colocou os braços em volta dos nossos ombros.

Prostituta? Ele não entendeu a minha fantasia. Talvez muitas pessoas não entendessem, mas eu não me importava.

— Elvis. — Lexy passou a mão pela peruca de Dean. — Você não deveria ser sexy?

Não havia cadeiras disponíveis ao redor da mesa, então ficamos de pé.

— Você viu Seth e Elijah? — Lexy perguntou a Dean.

— Por aqui em algum lugar. — Dean entregou a cada uma de nós uma bebida da mesa.

Tomei um pequeno gole, verificando primeiro se gostei do sabor. Doce e frio. Eu estava com tanta sede e nervosa que engoli tudo.

Lexy piscou e deixou cair o queixo.

Dei de ombros e abri um sorriso inocente.

— Alex? — Ouvi meu nome e me virei.

— Cynthia? — Eu a reconheci da aula de História da Arte.

Os olhos de Cynthia percorreram meu corpo.

— É bom ver você aqui. Você está fabulosa. Eu adoro esse filme.

— Obrigada. Você também está ótima.

Cynthia usava uma roupa de Chapeuzinho Vermelho — fofa, mas com um pouco de sacanagem.

Depois que apresentei Cynthia e seus amigos a Lexy e Dean, Seth se juntou a nós. Afastei-me delas para ajustar minha peruca, mas, quando me virei, os olhos das meninas saltaram das cabeças e suas mandíbulas caíram no chão. Segui seus olhares e minha expressão facial combinou com a delas. Eu não conseguia acreditar no que via.

Danny… eu quis dizer Elijah, veio em nossa direção vindo dos fundos do restaurante, passando a mão pelo cabelo penteado para trás, como no filme. Uma camiseta branca moldava cada parte do seu peito tonificado, sob a jaqueta de couro preta, ligeiramente abaixo dos ombros.

Sem dúvida, toda garota arrancaria a calcinha por ele.

Hipnotizada, não pude acreditar que ele se vestiu como Danny de *Grease*.

E então foi a vez dele se surpreender.

ELIJAH

As mulheres ficaram de boca aberta e se separaram como o mar vermelho enquanto eu caminhava até meu grupo de amigos e parava na frente de Alex. E então eu fiquei de boca aberta.

Vestida com calça de couro preta, uma blusa preta que grudava nos seios, saltos vermelhos de matar e uma peruca loira curta e encaracolada, ela era minha Sandy.

Com um lampejo de seu sorriso, aquele que sempre me deixava desfeito, Alex acenou timidamente. A expressão em seus olhos dizia que ela gostou do que viu. Todas as mulheres lá me deram o mesmo olhar, mas só o dela importava.

— Eu pensei que você não se fantasiasse. — Ela me olhou de soslaio.

— Pois é, *Danny*. — Lexy me deu um bom tapa no braço. Eu odiava quando ela fazia isso, mas minha jaqueta amortecia a dor.

— Vocês dois planejaram isso? — Seth riu, olhando para Alex de um jeito que não gostei, mas não podia culpá-lo. Os outros caras também. Eu queria cobrir aquele corpo lindo dela com minha jaqueta.

— Eu sempre me visto assim. — Sacudi a gola da jaqueta e agi de forma dura, assim como Danny faz em *Grease*.

— Sim, tanto faz. — Lexy me deu um tapa novamente e depois se virou para Seth. — Sério? Jason de novo?

— Não tive tempo de sair às compras. Foi a coisa mais fácil de vestir.

— Vai correr amanhã à noite? — Dean me perguntou.

Por que diabos ele tocaria em um assunto como esse na frente de todo mundo? Deixei passar, já que a música abafava nossas vozes. De qualquer maneira, era difícil ouvir a pessoa que estava ao seu lado.

— Não anuncie isso ao mundo — eu disse.

— Você vai correr de novo? — Alex perguntou. A desaprovação ecoou em suas palavras.

— Isso paga as contas, Alex. — Dei de ombros.

Eu quase disse que não tinha um pai que economizasse um fundo para a faculdade como o dela, mas sabia que não deveria dizer isso. Ou ela entendeu ou não se importou. Esperava que fosse a primeira opção.

Alex e Lexy foram para a pista de dança enquanto eu peguei uma garrafa de cerveja e me sentei entre Seth e Dean.

— Então, como vai com Alex? — Seth perguntou. — Ela é uma boa colega de quarto?

Tomei um gole da garrafa.

— Ela é ótima. Achei que seria um saco no começo, mas, de alguma forma, está funcionando.

Dean ergueu a garrafa para beber, mas parou no meio do caminho e perguntou:

— Você tem dificuldade para dormir à noite com Alex no outro quarto?

Sim, esses pensamentos passaram pela minha cabeça, mas o melhor é que ele não sabia. Um braço deslizou pelas minhas costas.

Virei para a fantasia de coelhinha da Playboy de Heather. Ela estava gostosa, mas fiquei surpreso por não ter interesse.

— Estive procurando por você por toda parte. — Ela beliscou meu lóbulo da orelha.

Eu poderia dizer que ela estava com tesão e bêbada. Se eu olhasse para ela daquele jeito, ela me seguiria, mas não estava interessado. Eu esperava que, se a ignorasse, ela iria embora, mas Heather continuou passando as mãos por todo meu corpo, até mesmo na minha virilha.

Pulei da cadeira, a cerveja quase derramou da minha garrafa. O ciúme tomou conta de mim quando vi Alex dançando com alguns garotos da fraternidade. A forma como o corpo dela balançava com a música me manteve cativo. Mas nada disso me incomodou até que Nolan se aproximou dela.

Seth colocou a mão no meu peito.

— Não vá ainda. Vamos ver o que acontece.

E com certeza, Nolan fez um movimento. Mas, ao contrário de antes, ela não o afastou, e isso me irritou. *O que ela estava pensando?*

CAPÍTULO 23

ALEXANDRIA

Limpando o suor da minha testa com as costas da mão, eu ri com Lexy e meus novos amigos enquanto cambaleávamos ao som da música. Ignorei a dor desses saltos, a coceira da peruca e até evitei coçar a bunda. A calça de couro barata me deixou com calor e suada.

O ambiente girou e eu corei com o calor. Meu corpo parecia que eu flutuava no chão em um estado de felicidade. Sim, eu estava tonta. A bebida de Dean tinha gosto de ponche, mas definitivamente tinha muito álcool. Eu nunca aceitaria um gole de um estranho, mas, como era de alguém que eu conhecia, não vi problema.

Fiz uma nota mental para nunca mais fazer isso. Meu pai teria ficado... Parei de pensar. Dançar com meus amigos me ajudou a esquecer Liam, Elijah, meu pai e a vida em geral. Eu existia no momento sem preocupações ou tristezas. O mundo havia se fechado ao meu redor até que me virei para sorrir para Lexy, mas ela se virou para outra pessoa, me dando uma visão clara de Elijah, Seth e Dean.

Ofereci um sorriso a Elijah, mas, em vez de retribuir, um olhar de desaprovação cruzou seu rosto. Ele estava chateado com alguma coisa que eles estavam discutindo ou com os caras com quem eu estava dançando? Ele estava com ciúmes? Certamente não estava, mas então percebi que Nolan estava na minha frente e sabia exatamente o que o incomodava. Aquele segundo de satisfação evaporou quando Heather o apalpou.

— Minha garota da bandeirada. — Nolan balançou as sobrancelhas. Suas mãos agarraram meus quadris e ele balançou comigo. Eu não ligava muito para ele, mas tinha um parceiro de dança e ele era bom.

O baixo bombeava pelos meus ouvidos, ressoava pelo meu corpo, até os dedos dos pés, enquanto Nolan se movia comigo em perfeita harmonia.

A música, a batida, o momento, eu me perdi até que ele passou a mão pelas minhas costas até minha bunda e apertou meu corpo contra o dele.

— Mas que diabos, Nolan! Saia de cima de mim. — Eu o empurrei, mas ele não se mexeu.

Nolan riu na minha cara, ainda me segurando.

— Você sabe que gosta disso.

— Estou falando sério. Pare! — Tentei empurrá-lo novamente.

Quando o corpo de Nolan voou do meu, tropecei para o lado, com os dedos dos pés cravados nos saltos, mas não caí. Enquanto minha respiração irregular ficava presa na garganta, os braços de Elijah me seguraram firme, então ele me soltou.

Elijah ficou com uma postura cautelosa e com os punhos cerrados.

— Eu te avisei. Nunca mais toque nela. Vou quebrar seus dois pulsos. Vamos ver se você consegue pilotar depois disso.

Os amigos de Nolan se aglomeraram ao nosso redor, mas os de Elijah também. Quando Nolan deu um passo em direção a Elijah, um golpe atingiu o ar.

Acho que Nolan deu um soco no rosto de Elijah, mas o antebraço dele bloqueou o golpe. Ele revidou no queixo de Nolan, que caiu no chão com um baque, depois se levantou e balançou o braço para um soco, mas errou.

Quando Elijah recuou para bater nele novamente, Seth e Dean agarraram seus braços, enquanto os amigos de Nolan fizeram o mesmo com ele e o levaram para o banheiro.

Abri a boca para agradecer a Elijah, mas ele agarrou meu braço e me puxou para fora do restaurante em direção ao estacionamento. Meus saltos bateram no cimento. Elijah me culpava pela briga que teve com Nolan?

Ele fez uma careta.

— O que diabos você estava pensando em dançar com ele daquele jeito? E você está bêbada.

Seu tom me surpreendeu, pisquei, então minhas palavras saíram com meu tom de raiva combinando com o dele:

— Você não tem o direito de me dizer com quem posso dançar. Eu estava apenas me divertindo. Eu tinha tudo sob controle e não estou bêbada.

— Sob controle? — ele zombou. — Ele colocou a mão na sua bunda e praticamente te fodeu na pista de dança. É isso que você chama de diversão?

Cutuquei sua jaqueta de couro.

— Quem eu fodo na pista de dança é problema meu. Quem fez de você minha babá?

CLAREZA

Os olhos de Elijah se arregalaram e sua mandíbula se contraiu. Ele passou as mãos pelo cabelo e respirou fundo.

— Você está certa, eu não tenho direito. Não brinque com fogo ou você se queimará. Nolan não é o seu tipo. E você não está com Liam ainda?

— Não tenho certeza — rebati.

Embora eu tivesse planejado terminar com Liam, não queria contar a Elijah. Esse tópico não tinha nada a ver com nossa discussão. Pelo menos eu achava que não.

Fiz uma careta enquanto coçava a peruca.

— Você não tem namorada? Você é um hipócrita. Você não está na casa de Heather quando só chega em casa tarde da noite?

Suas sobrancelhas se curvaram, surpreso. Mesmo eu não pude acreditar no que disse, mas não pude voltar atrás. Estava tão furiosa.

— É onde você pensa que estou? — Ele parecia desapontado. — Você estava dançando com Nolan porque estava com ciúmes de Heather?

Seus lábios se projetaram, tentando conter um sorriso ou uma risada. Eu não sabia dizer qual.

— Não. — Cruzei os braços e olhei para os carros estacionados para evitar seus olhos. — Eu estava apenas me divertindo.

Eu estava com ciúmes, mas Elijah não precisava saber. Olhei para cima, já que ele não havia dito uma palavra, mas não tirava os olhos de mim.

— Você está calmo agora? Eu quero voltar. — Esfreguei os braços, fingindo estar com frio. Eu não queria mais ficar ali.

— Me desculpe — pediu, quando dei um passo para ir embora.

Eu parei.

— Pelo quê? — Minhas costas ainda estavam voltadas para ele.

— Por querer proteger você. — Seu tom terno me quebrou. Isso me lembrou o quanto ele queria proteger seu irmão mais novo e sua mãe e não conseguiu. Mas eu não era eles.

Eu me virei para encará-lo.

— Você não precisa sentir que tem que me proteger. Eu quero que você seja meu amigo.

— Amigo — repetiu, mas soou mais como uma pergunta. — Não tenho mais certeza do que isso significa.

Eu não tinha certeza se o ouvi corretamente. Quando ele foi embora, eu sabia que nossa pequena briga havia acabado e que tudo ficaria bem pela manhã, como sempre, como se nada tivesse acontecido entre nós.

Lexy e eu não ficamos muito tempo, já que tínhamos que trabalhar no dia seguinte. Depois que ela me deixou em casa, tomei banho e fui para a cama, mas não consegui dormir. Eu queria terminar as coisas com Liam, mas e Elijah? Ele nunca me disse diretamente que estava interessado em mim.

Jurei que nunca namoraria um cara que fumasse, embora ele não fumasse perto de mim desde que soube que meu pai faleceu de câncer de pulmão. Ainda assim, não podia evitar o que sentia. Cada vez que o via, meu coração batia forte e meu desejo sexual tinha vontade própria.

Devo ter cochilado. Quando acordei, ainda estava escuro. Fui até a cozinha pegar um copo de água, vestindo uma camiseta branca e calcinha. Todas as luzes estavam apagadas, então presumi que Elijah estava dormindo, já que ele voltou para casa logo depois de mim.

Com as pálpebras pesadas, apertei os olhos enquanto tentava encontrar a geladeira na escuridão. Tateei e senti a alça longa e fria. Abri a geladeira e peguei a caixa de leite. Quando peguei um copo, uma sombra passou por mim. A caixa de leite voou das minhas mãos e acabou caindo em cima de mim. Eu pulei, dando um grito estridente.

CAPÍTULO 24

ELIJAH

Quadro magnético:

> *Limpei o banheiro já que você passou o aspirador na casa.*
> *— Alex*

Não consegui dormir, então deitei no sofá. Pensei no que disse a Alex na festa. Eu estava errado. Quando ela me disse que não sabia o que estava acontecendo entre ela e Liam, me senti horrível, mesmo não suportando o idiota.

Uma luz veio da geladeira. Alex deve estar com fome ou com sede. Joguei o cobertor de lado e fui até a cozinha perguntar se ela precisava de alguma coisa. *Uau!* Alex não usava nada além de calcinha e uma camiseta branca.

Eu não queria assustá-la. Na verdade, não disse uma palavra. Eu pretendia me afastar, mas, quando a vi parada ali, seminua, não consegui tirar os olhos dela. A porta da geladeira não estava totalmente fechada, então sua luz fraca me deu uma visão clara. Quando Alex pulou e gritou, a caixa voou e o leite desceu do peito até os dedos dos pés, acumulando-se ao seu redor.

Seus mamilos endurecidos apareciam através da camiseta encharcada. A visão dela fez meu pau mexer sob minha boxer. Essa imagem ficaria impressa em minha mente para sempre, e eu sonharia com aquele momento por muito tempo.

Peguei o pano de prato e estendi a mão para entregá-lo a ela. Parecendo horrorizada e envergonhada, ela escorregou na poça de leite ao se afastar de mim.

Dei um passo para pegá-la, mas escorreguei. Aconteceu tão rápido que eu nem sabia como nós dois caímos no chão comigo em cima dela, na mesma posição em que caímos no gelo. Só que desta vez estávamos molhados de leite.

Minha mão esquerda apoiou seu pescoço enquanto minha outra mão tinha vontade própria, e meu pau também.

— Você está bem? — com o coração batendo forte, sussurrei em seu ouvido sem fôlego.

Usei toda a minha força de vontade para não me enterrar profundamente dentro dela, mas não consegui parar de esfregar um pequeno círculo com o polegar na lateral do seu seio.

— Sim. — Sua respiração acelerou e ela não fez nenhum movimento para se levantar.

Seus olhos encontraram os meus com surpresa e algo que eu não conseguia descrever, mas tinha certeza de que tínhamos a mesma expressão que gritava "eu quero você agora".

O que fiz a seguir estava além do meu controle. Eu havia perdido totalmente toda a minha força de vontade.

Deitado em cima dela e sem ninguém por perto, minha necessidade egoísta por ela me possuiu. A necessidade que tive no segundo em que coloquei meus olhos nela.

Eu a queria.

E eu iria tê-la.

— Alex — murmurei. — Vou provar você agora.

Depois que um gemido escapou dela, abaixei minha boca até o ponto molhado em seu pescoço e chupei o leite. Eu não poderia parar por aí. Enquanto eu lambia para baixo, minha mão deslizou por baixo de sua camiseta e foi em direção ao seu seio. Alex arqueou as costas e soltou um pequeno gemido sexy que me incentivou.

Puxei sua camiseta para cima para expor seu seio e minha língua circulou em torno dele. Chupei e provoquei seu mamilo até que ela agarrou meu cabelo com um punho. Eu sabia que isso a deixava louca. Pensando que ela iria me afastar e sabendo que deveria parar antes de irmos longe demais, comecei a desacelerar. Mas quando Alex abriu as pernas para mim, não havia nenhuma maneira que eu pudesse controlar minha necessidade.

— Não deveríamos — ela gemeu. — Mas não pare.

Essa era toda a confirmação que eu precisava. Esmaguei meus lábios nos dela com força por causa de toda a tensão sexual que se acumulou

CLAREZA

por tanto tempo. Deslizei minhas mãos por baixo da sua bela bunda e me esfreguei nela.

Alex gemeu mais alto, me deixando no limite. Tudo nela parecia tão certo e ao mesmo tempo tão errado. Eu tinha que parar. Se cedêssemos à tentação, ambos estaríamos ferrados.

Não haveria um "nós" depois. Eu não poderia dar a Alex as coisas boas da vida que ela merecia.

ALEXANDRIA

Sonhei em tocar em Elijah, mas nunca imaginei que seria tão bom. Quando sua boca cobriu meu mamilo, deixei a realidade para trás e flutuei alegremente para longe. Cada nervo do meu corpo estremeceu.

Seu toque me excitou mais do que qualquer coisa que Liam já fez. Talvez porque Elijah estivesse fora dos limites, ou porque eu tivesse um gostinho do que tantas mulheres queriam. Talvez tenha sido a maneira como ele me acariciou com tanta necessidade e paixão...

Elijah diminuiu a velocidade, provavelmente pensando que não era uma boa ideia, mas não parou quando gemi mais alto. Quando ele se pressionou contra mim, quase explodi. Meu corpo pegou fogo com seu calor e parei de tremer por causa do leite frio.

Cedi sob ele e me deixei levar. Eu não me importava com o que o amanhã traria. Queria que aquele momento com ele nunca acabasse, mas, ao mesmo tempo, suspeitava que estávamos cometendo um erro.

Elijah parou e soltou um suspiro pesado no meu pescoço.

— Alex, o que estamos fazendo? Não podemos. Você sabe como isso vai acabar.

Ele estava certo. Minha virgindade era outro motivo para parar, embora Elijah não tivesse ideia. Eu não sabia como responder a sua pergunta enquanto continuava olhando para ele e apreciava sua mão na minha bochecha.

— Elijah... — Hesitei, sem saber o que contar a ele. — Eu não sou... o que eu quero dizer é que eu não sou... — Eu estava fazendo uma bagunça, mas como você diz a um cara que você é virgem? Respirei fundo. Aqui vai. — Eu sou virgem — soltei, antes que pudesse mudar de ideia.

Elijah assentiu, olhando para mim sem expressão. Ele me levantou do chão, me carregou até o banheiro e abriu a água do chuveiro.

— Tome um banho — sugeriu, incapaz de me olhar nos olhos. — Vou limpar a bagunça.

Seu tom me disse que o que aconteceu entre nós nunca mais aconteceria. Aparentemente, não significava muito para ele.

Se um de nós acabaria se mudando porque perdemos o controle, eu não sabia.

CLAREZA

CAPÍTULO 25

ELIJAH

Dormi o máximo que pude, evitando Alex de propósito depois do que aconteceu ontem à noite. Minha mente disparou, lembrando da sensação dela em meus braços, mas ao mesmo tempo me perguntando como eu tinha deixado isso chegar tão longe.

Para complicar as coisas, Alex me disse que era virgem. Não pude acreditar, mas estava tão feliz que ela confiou em mim. Eu odiaria ser o cara que acabou tirando isso dela e a largando depois.

Quando percebi que hoje era sábado e Alex estava trabalhando, saí da cama esticando os braços e bocejando, indo até a cozinha pegar algo para comer. Meu coração se suavizou quando vi um prato coberto com filme plástico transparente no balcão ao lado da pia e o bilhete no quadro magnético.

> Elijah,
> Espero que vença a corrida.
> Por favor, tenha cuidado.
> Fiz esse café da manhã para você.
> Liam está vindo para conversar.
> Obs: Não mergulhe sua panqueca em um copo de leite.
> Ela vai desmanchar. Eu sei que você quer. HAHA!
> — Alex

Eu ri e levantei o filme plástico. Meu coração disparou com uma panqueca em formato de carro de corrida. Que bonitinho! Como eu poderia comê-lo? Eu estava morrendo de fome, então fiquei ali e comi. Enquanto saboreava cada mordida, o sorriso de Alex invadia minha mente, e não pude evitar o punhal torcendo em meu coração ao pensar em Alex nos braços daquele idiota.

Ele não era bom o suficiente para estar no mesmo ambiente que ela. *Acho que a noite passada não significou nada para Alex.* Isso doeu mais do que pensei ser possível. Não importava. Esse caminho não seria bom para nenhum de nós.

Ela não estaria na corrida, então pelo menos não seria uma distração para mim. Eu me preocuparia constantemente com Alex se ela estivesse lá. Mal sabia ela que eu havia dito a Lexy para não levá-la para a corrida dele.

Era um dos locais mais perigosos e as multidões seriam piores que as anteriores. Não era seguro para ninguém, embora mais pessoas significassem mais dinheiro para mim.

Depois de comer a panqueca, tomei um copo de suco e lavei a louça. Enquanto me dirigia para o meu quarto, encontrei uma sacola de presentes com meu nome no sofá.

> Elijah,
> Feliz aniversário atrasado!
> Todo mundo precisa de uma casa, até mesmo de fotos.
> Espero que goste deles.
> — Alex

Os dois porta-retratos simples tinham uma borda preta fina. Perfeito para as duas fotos no meu quarto. Meus amigos e eu não trocamos presentes de aniversário, então já fazia um tempo que eu não recebia um. Não só fiquei emocionado com o gesto dela, como me senti um lixo por causa da noite passada. Eu queria que ela pudesse ser minha.

ALEXANDRIA

— Então você e Liam se reconciliaram pela centésima vez? — Lexy perguntou, encostando-se no balcão da caixa registradora. Estávamos perto do fim do nosso turno e não havia ninguém no refeitório do campus.

Ocasionalmente, minha mente vagava para a noite passada e minha pele queimava com o calor persistente do toque de Elijah. Eu queria contar a Lexy o que tinha acontecido, principalmente por culpa, mas decidi guardar nosso momento de intimidade para mim. Além do mais, isso nunca aconteceria novamente.

Fiz uma careta e me encostei no balcão ao lado dela.

— Eu disse a Liam para vir para que eu pudesse terminar com ele, mas não consegui. Eu estava nervosa. Meus sentimentos por ele mudaram. É também esse relacionamento à distância... Tem sido difícil e ele não gosta que eu esteja morando com Elijah.

— Você pode culpá-lo? — Lexy franziu a testa. — Você gostaria que Liam morasse com uma garota gostosa?

Como eu sabia que ele não estava com outras garotas? Quem sabia o que ele fazia nos finais de semana? Era ele quem tinha carro. Ele nunca me convidou para sua casa. Antes eu teria me importado, mas não mais.

— Ele quer que eu conheça os pais dele durante o feriado de Natal. — Evitei a pergunta dela.

— Uau. Isso é muito sério.

Coloquei minha cabeça em seu ombro.

— Eu não vou. Estou sendo egoísta?

Lexy passou um braço em volta de mim.

— Claro que não. Você está tentando terminar com ele.

— O que você vai fazer no Dia de Ação de Graças? — perguntei. Já estava cansada de falar sobre Liam.

— Eu ia para casa, mas posso ficar por aqui e ir para casa durante o Natal. É caro voar para Nova York. Eu poderia muito bem passar uma semana em vez de um fim de semana.

— E Elijah? Ele tem algum parente por perto?

— Por que você não pergunta a ele?

Eu me afastei de Lexy.

— Às vezes, ele pode ser tão complicado. Não sei se ele quer ser meu amigo.

Falar sobre Elijah me deixou quente e incomodada. Cada vez que entrava na cozinha, lembrava dos lábios de Elijah nos meus e de sua língua acariciando meu mamilo.

Lexy agarrou meus braços, me forçando a olhar para ela.

— Elijah é complicado, mas tem um coração enorme. Ele se preocupa demais, porém, ao mesmo tempo tenta não demonstrar. Por exemplo, ele não quer você na corrida esta noite. — Lexy enrijeceu. — Merda! Por favor, não diga a ele que eu disse isso, ok?

— Ele não quer que eu vá?

Suas palavras me feriram. Desejei não ter feito para ele aquela panqueca em forma de carro de corrida. Eu me senti mal por causar uma briga entre Nolan e ele, então foi minha maneira de me desculpar, inclusive por ontem à noite.

Lexy baixou a mão e verificou o relógio.

— Não leve a mal. A multidão estará pior esta noite e nem eu vou. E Liam está vindo ver você, certo?

— Sim, se ele não cancelar. — Suspirei. — Eu disse a ele para vir para que eu pudesse terminar. Não me sinto bem fazendo isso por telefone ou por mensagem.

— Você realmente vai terminar com ele desta vez?

Coloquei minha cabeça em seu ombro novamente.

— Sim.

— O primeiro é sempre o mais difícil em todos os sentidos. Mas lembre-se, você ainda não conheceu o homem certo.

Quando você deixa alguém ir, ele leva um pedaço de você e não dá para recuperá-lo.

— Quando você saberá se Liam está vindo? — Lexy perguntou.

Meu telefone vibrou no bolso de trás da minha calça jeans.

— Você deve ser médium. — Eu li a mensagem de Liam. — Ele não vem — gemi.

Lexy me deu um sorriso.

— Vamos sair, só nós duas.

Uma ideia surgiu na minha cabeça.

— Você já assou um peru?

Lexy fez uma careta.

— Você está brincando? Não suporto nem tocar em um.

Eu ri.

— Já que você não vai para casa no Dia de Ação de Graças, que tal eu assar um peru?

— Você não vai para casa? — Seus olhos se arregalam, surpresos.

CLAREZA

— É o primeiro Dia de Ação de Graças sem meu pai. Não quero passar esse dia com minha mãe e meu padrasto. Prefiro passar com meus amigos.

Lexy me deu o maior sorriso de todos e me abraçou.

— Garota, vou te ajudar com todo o resto, menos com o peru.

CAPÍTULO 26

ALEXANDRIA

Em vez de ir jantar com Lexy, ela nos levou a um restaurante quando recebeu uma mensagem de Seth. Elijah venceu a corrida e eles estavam comemorando sua vitória.

Lexy estacionou o carro e, antes que ela pudesse sair, passei a mão em seu braço para chamar sua atenção.

— Tem certeza que eu deveria estar aqui? — perguntei.

Achei que Elijah e eu deveríamos nos evitar para acalmar as coisas, mas acho que beber com os amigos seria um momento tão bom quanto qualquer outro para enfrentá-lo.

— Por que não? — Lexy me lançou um olhar estranho.

— Elijah não me convidou e não me queria na corrida.

— Não seja ridícula. Vamos. — Lexy abriu a porta e saiu.

O ar vibrava com música e emoção enquanto entrávamos no restaurante repleto de gente. Reconheci alguns jogadores de hóquei com vassouras nas mesas dos fundos e acenei para eles.

— Que bom ver você. — Uma senhora gordinha puxou Lexy nos braços.

— Mama Rose! — Lexy gritou. — Esta é Alex.

Ela me deu uma olhada.

— Então esta é Alex. É tão bom finalmente conhecer você. — Ela me deu o mesmo abraço forte.

— Mama Rose é a mãe de Seth — Lexy explicou. — Ela é a dona deste restaurante.

Seth tinha os olhos verdes de sua mãe e uma estrutura facial suave semelhante.

— Vocês estão aqui para festejar com os meninos e todas aquelas meninas? — Mama Rose apontou com o queixo para trás. — Se Elijah continuar vencendo corridas como essa, ele terá uma fila de garotas na sua porta. Ele será famoso como uma estrela do rock. Se eu fosse mais jovem, seria a primeiro da fila.

Lexy e eu rimos e Mama Rose se juntou a nós.

Olhei de volta para a multidão. Elijah estava encostado na parede com uma garrafa de cerveja na mão. Com sua jaqueta de couro e o cabelo penteado para trás, ele parecia descolado e controlado. Seus lábios se curvaram deliciosamente em um sorriso sexy e irresistivelmente perverso para as garotas ao seu redor. Ele estava se divertindo muito.

Uma sensação de mal estar percorreu minhas veias. Eu sabia que as garotas se sentiam atraídas por ele, mas isso me incomodava mais hoje. O ciúme piorou quando ele beijou uma garota acariciando seu rosto. Não era Heather. Eu não tinha ideia de quem era. Sabendo que nosso beijo não significava nada para ele, fingi sentir o mesmo, mas as lágrimas se acumularam em meus olhos e meu coração acelerou em batidas estranhas.

— Alex, vamos. — Lexy me puxou com ela.

Quanto mais nos aproximamos deles, mais forte meu coração batia contra o peito. O ambiente pareceu se fechar e eu não conseguia respirar. Eu precisava de ar. Não, eu precisava me recompor.

— Lexy. Alex! — Dean balbuciou, tropeçando em nossa direção.

Ele estava completamente bêbado. Quando colocou os braços em volta de mim, senti o cheiro de seu hálito.

— Você perdeu um rosto bonito… não. — Ele balançou sua cabeça. — Ritmo. Não. Corrida. — Ele riu e nós também. — Ele quase *bum… cabum… não… ba…teu.*

A ideia de que Elijah poderia ter se machucado fez meu estômago revirar. Imaginei o carro dele destruído ou, pior ainda, caindo no meio da multidão.

Elijah não me cumprimentou. Ele deve ter me visto. Ninguém poderia não ter notado Dean nos cumprimentando. Captei seu olhar, mas ele se virou tão rápido que não pude mais duvidar que estava me ignorando de propósito. Eu já tinha visto o suficiente quando vi suas mãos e lábios em outra garota.

Lexy nos puxou para uma mesa cheia de amigos. Sentei e dei as costas a Elijah. Pela primeira vez, senti que não pertencia a este lugar. Todos na nossa mesa conversavam e eu ficava ali ouvindo. Deveria ter seguido meu instinto e ido para casa.

Não! Foi bom ter visto Elijah com outra garota. Ele nunca se importou comigo mais do que como amigo, e abri mão da possibilidade de que talvez, apenas talvez, pudesse haver algo entre nós. Ele poderia muito bem ter me jogado contra uma parede com seu carro.

Elijah me lembrou por que eu não namorava alguém como ele. Ele validou que eu queria alguém estável que soubesse o que queria. Claro, Liam pode ser dominador às vezes, mas pelo menos ele me amava, não é? Mesmo então eu não tinha certeza. Não que eu estivesse pensando em resolver as coisas com ele. Para mim, já tínhamos terminado. Os homens que fossem para o inferno!

Por que meu coração doía tanto? Eu tinha me apaixonado por Elijah? Nunca poderia namorar alguém que fumasse, que parecesse perigoso, e especialmente alguém que ganhasse a vida correndo. Ah, meu Deus! Eu precisava de algo ou alguém para me tirar da luxúria de Elijah. Sentindo a adaga torcer ainda mais fundo, mandei uma mensagem para Lexy que tinha saído para ir ao banheiro, dizendo que eu havia pegado uma carona para casa. Virei-me para encarar Elijah uma última vez, mas ele havia sumido e não estava em lugar algum. Isso só significava uma coisa e fiquei com nojo de mim mesma por estar com ciúmes.

Corri para fora da porta e dei boas-vindas à ardência da brisa fria que me acordou enquanto eu corria. A névoa saía da minha boca a cada respiração irregular. Quando cheguei em casa, todas as luzes estavam acesas. Sons abafados vieram de seu quarto. Elijah trouxe sua acompanhante para casa. Ele estava partindo meu coração a cada passo.

Lexy me disse que se Elijah trouxesse muitas meninas para casa, eu poderia dormir na casa dela. Cynthia me perguntou na aula se Elijah trazia para casa uma garota nova todas as noites. Havia uma razão para elas terem dito essas coisas. Elijah era um mulherengo. Ele estava escondendo isso de mim. Senti-me uma idiota por ter caído em sua armadilha.

Elijah sabia como entrar no coração de uma garota. Tudo nele gritava problemas, mas quem poderia ignorar seu charme, seu carisma, seu tudo?

Tive que provar a mim mesma que ele não significava nada para mim, então fui ao banheiro e fiz minha presença ser reconhecida dando descarga, tomando banho e fazendo barulho alto com batidas nos armários. Não havia como ele não escutar.

Depois que fui para a cama, mandei uma mensagem para Lexy novamente para avisá-la que cheguei em casa em segurança. Emma também havia mandado mensagem. Ela viria cedo para me ajudar a assar o peru. Quase disse a ela para não vir, mas mudei de ideia quando me lembrei da animação de Lexy.

CLAREZA

Por que eu abri minha boca grande?

Agora que experimentei Elijah, não conseguia parar de pensar no que eles estavam fazendo no quarto dele. Eu não significava nada para ele e, aparentemente, nossa amizade também não. Eu era apenas mais uma garota que não entrou na lista de uma noite só.

Eu o odeio. Raiva, frustração, confusão, amor, luxúria, desejo, necessidade e tristeza misturados em um único eu confuso. Nunca senti tantas emoções ao mesmo tempo.

Coloquei um travesseiro sobre minha cabeça para não ouvir o que eles estavam fazendo. As lágrimas eram por sentir falta do meu pai, e lágrimas porque eu não queria me apaixonar por Elijah, mas sabia lá no fundo que já tinha me apaixonado. Eu lutaria contra esse sentimento com tudo o que tinha e seria forte, porque a realidade me deu um tapa na cara esta noite.

ELIJAH

Quase bati o carro. A morte me olhou bem na cara, mas me deixou ir. O carro quase certamente foi adulterado e meu único suspeito era Nolan.

Nunca tive medo de morrer antes, o que significava que algo havia mudado em mim. Eu precisava cair na realidade. Corridas de rua eram perigosas. Arrisquei minha vida por dinheiro rápido. Sempre foi fácil.

Momentos desesperados significavam medidas desesperadas. Se eu morresse no processo, não me importava. Mas uma parte de mim fez isso esta noite. Isso me assustou mais do que morrer.

Ver Alex na festa me fez sentir culpado por correr. Ela era como o anjo em meu ombro balançando a cabeça, me dizendo que não era o caminho. Mas eu não tinha escolha por enquanto.

Presumi que Alex estava com Liam, mas, quando ela entrou com Lexy, meu coração não só pulou do peito por ela; houve uma dor que eu não queria sentir. O tormento puro, mais profundo que o oceano, uma dor que eu não sentia há muito tempo. E eu sabia o que tinha que fazer.

Estar cercado por garotas não era novidade, mas estar cercado por elas e não flertar de volta, era. Quando Diane deslizou as mãos sobre meu peito, respondi beijando-a. Eu nunca tinha beijado uma garota na frente de Alex antes. Eu não tinha ideia do porquê. Por que ela se importaria com quem eu beijava? Desde que entrou na minha vida, me adaptei para ela. Parei de levar garotas para casa depois daquela primeira noite. Eu disse não às festas em minha casa. Até limpei minha própria bagunça.

Não querer fumar na frente dela me fez fumar menos. Também me deixou desconfortável, já que o pai dela havia morrido de câncer de pulmão.

Eu tinha me tornado outra pessoa. O que veio a seguir? Minhas preocupações, minha raiva e até mesmo a perda da minha família foram esquecidas perto dela. Juro, ela seria a minha destruição. Alex tentou não olhar para mim, mas a curiosidade tomou conta dela. Uma parte de mim se sentiu bem por ela se preocupar em se importar, porém, quando ela se virou, me senti horrível.

Por que eu deveria me importar? Ela estava comprometida, eu não. Eu estava solteiro e pegaria alguém esta noite, então tudo o que Alex pensava que sentia por mim desapareceria completamente. Eu queria que ela ficasse com nojo de mim para que fosse mais fácil seguir em frente.

Levei Diane para casa comigo. Qualquer sentimento que Alex tivesse por mim estaria fora de questão quando ela voltasse para casa. Era melhor assim.

CAPÍTULO 27

ALEXANDRIA

Quadro magnético:

> *Uma amiga minha vem hoje.*
> *Ela vai passar a noite.*
> *Vou dormir no sofá.*
> *— Alex*

Nas últimas semanas, fingi que nada aconteceu entre Elijah e eu. Fui trabalhar, fui para minhas aulas e fiz minhas próprias coisas. Até comecei a ver anúncios de "procura-se colega de quarto". Elijah também ficou fora a maior parte do tempo.

Anotei no quadro magnético que estava fazendo um jantar com peru e que Seth, Lexy e Dean viriam aqui no Dia de Ação de Graças. Eu não me importava se ele visse o recado ou não. Aquele quadro foi ideia de Elijah e se ele não se preocupasse em olhar para ele, então o problema não era meu.

Liam me mandou uma mensagem avisando que não iria para casa no Dia de Ação de Graças. Perguntei se ele queria vir para ver o que diria, mas ele negou, sabendo que isso significaria estar com meu grupo de amigos.

Se antes eu tinha alguma dúvida sobre terminar com Liam, ele me deu mais um motivo para fazer isso. Eu não sabia o que teria dito se ele respondesse que viria, mas mal podia esperar pelas festas de Natal para poder oficializar nosso término. Também mal podia esperar para ver Emma.

A campainha tocou. Saí correndo do meu quarto e abri a porta. Eu esperava ver Emma, mas nunca tinha visto essa garota que estava diante de mim. Ela era alta e bonita, com longos cabelos escuros.

— Quem é você? — perguntou, com um tom atrevido.

— Eu sou Alex, colega de quarto de Elijah. Posso ajudar?

— Você pode dizer a Elijah que eu passei por aqui?

— Quem devo dizer que passou por aqui?

— Clara — ela disse e saiu.

Por que esse nome não me era estranho? Então me dei conta. A breve confissão de Lexy sobre como Clara foi o desastre de Elijah e as iniciais em sua tatuagem, C-L-A-R. A letra que falta devia ser "A".

Quase imediatamente depois que voltei para dentro, a campainha tocou novamente. Abri a porta e fui recompensada com a visão da minha amiga.

— Emma! — exclamei.

Ela tinha deixado o cabelo crescer e estava linda de calça jeans e suéter listrado.

Emma deu um passo à frente, largou a mochila e se jogou em volta de mim. Apertei suas costas igualmente tensas. Eu tinha sentido muita falta dela. Ela era meu conforto, meu calor e meu lar.

— O que você acha da minha casa? — Peguei a bolsa dela e fui até a sala.

O olhar de Emma desviou-se da sala de estar, da área de jantar e da cozinha.

— É aconchegante, mas nada sofisticado. Porém, se morássemos juntas, teria parecido... divertido. — Emma curvou os lábios e balançou as sobrancelhas. — Eu só estou pegando no seu pé porque estou com ciúmes. Você se lembrou de descongelar o peru?

— Recebi sua mensagem. Me siga. Vou te mostrar meu quarto. Vou dormir no sofá.

Emma seguiu atrás de mim.

— Você não precisa dormir no sofá — garantiu, entrando no meu quarto.

Coloquei sua bolsa ao lado da cama.

— Você é minha convidada. É uma pena não ter uma cama maior. Vou levar você para jantar e mostrar o campus.

Emma e eu saímos juntas do meu quarto, mas ela parou perto da porta da frente e seus olhos se arregalaram. Elijah entrou. Ela observou seu peito esculpido enquanto ele tirava a jaqueta de couro e a colocava no sofá. Ele usava um moletom preto com um dragão dourado, como a tatuagem em seu braço.

Com os olhos de Emma ainda em Elijah, ela bateu em meu braço e sussurrou:

CLAREZA

147

— De onde ele veio? Me diga que você vê o que estou vendo. Ou meus sonhos simplesmente se tornaram realidade?

Quando Elijah se virou ao ouvir a voz dela, ele ofereceu um sorriso tímido e sexy para Emma, no entanto, quando me viu, seu sorriso desapareceu. Não tenho certeza do que fiz para merecer esse tratamento frio da parte dele, mas isso me fez querer sair daqui ainda mais rápido. Engoli meu orgulho, pois tinha que fingir que estava tudo bem na frente da minha amiga.

— Emma — eu disse —, este é Elijah. Elijah, esta é Emma, minha amiga.

Emma riu como uma colegial enquanto mexia os dedos.

— Prazer em conhecê-la, Emma. — Elijah apertou a mão dela. — Você é quem vai assar nosso peru. É muito gentil da sua parte.

— Você vai participar? — Seus lábios alcançaram seus ouvidos.

— Tenho certeza que sim, já que moro aqui. — Ele riu.

— Você mora aqui? — Ela parecia surpresa.

Elijah e Emma olharam para mim. Agora ele sabia que eu não tinha contado a ela sobre ele. Que bom! Seu ego pode diminuir um pouquinho. Ou talvez ele não se importasse.

— Acho que Alex não te contou — seu tom soou sombrio, quase desapontado.

— Não — eu disse. — Ela conhece você como Ellie.

Emma olhou entre Elijah e eu, parecendo confusa.

Suspirei e coloquei a mão no ombro de Emma. Hora de confessar.

— O apelido de Elijah é Ellie. Eu não sabia antes de me mudar. De qualquer forma, não ficarei muito tempo. E Emma e eu estamos de saída para que você possa trazer para casa quem você quiser.

Elijah se encolheu e franziu as sobrancelhas.

Eu me senti meio mal, mas era tarde demais. Palavras foram ditas.

— E por falar nisso — eu disse —, uma garota chamada Clara passou por aqui.

Puxei Emma para o meu quarto. Precisávamos pegar nossas jaquetas e bolsas e dar o fora dali. Doía muito estar no mesmo lugar que ele.

ELIJAH

Ver Alex me fez sentir culpado por ela. Se ela tinha brigado com o namorado novamente, isso não seria problema meu. Ela não deveria estar com alguém que a deixava tão infeliz.

Quando ela disse que não ia ficar muito tempo, senti um pequeno choque no meu coração. Eu esperava que ela não quisesse dizer que planejava se mudar. Então, novamente, se ela fizesse isso, talvez fosse bom nos dar alguma distância, mas me senti mal por ela ter a sensação de que precisava fazer isso. Talvez eu devesse considerar me mudar.

Quando Alex mencionou o nome de Clara, meu coração deu um salto. Ela estava me ligando, mas eu não iria mais jogar o jogo dela. Só esperava que ela não dissesse nada a Alex, como sugerir que eu a havia traído. Clara usou essa mentira para me trocar por outro cara rico, porém, como sempre, ela voltou a vir atrás de mim quando ele a largou.

Alex e Emma saíram. Presumi que elas iriam jantar fora, mas não perguntei. Sentia falta da comida de Alex. Embora ela nunca tenha admitido isso, eu sabia que ela cozinhava a mais para mim e isso me tocava profundamente.

Eu tinha que permanecer forte. Alex ainda estava saindo com outra pessoa. Para mim, isso era uma indicação de que ela não queria deixá-lo ir. Afinal, eles tinham uma história juntos e ele esteve ao lado dela durante a morte de seu pai. Pelo menos eu poderia dar ao idiota crédito por isso.

Eu esperava poder sobreviver ao jantar de Ação de Graças.

CAPÍTULO 28

ALEXANDRIA

Emma ligou seu tablet e a música encheu o ar. Assar o peru com Emma me lembrou do meu pai. A cada dois anos, eu passava o Dia de Ação de Graças com ele e Emma vinha me ajudar com a comida.

Elijah entrou pela porta todo suado. O queixo de Emma caiu e ela praticamente babou, e quase deixou cair o peru.

— Emma — rebati. Ela saiu do transe e colocou o peru preparado no forno.

— Eu não posso evitar — sussurrou. — Por mais que eu odeie Liam, não o culpo por pedir que você se mudasse. Independente disso, estou tão feliz que você vai terminar com ele. Mas caramba, Alex. Como você dorme à noite com aquele gostoso no outro quarto?

Revirei os olhos. Eu já tinha ouvido essa pergunta muitas vezes.

— Ele é apenas um cara, não um deus — afirmei, enquanto cortava as batatas.

Emma fechou o forno, ligou o cronômetro e enfiou a cabeça na geladeira.

— Tudo o que precisamos está aqui. — Bati no balcão.

— Eu sei. Preciso me acalmar.

— Sério? — Puxei sua blusa.

Emma deu um sorriso idiota.

— Estou apenas brincando. Eu senti tanto a sua falta. Senti falta daqueles dias em que conversávamos sobre garotos e íamos às festas. Você sabe que seu pai sabia que você escapava, certo?

— Do que você está falando? — Joguei as batatas na panela, coloquei no fogão e deixei ferver.

Emma colocou uma cebola e uma faca na tábua.

— Eu não te contei para que você não ficasse nervosa. Eu o vi espiar pela janela.

— Ele fez isso? — Cortei as cebolas enquanto Emma escolhia os feijões.

— Seu pai era legal. Chegávamos em casa em uma hora decente, o que provavelmente foi um dos motivos pelos quais ele não disse nada para você.

— Sim, ele era o melhor. — Lágrimas cegaram meus olhos. Para variar, não foi por sentir falta do meu pai. O cheiro de cebola invadiu minhas narinas e queimou meus olhos. Apertei-os e deixei as lágrimas escorrerem pelo meu rosto.

Emma agarrou meus braços.

— Você está bem? Eu deveria ter cortado as cebolas para você.

— Volto já. — Enxuguei as lágrimas. Ao sair da cozinha, semicerrando os olhos, esbarrei em algo duro.

— Você está bem? — Elijah segurou meus braços. Seu tom era doce e parecia genuinamente preocupado. Ele tomou banho rápido e vestiu um shorts e uma regata.

— É a cebola — funguei, ainda incapaz de abrir os olhos. — Dói. Nunca foi tão ruim antes.

Elijah me levou até o banheiro e me disse para me curvar sobre a pia. Ele jogou água fria no meu rosto. Depois que o armário abriu e fechou, ouvi a água correndo novamente. Então ele colocou uma toalha fria sobre meu rosto.

— Está melhor?

Sua doçura acalmou minha raiva por ele.

— Estou bem. — A sensação de queimação persistiu um pouco, mas me senti melhor. Coloquei a toalha no balcão. Tentando ajustar minha visão, pisquei várias vezes.

— Freckles, você está piscando para mim? — Seu tom era brincalhão.

Sorri, mas meu coração doeu quando ele me chamou pelo apelido que me deu. Isso foi inesperado.

— Você precisava de algo da cozinha? — Dei um passo para longe da pia. Eu não queria estar muito perto dele.

— Parece que vocês duas estavam se divertindo muito lá, pensei em ajudar. — Elijah apoiou a mão no balcão.

Eu não podia acreditar como ele se mostrava animado comigo como se nada tivesse acontecido. Talvez ignorar tudo fosse a melhor maneira de seguir em frente. Sentia falta da nossa amizade, das conversas e da proximidade entre nós.

— Lexy está vindo para ajudar — eu disse. — Além disso, Emma e eu assamos perus inúmeras vezes. Ainda não queimamos nenhum — bufei.

CLAREZA

— Quer saber um segredinho?

Elijah deu um passo à frente e me encostei na parede ao lado do vaso sanitário. Seus músculos flexionaram e suas mãos descansaram em ambos os lados, perto da minha cabeça. Eu não conseguia respirar e ele não me deu espaço quando se inclinou. Seus lábios roçaram a ponta da minha orelha.

— Eu sei fazer um ótimo purê de batata de acompanhamento.

— Você sabe? — perguntei, me sentindo tonta com sua proximidade. Eu quase poderia tocar sua boca com a minha.

— E sabe o que mais? — ele disse.

Balancei a cabeça, porque falar estava fora de questão. Um minuto antes, eu estava furiosa com ele. Agora, me derretia por ele. Como Elijah fazia isso comigo? Era irritante.

— Eu também sei uma receita de feijão muito boa — ele falou.

Aposto que ele poderia fazer qualquer coisa ficar saborosa.

— De qualquer forma, foi isso que meu irmão mais novo me disse. — Seus olhos sedutores tornaram-se suaves.

Senti sua dor quando ele mencionou seu irmão, e meu olhar mudou para sua tatuagem de dragão. Sem pensar, acariciei sua bochecha.

Elijah fechou os olhos, pressionando o rosto na palma da minha mão, e me deixou confortá-lo. À medida que meu pulso acelerava, o tempo parou nos olhares gentis, mas acalorados, trocados entre nós.

Alguém bateu na porta e nós estremecemos.

— Vocês estão bem aí? — Emma perguntou.

Há quanto tempo estávamos no banheiro? Eu não tinha ideia. O tempo sempre parecia parar quando Elijah e eu estávamos sozinhos.

— Estamos bem — eu disse com um tom alegre. — Já vamos sair.

— Já terminamos de nos bei... quero dizer... — Elijah balançou a cabeça e mordeu os lábios. — De nos pega... Eu quis dizer... de limpar as coisas — soltou.

Emma não disse nada e passos soaram do outro lado da porta. Ela provavelmente estava de volta à cozinha

— Devíamos sair — eu disse, ainda parada ali.

Baixei meu olhar para seu peito onde ele tinha o nome de Clara tatuado no coração. Presumi que ele a amava o suficiente para ter o nome dela tatuado em seu corpo. Ele nunca me amaria. Eu precisava proteger meu coração.

Elijah olhou para seus sapatos, então seus olhos escuros encontraram os meus azuis.

— Alex. — Ele soltou um suspiro suave. — Desculpe. Eu não deveria ter feito o que fiz naquela noite. Eu estava tonto e estávamos naquela posição e…

— Por favor, pare. — Cobri sua boca com a mão e em seguida a afastei.

Eu não sabia por que ele sentiu necessidade de se desculpar. Eu gostaria que ele não tivesse feito isso. Elijah me fez sentir uma qualquer e inútil, como se eu fosse um lanche que ele queria comer antes de dormir, e tudo porque ele não era ele mesmo.

Elijah olhou para mim como se quisesse uma explicação, então menti.

— Tudo bem. Eu já tinha esquecido disso.

— Legal. — Ele deixou cair os braços ao lado do corpo e deu um passo para trás. — Estamos bem então.

Ele poderia estar de boa, mas eu não.

— Sim, estamos bem. — Assenti com a cabeça, tentando não chorar, mas sabia que tinha uma desculpa se quisesse chorar. Meus olhos ainda ardiam por causa das cebolas.

— Alex… — insistiu, lentamente. — Não tive oportunidade de agradecer pelo meu presente de aniversário. Você realmente não precisava, mas minhas fotos também agradecem.

— Não foi nada. — Sorri, mas não do tipo que chegava aos meus olhos.

— Alex… — Havia algo diferente em seu tom dessa vez, como se ele estivesse prestes a confessar. — Naquela noite, quando trouxe aquela garota para casa…

Por que ele tinha que tocar no assunto? Meu coração se partiu novamente. Eu não sabia se conseguiria me controlar. Eu queria cair no chão e chorar. Engolindo um nó duro na garganta, escutei, mas todos os nervos do meu corpo queimaram. Eu estava com ciúmes e com dor. Queria odiá--lo, mas não tinha o direito.

Descansei a mão no balcão para me manter firme.

— Eu deveria ter cumprido nosso acordo e dito que estava trazendo alguém para casa. Quero dizer, ela não significava nada para mim. O que quer que você tenha pensado ou ouvido… — Ele suspirou.

O que quer que Elijah estivesse tentando me dizer exigiu muito esforço. Surpreendendo-me, ele aninhou levemente a cabeça em meu ombro. Não conseguia olhar para mim.

— Nada aconteceu — ele disse. — Eu juro que nada aconteceu. Eu a mandei para casa. Eu não consegui. Simplesmente não consegui.

CLAREZA

Lágrimas escorreram pelo meu rosto. Ele podia estar me dizendo a verdade, mas por que me contaria isso? Qual era o objetivo? De qualquer maneira, Elijah me machucou a ponto de não ter retorno, embora uma parte de mim se sentisse feliz por ele não ter dormido com ela. Independentemente disso, ele provou que não se importava comigo.

Antes que tivesse a chance de me ver chorando, enxuguei rapidamente as lágrimas.

— Este é o seu apartamento. Você não precisa da minha permissão. Não seja bobo. — Tentei fingir que não era grande coisa, mas meus lábios tremiam e meu coração não parava de sentir dor.

Elijah finalmente levantou a cabeça, conectando seus olhos aos meus, procurando por algo. O que quer que ele tenha visto, pareceu ficar satisfeito.

— Ótimo. — Ele me deu um sorriso torto. — Estamos bem?

— Sim — respondi.

— Vou te dar um abraço agora, já que amigos se abraçam depois de se reconciliarem.

Elijah passou os braços em volta de mim antes que eu tivesse tempo de registrar o que ele havia dito. Respirei fundo quando meu corpo se pressionou contra o dele. A sensação era muito boa. *Eu precisava dele longe de mim.*

Mas quando Elijah baixou o rosto em meu cabelo, em volta do meu pescoço, um calor prazeroso infundiu em minhas veias.

Pensei naquela noite. Meu coração batia mais rápido e os braços pendurados ao meu lado se recusavam a afastá-lo, não importando o que minha mente lhes dissesse para fazer.

— Acho que o pessoal está aqui, Freckles — ele murmurou em meu ouvido.

Arrepios elétricos passaram por mim novamente. Mas o ar frio ocupou seu espaço quando ele saiu pela porta sem olhar para trás. Quanto a mim, olhei para a parede para me controlar.

CAPÍTULO 29

ALEXANDRIA

Enquanto estávamos ao redor da mesa de jantar, sorri para toda a comida deliciosa. O peru ficou perfeito, rechonchudo e suculento. Elijah não estava brincando quando disse que fazia o melhor purê de batata e feijão.

Lexy fez arroz e milho cozido no vapor, Seth trouxe salada e inhame e Dean trouxe molho de cranberry e torta de abóbora para sobremesa. Com os pratos, utensílios e bebidas na mesa, estávamos todos prontos.

Emma pigarreou.

— Antes de fatiarmos este bebê, vamos dizer pelo que estamos gratos.

— O quê? — Dean tomou um gole de sua garrafa de cerveja. — Achei que tínhamos terminado com isso quando saímos de casa.

Seth fez uma careta.

— Isso é porque você não tem nada pelo que agradecer. — Ele deu um soco leve em Dean. — Onde estão suas maneiras?

— Na minha bunda — Dean bufou.

— Meninos, se comportem se quiserem comer. — Lexy balançou o dedo para eles. — Mas vou começar. Sou grata pela minha nova amiga, Alex. — Ela me deu um abraço de lado.

— Sou grato por este banquete — Seth seguiu. — O peru parece delicioso. Ótimo trabalho, senhoras. — Seth olhou diretamente para Emma quando falou.

Emma deu um sorriso tímido.

— De nada.

Já fazia muito tempo que eu não a via entusiasmada com um garoto.

Emma apertou as mãos.

— Gostaria de agradecer a todos vocês por cuidarem bem de Alex. Ela é como uma irmã para mim. Fiquei muito preocupada com ela, especialmente porque deixou sua cidade natal logo após a morte de seu pai.

Eu engasguei e as lágrimas cegaram minha visão. Eu gostaria que ela tivesse me falado isso em particular. Não queria que meus amigos se sentissem desconfortáveis.

Emma me cutucou com o cotovelo.

— Sua vez.

Agarrei o encosto da cadeira à minha frente.

— Sou grata a todos vocês, por me fazerem sentir como se estivesse em casa. Por me ajudarem a superar os meses mais difíceis da faculdade.

— Isso é porque você é fácil de cuidar — Dean falou. — Quero dizer, você é fácil de lidar e é legal. Então, sou grato por pessoas legais. Obrigado pelo convite. — Ele levantou uma garrafa de cerveja para nós e disse: — Pelo que você é grato, Elijah?

Elijah parou por um momento, como se procurasse palavras.

— Sou grato pela minha boa saúde, por ter um teto sobre minha cabeça, por ótimos amigos que são como uma família, por porta-retratos para minhas fotos, por leite e biscoitos. — Elijah ergueu os lábios em um sorriso travesso.

Sua resposta tocou meu coração. Todos lhe deram um olhar perplexo, menos eu. Eu sabia que ele estava tentando me dizer de novo que gostou de seu presente de aniversário, mas eu não lhe daria nenhuma satisfação.

Elijah não voltaria para o meu coração. Eu preferia ficar com raiva dele. Era mais seguro para mim. Quanto ao leite e aos biscoitos, meu rosto queimou ao lembrar do meu dedo em sua boca.

Seth franziu a testa.

— Desde quando você gosta de leite e biscoitos?

— Nunca desgostei — Elijah respondeu.

— Tudo bem então. — Lexy bateu palmas uma vez, interrompendo a conversa. — Vamos sentar e comer.

Depois que Seth cortou o peru, enchemos nossos pratos. As garotas sentaram ao redor da mesa e os rapazes no sofá.

— O peru está tão suculento. — Lexy ergueu uma fatia que tinha terminado de cortar. — Você terá que me dar sua receita.

— Claro — Emma disse. — Você só precisa colocar bastante líquido e comprar a marca certa.

— Quanto tempo você vai ficar? — Lexy murmurou, mastigando.

— Só uma noite — Emma pegou um pouco de arroz. — Preciso trabalhar no sábado. É uma loucura depois do Dia de Ação de Graças. Estou feliz por não estar na escala da Black Friday. É tipo um zoológico.

156   M . C L A R K E

Lexy provou um pouco do feijão.

— Alex, se você não planejou nada para amanhã, vamos ver um filme.

— Claro, se Emma estiver disposta. — Enfiei o purê de batata na boca. Estava tão suave e cremoso. Eu não conseguia parar de comer.

— Sim. — Emma pegou um pouco de milho. — Estou afim de um filme. Faz muito tempo que não vejo um.

Lexy sorriu.

— Ótimo. Venho buscar vocês antes do almoço.

ELIJAH

Depois de ter um dos melhores jantares de peru que já comi em muito tempo, todos nós ajudamos a limpar a mesa enquanto Emma e Alex lavavam a louça.

— Alex, você esqueceu de limpar uma parte. — Apontei para o prato em sua mão.

— Obrigada — respondeu, em tom monótono.

Alex não estava fazendo contato visual comigo e isso me fez sentir um merda. Mesmo quando tentei conversar, ela foi curta e direta. Me evitou de propósito. Isso doía. Acho que estraguei nossa amizade. Pensei que ela tinha aceitado minhas desculpas no banheiro, mas talvez ela tenha dito aquilo só para me tirar do seu pé. Eu tinha que consertar as coisas, mas como?

Quando saí da cozinha, Seth me arrastou para o corredor e sussurrou, triste:

— Você a beijou, não foi?

— Do que você está falando?

Ele cutucou meu peito.

— Eu posso te ler como um livro aberto. Somos irmãos. Não me venha com essa merda. — Ele suspirou. — Eu sei que você a beijou.

— Como você sabe?

— Você está tentando chamar a atenção de Alex e ela está tentando evitá-lo. Há algo acontecendo entre vocês dois.

Fechei os olhos e depois os abri lentamente.

— Olha, aconteceu uma vez. Não vai acontecer de novo.

Os olhos de Seth se arregalaram. Ele agarrou minha camisa e me empurrou contra a parede. Eu não queria machucá-lo e não queria chamar atenção para nós, então não o afastei.

— Você não deveria tocá-la — Seth rosnou entre os dentes. Ele falou tão baixo que os outros não conseguiram ouvir. — O que diabos você estava pensando? Alex não é o tipo de garota com quem você passa uma noite. Ela merece coisa melhor do que isso. Pelo amor de Deus, Elijah! Jimmy está vindo para a nossa formatura. Não ferre com a pequena família que temos aqui, ok? Se você realmente gosta dela, faça funcionar, mas conhecendo seu histórico... — Ele cerrou a mandíbula. — Olha, apenas faça a coisa certa.

— Ei, vocês dois estão se pegando aí atrás? — Dean riu, espiando da sala de estar. — Depressa, eu arrumei a mesa. É hora do poker.

— Sim, estamos. Está com ciúmes? — Seth foi em direção a ele.

Dei uma olhada na cozinha. Alex estava rindo com suas amigas. Quando me pegou observando, se tornou uma pessoa diferente. O sorriso desapareceu e sua risada também. Eu a machuquei tanto assim?

Sentamos ao redor da mesa de centro. Eu não sabia que Alex e Emma sabiam jogar, mas nunca perguntei. Fiquei meio surpreso. Alex não parecia o tipo que conhecia o jogo, mas ela disse que era próxima do pai. Talvez eles tenham jogado juntos.

— Qual é a aposta? — Dean perguntou.

— Que tal o vencedor poder pedir algo de qualquer pessoa na mesa? — Lexy olhou para cada um de nós em busca de confirmação.

— Feito — todos nós dissemos de acordo.

Dean trocou fichas por dinheiro e distribuiu as cartas enquanto explicava o quanto as fichas coloridas representavam.

— A vermelha vale cinquenta centavos. A azul vale um dólar. A verde vale cinco dólares.

Todos assentiram.

— Seth, pode começar — Dean falou.

Seth jogou a ficha vermelha e meus amigos se revezaram olhando suas cartas. Depois de algumas rodadas, todos desistiram, exceto Seth e eu. Mas Seth estava blefando. Mesmo com aquela cara de paisagem, eu sabia. Ele não estava fazendo contato visual comigo.

Eu nunca disse a ele que sabia lê-lo. Com certeza, paguei o seu blefe e ganhei aquela mão.

Depois de algumas horas, todos estavam fora do jogo, exceto Alex e eu. Ela continuou a fazer contato visual mínimo comigo. Eu tinha que fazê-la sorrir novamente.

Alex colocou todas as suas fichas no centro.

— Aposto tudo.

Empurrei minhas fichas com as dela.

— Eu também.

Seth se aproximou, tentando espiar minhas cartas, mas eu as escondi. Alex parecia chocada e preocupada. A maneira como ela torcia uma mecha de cabelo no dedo me lembrou do primeiro dia em que a conheci.

— Me mostre o que você tem — eu disse.

Alex colocou as cartas na mesa e mordeu o lábio inferior.

— Três dez.

Ela tinha cartas muito boas, mas as minhas venceram as dela com um *full house*. Olhei para minhas mãos com uma expressão chocada, dando um bom show para Alex.

— Eu estava blefando. Você ganhou. — Empurrei minhas cartas junto com as outras.

— Eu venci? — Alex deu um sorriso genuíno.

Meu coração ficou quentinho ao vê-la feliz. Todos a parabenizaram e Dean lhe deu o maço de dinheiro.

— Obrigada. — Alex encolheu os ombros timidamente, mas aceitou o dinheiro.

Eu sabia que ela se sentia mal por pegar nosso dinheiro. Alex tinha um bom coração.

— O jantar é por minha conta na próxima semana — anunciou. — Vou fazer meu famoso espaguete.

— Não, não, Alex — Lexy disse. — Você fica com o dinheiro. Não precisa gastar conosco.

— Guarde para pagar a entrada do seu carro — Emma disse —, para que você possa voltar para casa quando quiser. — Ela deu um abraço em Alex e depois a soltou. — Ou você pode ir às compras onde eu trabalho e eu consigo um desconto.

As garotas riram.

— Ah — Dean bateu na mesa. — Antes que eu esqueça, Alex. Cynthia me pediu para avisar que ela pode precisar de uma colega de quarto assim que chegar o feriado de Natal. Ela me pediu para te avisar, já que foi para casa no Dia de Ação de Graças.

CLAREZA

— Você vai se mudar? — Lexy perguntou a Alex, depois se virou para mim com as sobrancelhas arqueadas.

Eu também ouviria uma bronca dela. Ocorreu-me que Alex poderia se mudar depois do que aconteceu entre nós, mas achei que era uma chance muito pequena. Talvez seja melhor mesmo. Mas senti um aperto no meu peito, a bile subindo pela minha garganta.

— Eu ia te avisar — Alex falou, com o olhar focado nas unhas, como se estivesse sendo repreendida. — Cynthia me disse que precisava de uma colega de quarto. Dessa forma você poderá ter seu apartamento todo para si. Você pode fumar quando e onde quiser. Ou trazer garotas para casa sem ter que me avisar e se sentir estranho com isso.

— Liam deve estar muito feliz — fiz esse comentário e fui para a cozinha.

Eu não deveria ter dito nada, mas me irritou que aquele idiota conseguisse o que queria. Também confirmou que ela ainda estava com ele.

CAPÍTULO 30

ALEXANDRIA

Quadro magnético:

> *Estou indo para casa no feriado do Natal.*
> *Deixei o cheque do aluguel em cima da mesa.*
> *— Alex*

Minha mãe me pegou na rodoviária e eu me acomodei em meu antigo quarto. Era estranho voltar para casa após tanto tempo de ausência, especialmente depois que meu pai faleceu. Além de ver Emma e alguns dos meus amigos, eu não tinha muito o que esperar.

— Você não está comendo muito — minha mãe comentou, sentando-se à minha frente. — Está tudo bem?

— Você se lembra de Liam? — Girei meu garfo no arroz pilaf.

Eu não me abria com ela há muito tempo. Raramente conversávamos sobre com quem eu saía.

— Claro que sim. — Ela tomou um gole de água. — Vocês estão tendo problemas?

Espetei uma cenoura com o garfo, mas não comi.

— Sim. Já não sinto o mesmo por ele. Quero dizer a ele que deveríamos terminar, mas estou nervosa.

Eu realmente queria dizer a ela que sentia algo por um cara que fumava, que não tinha uma, mas duas tatuagens, que não acreditava em compromisso e que ganhava a vida correndo nas ruas. Sim, isso acabaria muito bem. Embora eu tenha evitado qualquer uma dessas coisas em um cara com quem namorei, de alguma forma eu me apaixonei por ele.

Eu não gostaria de mudar nada nele. Elijah é quem é por causa do que passou na vida. Acho que o velho ditado está certo: você não pode escolher por quem se apaixona.

Minha mãe pousou a colher depois de comer um pouco de arroz.

— Para falar a verdade, eu realmente não gostava de Liam. Não deveria julgá-lo, já que não o conheço bem, mas ele me lembrou seu pai.

A raiva explodiu como um tiro de espingarda. Meu garfo caiu na mesa com um estrondo.

— O que você quer dizer? Meu pai era o melhor de todos. Ele fez muito por nós. — Meu rosto queimava de fúria. Ele não estava aqui para se defender.

Minha mãe respirou fundo.

— Alex, você sempre me culpou pelo divórcio e eu nunca disse nada em minha defesa porque não queria que você olhasse para seu pai de forma diferente. O que vocês dois tiveram foi muito especial. Você era o sol dele, mas eu era a chuva. Ele era um ótimo pai, mas um péssimo marido. Ele era dominador, controlador e principalmente egoísta. Lamento dizer tudo isso, mas você precisa saber. Senti como se tivesse te perdido quando deixei seu pai.

Suas palavras me chocaram. Eu nunca soube como foi para ela. Então me dei conta. Claro que eu não sabia. Eu era filha deles. O que eles queriam que eu visse e o que realmente aconteceu era completamente diferente.

Eu nunca os tinha ouvido discutir. Não conseguia me lembrar de meu pai ter agido do jeito que ela disse, mas como eu poderia? Olhando de fora, tudo estava perfeito. Sempre pensei que minha mãe estava sendo egoísta e queria abandonar o casamento. Então pensei em Liam. Nenhum de seus amigos o chamaria de controlador, exigente ou egoísta. Então eu entendi.

— Sinto muito, mãe. Eu nunca soube.

Ela cruzou as mãos sobre a mesa.

— Não se desculpe. Era problema nosso e não seu. Seu pai e eu discutíamos quando você não estava por perto. Quando éramos nós três, éramos uma família feliz, mas eu estava infeliz. Aguentei o máximo que pude. Sinto muito por não ter conseguido fazer com que funcionasse para todos nós. Não sofra o mesmo destino. Você não pode escolher por quem se apaixona, mas pode ser esperta. Liam foi seu primeiro relacionamento real. Isso não significa que ele tenha que ser o seu último. Não sinta que precisa fazer isso funcionar porque seu pai e eu não conseguimos. Vocês não são casados. Namore enquanto pode e descubra que tipo de homem você quer.

Quando ela terminou, William entrou pela porta da frente. Minha mãe se levantou, com um sorriso radiante. Sua felicidade brilhou em seu rosto. Raramente vi aquele sorriso quando ela estava com meu pai. Levantei e dei um abraço em William. Prometi a mim mesma que pararia de ter pensamentos negativos sobre ele e teria a mente mais aberta.

Minha mãe abriu meus olhos. Eu não sabia por que fiz julgamentos precipitados em vez de examinar todas as evidências. Talvez eu tivesse me recusado a ver a verdade bem na minha frente. Eu era a garotinha do papai e só via o que ele queria que eu visse.

Liam sabia que algo estava acontecendo quando não atendi suas ligações e apenas mandei uma mensagem para ele avisando que não iria passar o Natal com sua família. Foi infantil, mas eu queria lhe dar uma noção de que terminamos.

Ele nem saiu do carro quando veio à minha casa. Apenas buzinou várias vezes para me avisar que estava lá. *Idiota!* Liam me deu toda a confirmação que eu precisava de que estava fazendo a coisa certa.

Eu disse à minha mãe que sairia e entrei no carro de Liam.

— Vou dirigir até o parque para que possamos conversar — ele disse, incapaz de sustentar meu olhar.

Tentei manter a calma, mas meu coração batia forte. Eu odiava confrontos. Também me entristeceu que os sentimentos que uma vez tive por ele pudessem desaparecer tão facilmente. Acho que realmente não o amava, mas afinal, o que eu sabia sobre o amor?

Depois de alguns quarteirões, ele parou no meio-fio. Todas as lindas folhas haviam caído, deixando os galhos nus e decorando a grama com laranja, vermelho e amarelo. Concentrei-me nas folhas, tentando encontrar as palavras certas. Eu não queria machucá-lo.

— Por que você não atendeu minhas ligações? — Seus olhos pousaram nos meus com decepção e raiva.

Eu temia seu tom alto e irritado.

— Liam...

— Alex. Me deixe falar primeiro.

Revirei os olhos. Sempre *ele* primeiro.

Seus dedos punhos se fecharam.

— Acho que é melhor seguirmos caminhos separados.

A bile encheu meu estômago. Todo esse tempo, eu me preocupei em ferir os sentimentos dele, mas seu tom irritado me disse que ele não se importava com os meus.

Torci meus lábios em uma carranca. Eu estava brava porque perdi tanto tempo com ele ou porque demorei muito para ver sua verdadeira face? Ou talvez fosse o fato de ele querer terminar comigo antes que eu fizesse isso com ele.

— Quer saber? — Endireitei-me e levantei o queixo. — Eu ia dizer exatamente a mesma coisa para você.

Liam apertou ainda mais o volante e rosnou.

— É por causa dele, não é? — Sua voz aumentou. — Você dormiu com ele, não foi? Você deixou que ele fosse o seu primeiro quando deveria ter sido eu. Eu dormi com alguém, então acho que isso nos deixa empatados.

Eu deveria estar arrasada. Magoada além das palavras por ele ter me traído, mas não me importei. Fiz a escolha certa quando não o deixei ter minha virgindade. Ele não me merecia. Eu queria que ele soubesse que eu não pensaria nele depois que fosse embora. Eu queria que ele soubesse que não iria mais me pressionar.

Abri a porta do carro.

— Aonde você pensa que está indo? — Liam agarrou meu braço.

Pensei na vez em que Elijah perguntou na frente de Liam se eu queria o picolé Big Stick dele, fazendo uma piada de duplo sentido com seu pau. Eles não sabiam que eu ouvi. Eles não sabiam o quanto eu ri da pergunta de Elijah.

Olhei nos olhos de Liam para que ele visse a sinceridade de minhas palavras.

— Nós terminamos. A propósito, sim, eu beijei Elijah. Ele beija muito bem. — E indo para a jugular, acrescentei: — E o pau dele é muito maior do que o seu.

Afastei meu braço de seu aperto e bati a porta. Suas sobrancelhas arquearam até a linha do cabelo e a fúria em seus olhos não tinha preço. Eu deveria ter tirado uma foto dele e enviado para Emma.

Apressei-me pela grama em direção a casa, com a brisa fria no rosto. Aquela gaiola em meu peito se abriu, ganhei asas e voei para o céu noturno. Livre. Livre. Livre. Livre de Liam.

ELIJAH

Todo mundo tinha ido para casa nas festas. Embora meus amigos tivessem me convidado para ir a suas casas, recusei. Eu me acostumei a ficar sozinho. Já fazia uma semana desde que Alex partiu, mas parecia mais de um mês.

Tremendo por causa da brisa fria, fechei o zíper da minha jaqueta de couro enquanto estava diante dos túmulos de minha mãe e de meu irmão. O cemitério estava lotado e lindo nesta época do ano. A maioria das pessoas trouxe uma pequena árvore de Natal decorada ou poinsétias, mas eu trouxe algo diferente.

Não importava que tivesse passado pouco mais de um ano. A dor não havia diminuído.

— Feliz Natal, mãe. — Coloquei uma dúzia de rosas vermelhas em sua pedra. — Trouxe suas flores favoritas. Se você estivesse aqui — engasguei e engoli —, eu as teria colocado por toda a casa para você.

Virando-me para a lápide do meu irmão, coloquei um enorme dragão de pelúcia.

— Feliz Natal, Evan. Eu vi esse dragão e sabia que você iria gostar. — Tirei um momento para me recompor e respirei fundo. — Não é justo. Você e a mamãe estão juntos e eu estou aqui sozinho. Sinto muita falta de vocês dois. Tenho bons amigos, mas não é a mesma coisa.

Senti uma lágrima escorrendo pela minha bochecha.

— Então, o que vocês dois estão fazendo aí? — Tentei aliviar meu humor. — Não tenho feito muito. A mesma coisa de sempre, só que agora tenho uma nova colega de quarto. — Sorri ao pensar em Alex. — Sim, ela é uma garota, mãe. Uma garota muito legal. Você a amaria. — Eu bufei. — Posso te dizer isso sem me preocupar com você me dando um sermão.

Olhei para as duas lindas borboletas voando em direção às nuvens cinzentas.

— É meio complicado. Acho que gosto muito dela e acho que ela gosta de mim, mas ela está saindo com alguém.

Lembrei-me das palavras do meu irmão no hospital. Ele me disse que iria me mandar uma garota gostosa para me fazer parar de fumar.

— Boa tentativa, Evan. Você me enviou uma garota gostosa, mas não era para ser.

Ajoelhei-me e passei a mão pelas lápides como se pudesse tocar minha família. As pedras pareciam frias e ásperas, um doloroso lembrete de que eu estava sozinho e que elas haviam partido.

Fiquei em silêncio por um momento, mas a dor angustiante me arrastou para baixo, segurando firmemente meu coração, rasgando pedaço por pedaço, até que só restou um espaço vazio.

Agarrei minha jaqueta enquanto soluçava, liberando a dor através das lágrimas e do som feio e horrível que escapou da minha boca. Apenas algumas pessoas conseguiam entender o quanto eu sentia falta deles, sofrendo com sua ausência. Não me preocupei em enxugar as lágrimas. Elas continuaram a cair enquanto eu voltava para casa.

ALEXANDRIA

Emma e eu nos divertimos muito, fazendo compras e passeando alguns dias antes do Natal. Também passei bons momentos com minha mãe. A visita a ela foi diferente de qualquer outra desde o divórcio. O mal-entendido entre nós se dissipou e me senti mais próxima dela do que antes.

As aulas só começariam dentro de uma semana, mas eu tinha uma data marcada para trabalhar, então encurtei minhas férias. Elijah não tinha ideia de que eu me mudaria. Achei que não conseguiria fazer isso cara a cara.

Quando Elijah não estava em casa, arrumei meus pertences e deixei um bilhete.

CAPÍTULO 31

ELIJAH

Quando entrei pela porta depois de voltar da academia, não sabia se minha mente estava me pregando peças, mas senti o perfume de Alex. Ela deveria estar em casa. Tomei um banho rápido e fui para a cozinha. Uma carta com meu nome num envelope branco estava sobre o balcão. Meu coração caiu no chão e eu não queria ler.

> Elijah,
>
> Quando você receber esta carta, estarei em minha nova casa. Dentro do envelope há um cheque de dois meses de aluguel, já que não foi justo da minha parte sair sem avisar você com pelo menos trinta dias de antecedência, como você solicitou. Também adicionei minha parte nas contas da casa. Espero que seja o suficiente.
>
> Se não, por favor me avise.
>
> Espero que você tenha tido um Natal maravilhoso.
>
> — Alex

Olhei para a carta depois de lê-la duas vezes. Amassei e joguei na sala de jantar. *Porra! Eu estraguei tudo. Eu errei MUITO.* Agarrando meu cabelo com as duas mãos, andei em círculos, tentando me acalmar.

Tinha tanta raiva, frustração e arrependimento engarrafados dentro de mim. Eu poderia ter lutado por ela, deveria ter resolvido o que quer que estivesse acontecendo entre nós. Eu havia perdido sua amizade e qualquer possibilidade de mais.

Eu sabia que isso ia acontecer. Liam a forçou a fazer isso. Acho que foi melhor assim. Mas por que doía tanto? Parecia que tínhamos terminado. Um cobertor de vazio me prendeu e se recusou a me soltar.

A dor da falta de Alex piorou com o passar dos dias, especialmente quando eu ficava deitado sozinho na cama à noite. Quase pude vê-la ao meu lado, me pedindo para cantar para ela.

A lembrança de sua pele macia sob meus dedos, o sabor doce de seus lábios e a suavidade de seu cabelo me assombravam.

Tentei me concentrar em qualquer outra coisa, principalmente em casa. Pensamentos sobre Alex me consumiram. Tudo me lembrava Alex, principalmente a caixa de leite e seus picolés favoritos. Até sonhei acordado com as refeições que ela deixava para mim. Eu sentia a falta dela. Sentia falta de tudo que tinha a ver com ela. Não tinha mais aula de História da Arte com Alex, mas sabia onde ela trabalhava. Eu não poderia ir lá. Pareceria desesperador, por mais que me tentasse. Talvez não tenha sido uma boa ideia. Eu tinha uma corrida em algumas semanas. Seria na rua, uma das mais perigosas, e estaríamos chamando muita atenção.

Uma batida suave me tirou dos meus pensamentos e abri a porta.

— Lexy?

— Você tem um minuto? — Ela se espremeu no pequeno espaço entre a porta e eu sem minha permissão.

Encostei-me na parede perto da porta.

— Aconteceu alguma coisa com Alex?

Ela olhou para mim como se eu fosse um idiota.

— Sério? Você está realmente me fazendo essa pergunta? O que aconteceu entre vocês dois?

— Alex te contou? — Passei os dedos pelo cabelo.

— Merda — ela murmurou. — Algo aconteceu.

Ela tinha me enganado. Fiz uma careta.

— Apenas nos beijamos. Eu não dormi com ela.

Lexy deu um tapa no meu braço.

— Você estava bêbado na hora ou…

Dei um passo para longe dela e cruzei os braços.

— Não, eu não estava bêbado. Eu disse a ela que sim. Eu não deveria ter feito isso, mas…

— Você gosta dela, não é? — Lexy olhou para mim.

Não respondi.

— Estou aqui porque há rumores de que Clara está grávida. Achei que deveria te avisar. Eu a vi algumas vezes no campus. Ela não parece grávida, então estou me perguntando...

— Não é meu — respondi, com raiva fervendo. — Eu não a vejo há pelo menos seis meses. Ela me liga, mas eu não atendo. Não tenho nada a dizer a ela.

— Que bom. — Ela deu um tapinha no meu ombro como se estivesse elogiando uma criança. — Não deixe que ela volte para sua vida.

— Não se preocupe. Já me queimei antes e isso não vai acontecer de novo.

Lexy agarrou meu braço.

— Você realmente gosta da Alex, não é?

— Não importa. — Esfreguei o rosto, pensando no bilhete que ela havia me deixado. — Ela está com outra pessoa. Além disso, ela não deveria estar comigo. Não posso dar a Alex as coisas que ela merece.

Lexy deu um peteleco minha testa e eu estremeci.

— Você acha que Alex foi embora porque ela não queria aquele beijo? Os homens são realmente estúpidos e sem noção. — Lexy cruzou os braços, balançando a cabeça. — Vou te mandar a real. Ela se mudou porque também sente algo por você. — Então se dirigiu para a porta. — Desculpe, preciso ir. Alguém ligou dizendo que estava doente e vou ter que cobrir no refeitório.

— Você tem visto Alex ultimamente? — perguntei, hesitante. Apenas dizer o nome dela me deu alegria e dor.

Lexy abriu a porta e se virou.

— Vou te dar um conselho. Ou você fica longe dela por um tempo, ou se transforma no homem que acha que Alex merece e vai lutar por ela. Elijah, a vida tem sido cruel com você, mas já está na hora de virar a mesa. E, por falar nisso, Alex terminou com Liam. Achei que você poderia querer saber. — Lexy piscou e saiu.

CLAREZA

CAPÍTULO 32

ELIJAH

Saber que Alex terminou com Liam foi o melhor presente de Natal de todos os tempos. Enquanto eu olhava para o meu telefone, pensando se deveria mandar uma mensagem ou ligar para ela, alguém bateu na porta.

— Clara? — Arqueei uma sobrancelha. Se Lexy não tivesse me avisado sobre vê-la no campus, eu teria ficado em silêncio.

Ela deixou crescer o cabelo escuro e parecia ter ganhado algum peso. Independentemente disso, ela ainda era linda e vestida para chamar a atenção dos caras com sua saia curta, blusa justa e salto alto.

— É bom te ver também, Elijah — ela disse, com um tom sarcástico. — Por que você não atendeu minhas ligações?

Cruzei os braços e me encostei no batente da porta.

— Você vai me deixar entrar? Ou há outra mulher em sua vida?

Eu não respondi, então ela continuou:

— Lamento incomodá-lo, mas estou grávida. — Seus olhos se encheram de lágrimas. Lá vai ela de novo. Odeio ver mulheres chorarem, e ela sabia disso.

— Não minta para mim — eu disse severamente. — E não se atreva a me dizer que é meu. — Abaixei meu olhar para sua barriga. — Você não parece grávida.

— Estou com apenas algumas semanas. Não se preocupe. Não é seu. O pai não quer nada comigo. Eu só... não sei o que fazer. — Seus lábios tremiam e lágrimas escorriam pelo seu rosto. — Eu não tenho amigos.

Eu sabia que não deveria deixá-la entrar, mas não podia simplesmente bater a porta na cara dela.

— Acho que sei com quem você pode conversar.

— Não sei por que terminei com você. Você é o melhor de todos. — Ela entrou quando eu saí do caminho.

Engraçado como ela via as coisas dessa forma, quando fui eu quem finalmente a abandonou.

— Você pode comer, tirar uma soneca ou fazer o que precisa, mas não pode passar a noite. Entendeu?

Clara assentiu e sentou-se no sofá.

— Vou sair para cuidar de algumas coisas. Devo estar de volta em duas horas. Quando eu voltar, você terá que sair.

— Tudo bem — seu tom ficou mal-intencionado. — Temos uma história juntos e você vai me expulsar, mesmo quando eu estou grávida.

A raiva correu pelas minhas veias e meus músculos se contraíram. Eu não cederia aos seus métodos manipuladores.

— Como eu disse, esteja pronta para ir embora em duas horas. — Bati a porta atrás de mim.

Liguei para uma amiga que trabalhava no hospital e ela me forneceu um número de telefone onde alguém na situação de Clara poderia pedir ajuda. Antes que eu pudesse acertar as coisas entre mim e Alex, eu precisava de Clara fora da minha vida.

Trabalhar na Secretaria Administrativa tinha suas vantagens. Tendo acesso a informações pessoais, anotei o endereço de Cynthia, presumindo que Alex agora morava lá.

Meu pulso acelerou enquanto eu andava na frente do apartamento de Cynthia. Não tinha ideia do que dizer a Alex ou por que estava aqui. Eu só precisava vê-la. Depois de algumas respirações longas e profundas, bati na porta.

— Elijah? — Os olhos de Cynthia se arregalaram. — Você está no endereço certo?

— Alex mora aqui, não é? — Meu coração trovejante pode me causar um ataque cardíaco.

— Sim, mas ela não está aqui agora. Você gostaria que eu dissesse a ela que você passou por aqui?

Decepcionado, eu suspirei.

— Não, voltarei mais tarde. Você sabe quando ela estará de volta?

— Ela deve estar no trabalho.
— Obrigado — agradeci e saí.

ALEXANDRIA

Eu estava pensando se deveria dar o presente de Natal para Elijah, mesmo que não fosse mais Natal. Afinal, ele foi meu colega de quarto e éramos amigos. Eu também precisava dar a ele meu molho de chaves.

Eu bati e a porta se abriu. No começo, pensei que estava no apartamento errado. Fiquei surpresa ao ver uma garota. *Clara.* A adaga já em meu coração cravou mais fundo quando ela se aproximou de mim vestindo um moletom preto com um desenho de dragão dourado na frente. *De Elijah.*

— Elijah está em casa? — Ele com certeza seguiu em frente rapidamente. Não que isso fosse da minha conta.

Clara me olhou boquiaberta como fez da última vez.

— Você não é a garota que mora aqui?

— Eu não moro mais aqui. — Escondi o presente de Elijah nas minhas costas.

— Ah. — Sua expressão facial suavizou-se. — Ele deve ter te expulsado sabendo que eu voltaria.

Ai! Isso foi cruel. Fiz uma careta.

— Não. Eu mesma me mudei.

Ela encolheu os ombros.

— Vou avisar Elijah que você passou por aqui. Ele já deveria estar de volta. Ele saiu para pegar algo para mim. Estou grávida. — Ela esfregou a barriga.

O choque de suas palavras me atingiu. Uma parte de mim esperava que, se Elijah soubesse que Liam e eu não estávamos mais namorando, talvez houvesse uma possibilidade para nós. Essa notícia acabou com tudo.

Nunca haveria uma chance.

— Parabéns — tentei parecer alegre enquanto entregava a chave para ela. — Isto é seu agora. — Dei um rápido sorriso falso e fui embora.

— Ei, quer que eu dê esse presente para Elijah?

Parei e olhei para baixo. Eu tinha esquecido que estava na minha mão.

— Não é para ele. — Suspirei e fui embora com o coração partido.

ELIJAH

Passei pelo refeitório do campus para ver se Alex estava trabalhando. Não consegui encontrá-la em lugar algum. Então todos os tipos de pensamentos inundaram minha mente. E se ela ficou com Dean ou algum outro cara? Provavelmente fui o último a descobrir que ela havia terminado com Liam. Os caras provavelmente estavam em cima dela.

Em primeiro lugar, eu precisava de Clara fora da minha vida. Quando entrei em casa, Clara estava confortável na minha cama com um dos meus moletons favoritos.

— O que você está fazendo? Eu te disse para estar pronta para ir embora.

— Eu não pensei que você estivesse falando sério — ela choramingou, deslizando para fora da cama. — Qual é o seu problema?

Nunca pensei que seria cruel, especialmente com uma mulher grávida, mas o fato de ela estar grávida era questionável. Eu não respondi. Em vez disso, entreguei um pedaço de papel.

— Já fiz contato para você. Ela estará esperando quando você estiver pronta.

— Você quer que eu vá ver uma mulher que nunca conheci? — Ela tirou meu moletom.

Quando veio em minha direção de forma sedutora, saí do quarto.

— Tudo bem. Vá em frente e expulse uma mulher grávida. — Ela me seguiu até a cozinha, pisando forte como uma criança mimada. — A propósito, a garota que morava aqui passou por aqui e me pediu para lhe dar as chaves.

Meu coração e meu estômago deram uma cambalhota.

— Quando?

— Cerca de meia hora atrás, eu acho. Não me lembro. Eu não sou sua secretária.

Agarrei o balcão.

— Onde estão as chaves?

— No balcão da cozinha. — Ela apontou o queixo em direção à pia.

— Ela viu você com meu moletom?

— Sim, mas e daí?

Eu conhecia Clara melhor do que qualquer outra pessoa neste mundo. Eu a encurralei contra o armário, elevando-me sobre ela, olhando para ela com um olhar mortal.

— O. Que. Você. Disse. Para. Ela? — rosnei entre dentes, lentamente para que ela pudesse ouvir a ameaça em meu tom.

Clara estremeceu e não me olhou nos olhos.

— Nada. Mencionei que estava grávida, mas não contei a ela que era seu. Eu estava furioso.

— Mas você também não disse a ela que não era meu, Clara. Quando você vai entender? Eu não te amo. Nunca vou te amar. Nós terminamos. Não quero nunca mais te ver. Não me ligue. Não passe por aqui. Nem me mande mensagens. Se eu vir seu rosto novamente, é melhor correr para o outro lado, porque não sei o que farei com você.

Clara assentiu com um gemido. Eu nunca tinha falado com ela daquele jeito antes. Ela se vestiu e saiu da minha casa tão rápido que quase me fez sentir mal.

Alex precisava saber a verdade sobre Clara, mas eu queria lhe contar pessoalmente. Mandei uma mensagem dizendo que recebi as chaves, mas ela não me respondeu. Quando passei na casa dela depois do jantar, não havia ninguém por lá. Isso só me deixou mais desesperado.

Pensei em mandar uma mensagem para Lexy perguntando se ela sabia onde Alex estava, mas as garotas tendem a ficar juntas. Eu não sabia se Lexy falaria comigo ao telefone, então fui até a casa dela. Ler o rosto das pessoas era mais fácil pessoalmente.

— Lexy! — Bati na sua porta. — Eu sei que você está aí. Vou continuar batendo até você abrir.

Lexy abriu a porta, mas não totalmente.

— Elijah? Qual é o seu problema?

— Tem um cara aí? — Coloquei a mão na porta e empurrei, mas algo estava no caminho.

— Não. O que te deu essa ideia?

— Por que você não abre a porta?

— Talvez eu não queira ver sua cara feia. — Seus lábios se animaram, de brincadeira.

— Quem não gostaria de ver meu rosto? — bufei.

— Eu conheço uma pessoa.

Ai! Ela sabia como me machucar. Mas aí estava a minha resposta. Olhei para ela enquanto planejava um plano perverso e, sem sua permissão, eu a agarrei. Lexy gritou.

Alex veio correndo do quarto e congelou quando me viu.

Nossos olhos se encontraram. Eu juraria que vi o céu. Não havia necessidade de palavras. Meu coração bateu alegremente, gravitando em direção a ela. Eu poderia ter lhe dado um sorriso idiota.

Vê-la me fez perceber o quanto eu me importava com ela e sentia sua falta. Com medo de deixar Lexy cair, já que ela não parava de se contorcer, gentilmente a coloquei no chão.

— Você precisa de algo? — Os lábios de Alex se contraíram. Ela tentou me dar um sorriso, mas nunca aconteceu. Alex não tinha aquele brilho, aquela vivacidade nela. Aposto minha moto que era por minha causa.

— Vim te fazer uma pergunta. — Isso foi uma coisa muito estúpida de se dizer, mas, ao vê-la depois de todas essas semanas, minha língua deu um nó.

— Já volto — Lexy falou, e a porta fechou.

Fiquei perto da porta da frente, meus olhos ainda fixos em Alex, não queria nem piscar. Tive medo que ela desaparecesse.

— Então, qual era a sua pergunta? — sua voz estava um pouco fria.

— Por que você não me atendeu? — perguntei, meu tom suave, mas não acusador.

Alex desviou o olhar para a mesa de jantar. Em cima da mesa estava não apenas o telefone dela, mas um pacote embrulhado com meu nome. Quando peguei a caixa, ela correu atrás de mim.

— Isso é meu?

— Não. — Ela estendeu a mão para agarrá-lo, mas peguei primeiro. Eu o abracei.

— Posso abrir?

— Não. Não é para você. É… é… para meu outro amigo.

— Alex. Somos colegas de quarto há cinco meses. — A cada palavra, eu dava um passo em direção a ela enquanto ela dava um passo para trás, até não ter para onde ir. — Eu sei o que você gosta e não gosta. Você dormiu

CLAREZA

na minha cama. Dividíamos o mesmo banheiro. Compartilhamos leite e biscoitos. Eu sei quando você não está me dizendo a verdade. Então não minta para mim, porque eu posso ler você.

Alex engoliu em seco quando se aproximou do quarto de Lexy.

— É apenas um presente estúpido. Você provavelmente já tem.

Ela tentou fazer com que não parecesse grande coisa, mas quando você se esforça para comprar algo para alguém, significa que está pensando nessa pessoa. E saber que Alex pensou em mim durante as festas de Natal tocou meu coração.

Desembrulhei o presente, o barulho do papel sendo o único som no silêncio. A embalagem caiu, revelando o conjunto de DVDs de *Grease* e *Grease 2*. Um enorme sorriso apareceu em meu rosto. Ela era a única pessoa que sabia o quanto eu gostava daqueles filmes. Eu nunca tinha contado a mais ninguém.

— Eu não tinha. Obrigado.

Seus lábios se contraíram, uma sugestão de sorriso.

— Talvez possamos assisti-los juntos? — Aproximei-me dela. Alex não respondeu, então eu disse: — Você terminou com Liam?

Alex piscou.

— Você sabe.

Fiquei na frente dela.

— Estou esperando há muito tempo que você o deixe para que eu possa agir.

Ela me lançou um olhar de soslaio, confusa.

— Não me diga que você não tinha ideia? — Descansei a mão em seu ombro.

Ela franziu a testa.

— Mas, mas...

— Clara?

Ela assentiu.

— Você a ama. Eu sei que sim. Você tem o nome dela tatuado em seu coração. — Seus olhos começaram a lacrimejar.

— Me deixe te mostrar. — Larguei o DVD, tirei a jaqueta e depois o suéter. — Eu não vou mentir para você. Só fiz uma tatuagem com o nome dela porque ela insistiu. Mas quando vi quem ela realmente era, alterei a letra "A" e acrescentei as letras "T" e "Y". Mudei a palavra para *Clarity*, clareza em inglês.

Os olhos de Alex se arregalaram de admiração. Quando ela traçou a palavra com a ponta do dedo, estremeci com seu calor. Seu toque simples sempre me fez sentir eletrizado. Fazia meu corpo vibrar, me fazendo desejá-la ainda mais.

— O que isso significa pra você? — Ela se recostou na porta do quarto.

— É tudo que eu quero na minha vida. — Puxei meu suéter por cima da cabeça. — Não preciso de coisas materiais. Só quero ter uma casa e minha própria família. Quero *clareza* em minha vida. Algo que fizesse sentido, algo em que me agarrar, alguém que eu pudesse amar sem dúvidas, que seria meu lar. Alex, você é minha *clareza*. Você. É. Meu. Lar.

Lágrimas escorriam por seu rosto, mas ela precisava de algo a mais para convencê-la. A incerteza nublou seus olhos. E então eu entendi.

— Clara não está grávida do meu filho. — Emoldurei seu rosto com as mãos e enxuguei suas lágrimas com os polegares. — Ela foi meu passado, mas você é meu futuro. Vou me moldar e ser o homem que você merece. Parei de fumar e prometo não correr mais. Eu quero você mais do que as coisas que podem me matar. Sinto sua falta. — Engoli em seco, parando um momento para respirar. — Sei que estamos fazendo tudo isso ao contrário, mas quem se importa. — Encostei a ponta do meu nariz no dela. — Freckles, por favor, seja minha colega de quarto novamente para que possamos começar a namorar.

Achei que Alex fosse desmaiar. Com os joelhos dobrados, ela deslizou pela parede. Eu a segurei antes que ela tocasse o chão e a peguei no colo. Como eu sentia falta do corpo dela se moldando perfeitamente ao meu, do cheiro dela enchendo meu nariz e do cabelo dela no meu rosto.

— Alex — sussurrei. Meu pulso acelerou, com medo da possível rejeição. — Diga algo.

CLAREZA

CAPÍTULO 33

ALEXANDRIA

Eu não conseguia acreditar nas lindas palavras vindas de Elijah. Fiquei totalmente sem saber o que dizer. Minutos antes, pensei que Clara estava grávida do filho de Elijah e que não havia chance de ficarmos juntos. Eu não tinha ideia de que ele tinha todos esses sentimentos por mim.

— Estou sonhando? — perguntei suavemente.

O corpo de Elijah tremeu com uma risada.

— Não, mas posso realizar seus sonhos se você deixar. — Elijah andou pelo chão de madeira, eu ainda em seu colo, e beijou a ponta do meu nariz e minha testa. — Juro que vou te compensar todos os dias. Me deixe ser aquele que pode dizer que você é minha, aquele que pode cuidar de você, aquele que pode tirar sua tristeza e substituí-la por lembranças felizes. Me deixe ser aquele que vai te abraçar à noite e te colocar na cama.

Não precisei de mais convencimento depois de sua declaração.

Assenti com a cabeça enquanto meus lábios se erguiam, tentando esconder o enorme sorriso e não parecer muito desesperada. Depois que ele revelou seus sentimentos, senti a necessidade de fazer o mesmo.

— Você sempre foi quem eu quis. Meu coração já estava voltado para você desde o momento em que nos conhecemos. Eu simplesmente não sabia como abrir mão de Liam.

— Às vezes não sabemos como abrir mão do que é confortável. Precisamos de um empurrãozinho. Mas eu te afastei. Venha para casa comigo.

Dei a Elijah o maior sorriso, sem mais esconder nada. Essa foi a minha resposta, mas foi interrompida quando seus lábios colidiram com os meus. Ele me puxou com mais força contra seu peito, seus braços subindo pelas minhas costas. Então ele se afastou.

— Você tem gosto de leite — comentou, me dando selinhos enquanto falava.

Eu ri.

— Acabei de tomar um pouco.

— Com biscoitos?

— Sim.

— Eu não sinto o gosto dos biscoitos. Talvez eu precise ir mais fundo.

Sua língua deslizou em minha boca. Com fome e desespero, ele conquistou meus lábios. Eu queria mais do que apenas um beijo. Sem fôlego, Elijah se afastou.

— Vou querer mais se não parar. E tenho certeza de que Lexy gostaria de voltar para dentro.

— Aonde ela foi?

— Ela está lá fora, esperando. — Elijah me puxou para ficar de pé.

— Ah, não. É melhor deixá-la entrar.

— Podemos contar a ela as boas notícias quando sairmos. — Elijah me deu aquele sorriso travesso. Estava tramando alguma coisa. — Você tem uma jaqueta mais quente? Preciso te levar para um lugar.

— Aonde? E não, eu não tenho uma.

— Para o seu presente de Natal. — Ele balançou as sobrancelhas de brincadeira.

— Eu não preciso de um presente de Natal. Você já me deu você.

— Ah, não. — Ele balançou a cabeça, sorrindo. — Você não vai escapar dessa.

Enquanto Elijah pegava sua jaqueta e o DVD, fui até o quarto de Lexy e peguei minha bolsa. Quando saí, ele segurou minha mão, mas eu me afastei.

— Eu não irei até que você me diga para onde está me levando.

— Lembra quando você me disse que queria fazer uma tatuagem em homenagem ao seu pai, mas era medrosa demais para isso?

Meus olhos se arregalaram de excitação e um monte de nervosismo me inundou.

— Eu ainda sou uma medrosa.

— Mas você quer, não quer? Só precisa de um empurrãozinho, certo?

Agarrei a alça da bolsa e mordi o lábio inferior.

— Elijah, não sei se algum dia estarei pronta.

— Eu estarei lá. Vou segurar sua mão assim. — Ele pegou minha mão na sua.

Mas por mais que eu quisesse fazer uma tatuagem, fiquei com medo.

— Eu preciso de um empurrão.

— Isso mesmo, Freckles.

Antes que eu pudesse piscar, Elijah me jogou por cima do ombro e foi até a porta da frente.

— Elijah, me coloque no chão. — Eu ri, batendo em sua bunda firme, exatamente como pensei que seria. — Eu não quis dizer esse tipo de empurrão. E quanto ao Jimmy e seu código da fraternidade?

— Eu não ligo. Ele pode chutar minha bunda mil vezes. Não vou deixar você ir. Você é minha.

Lexy teve um ótimo timing. Ela abriu a porta assim que nos aproximamos.

— Tudo bem aí?

— Ligamos para você mais tarde, Lexy — Elijah disse ao passar por ela. Ele nem parou. — Não espere acordada. Vou levar minha colega de quarto de volta para casa.

CAPÍTULO 34

ALEXANDRIA

— Eu não vou subir nisso. — Apontei para sua motocicleta, parada na rua. — Essa coisa é enorme.
— Isso é o que todas as mulheres dizem. — Elijah piscou.
Eu bufei. Sua moto era cromada, com assento de couro preto. Ele realizou meu maior sonho de bad boy. Elijah colocou a jaqueta de couro sobre meus ombros, enfiando meus braços através das mangas.
— Suponho que você nunca andou de moto antes. Depois da minha jaqueta de couro, esta Harley Davidson é meu outro orgulho e alegria.
As mangas da jaqueta passavam da ponta dos meus dedos e parecia um vestido.
Rindo, bati os braços como se fossem asas. Elijah deu um sorriso travesso, me observando.
— Sexy. Estou imaginando ver você nua por baixo da minha roupa de couro.
— Talvez um dia você consiga. — Eu timidamente me virei, apenas para olhar para ele quando um capacete escorregou na minha cabeça, então ele colocou o seu.
Depois que Elijah se virou e sentou no banco, ele me ajudou a me acomodar atrás de si.
Passei meus braços em volta de sua cintura.
— Não acredito que você tinha uma moto e eu nunca soube disso.
— Você nunca perguntou. — Ele ligou o motor. — Não vamos tão longe. Vou devagar.
Pressionei minha cabeça contra suas costas, pronta para ir. Embora estivesse nervosa, sabia que estaria segura. Era bom abraçá-lo, porém, mais do que isso, eu não conseguia acreditar que estávamos juntos. Teria que

tirar uma foto comigo e com Elijah em cima da moto e mandar para Emma. Ela iria pirar.

Enquanto o vento frio chicoteava os fios soltos do meu cabelo para trás, respirei fundo e aproveitei o passeio. Elijah era gentil em dirigir devagar, mas meu coração batia mais rápido à medida que nos afastávamos da casa de Lexy. Eu não conseguia acreditar que estava indo fazer uma tatuagem.

Abri os olhos quando senti um corpo ao meu lado na cama.

Elijah sorriu e acariciou minha bochecha.

— Bom dia, Raio de Sol. — Ele ficou sério. — Desculpe. Era…

— Tudo bem. Você pode me chamar de Rio de Sol. Não é doloroso ouvir isso como antes. — Eu me aconcheguei mais perto dele e Elijah me beijou na testa.

— Como está a tatuagem? — perguntou.

Sentei e olhei para o meu tornozelo.

— Ainda está um pouco vermelha, mas está perfeita. — Passei a ponta do dedo sobre ela. — Não acredito que fiz uma tatuagem. — Uma sensação vertiginosa percorreu meu corpo.

— O raio de sol é perfeito, uma lembrança maravilhosa do seu pai.

Eu caí de volta em seus braços.

— Obrigada. — Beijei sua bochecha. — Esse foi o melhor presente de Natal de todos os tempos.

Elijah e eu nos conectamos em um nível totalmente diferente. Era como se já fôssemos um casal há muito tempo. Nosso nível de conforto levaria meses para ser construído, mas sermos colegas de quarto nos deu essa familiaridade.

— Então você vai me mostrar sua nova tatuagem agora? — Fiz beicinho.

Elijah também fez uma, mas não quis me contar no estúdio.

— Não faça beicinho assim, ou farei coisas com você que não deveria. Quero dizer, ainda não, de qualquer maneira.

Apoiei-me no cotovelo.

— Estou feliz por ter esperado. Quero que você seja meu primeiro.

— Estou feliz que você tenha esperado também. Não quero pensar em você com mais ninguém além de mim. — Elijah passou a ponta do dedo pelo meu braço.

— Sr. Cooper, você está tentando me seduzir ou está tentando me distrair para não ter que me mostrar sua tatuagem?

Elijah se sentou.

— Srta. Weis, eu nunca ousaria. Primeiro, preciso tirar minha camiseta.

— Eu não me importo com essa parte. — Engatinhei por cima do cobertor e sentei na frente dele.

Elijah sorriu.

— Antes de te mostrar, preciso explicar por que fiz essa tatuagem.

Arfei quando Elijah me empurrou para baixo no colchão, montou em mim e prendeu meus braços acima de mim no travesseiro. Embora eu soubesse que não era sua intenção, ele me excitou, me deixando toda quente.

— Alex, fiz a tatuagem por sua causa, para mostrar o quanto estou comprometido conosco. — Elijah tirou a camiseta.

Não importava quantas vezes eu tivesse visto seu peito nu, o calor corria em minhas veias.

— Você vê a lua? — ele perguntou, ainda montado em mim.

— Sim. — Tracei a pequena lua crescente acima da tatuagem *"Clarity"*.

Elijah estremeceu com meu toque, então colocou um dedo sob meu queixo e levantou.

— Eu sou o oposto de você. Você é dia e eu sou noite. Nós nos completamos. Você é minha clareza, Alex.

Minhas mãos deslizaram sobre seu peitoral duro e tonificado. Não pude evitar. Foi a coisa mais romântica que já ouvi, sem falar em fazer uma tatuagem por minha causa.

— Acho que estou me apaixonando por você, Elijah Cooper — eu disse suavemente, num estado de sonho, perdida em seus olhos.

— Que bom, porque já estou apaixonado por você. — Os olhos de Elijah escureceram.

Ele deslizou a mão sob minha cintura e pressionou levemente seu corpo no meu. Calor me infundiu, formando bolhas com cada respiração que ele liberava.

Elijah soltou um suspiro suave.

— Tenho certeza de que esta frase já foi dita muitas vezes antes, mas estou falando sério. Eu te amo demais, Freckles — sussurrou ternamente em meu ouvido.

CLAREZA

— Eu também te amo — arfei, pensando em como nossas palavras eram tolas.

Elijah rolou para o lado e sorriu.

— Eu te amo mais do que tudo. O universo não é grande o suficiente para comparar o quanto eu te amo. É impossível.

Ele me deixou sem palavras, meu olhar fixo no dele.

— Eu... eu... — Eu queria dizer algo que expressasse algo maior, mas não havia palavras.

Elijah lentamente se aproximou da minha boca. Eu derreti no colchão de antecipação e necessidade. Quando seus lábios roçaram os meus, fogos de artifício explodiram no toque simples. Ele me beijou com ternura, sem pressa, mas isso só intensificou a sensação de queimação e necessidade que suas palavras já haviam acumulado.

Minha respiração ficou irregular quando passei a mão pelas costas dele. Eu queria seu corpo nu no meu, mas, antes que pudéssemos chegar lá, ele parou.

— Alex — Elijah disse sem fôlego, ainda me acariciando. — Precisamos parar antes que eu não consiga me controlar.

— Eu não quero que você pare.

— Quero tornar o momento especial para você.

Eu sorri, apreciando-o.

— E foi por isso que me apaixonei por você.

— Essa é a única razão? — Ele mordiscou meu pescoço.

Eu gritei e me contorci.

— Não... seu peito. Estou apaixonada pelo seu peito. — Passei minha mão sobre seus ombros.

Elijah puxou minha camiseta e beijou meu peito.

Fechei os olhos e gemi.

— E suas tatuagens.

— Isso é tudo? — ele murmurou através de seus beijos contra meus lábios.

— Uhmmm... sua moto — consegui dizer, seu hálito quente descendo até minha barriga.

— Só isso? — Sua língua deslizou ao longo da pele exposta na parte superior da calça do pijama.

— Sua voz. E sua língua — choraminguei, sentindo o calor de sua respiração entre minhas pernas. Elijah abaixou minha calça naquele lugar perfeito.

A sensação prazerosa cresceu até que senti que ia explodir. Eu queria mais. Meus lábios se separaram e ouvi sons que nunca tinha feito antes. Minha cabeça girou em êxtase e o tempo parou, sem preocupações, sem dor, sem pensamentos. Eu vivi o momento com Elijah.

Cravando minhas unhas em seu braço, arqueei as costas enquanto aproveitava cada momento de sua língua devorando meu clitóris. Quando ele parou, desabei, me sentindo tonta.

— Você está bem? — Elijah saiu da cama e eu ri da protuberância em sua cueca.

Apoiei-me no cotovelo para poder vê-lo melhor.

— Estou ótima, mas não acho que você esteja bem. — Apertei os lábios, tentando não rir.

Elijah me deu um sorriso tímido e mexeu as pernas.

— Essa foi a primeira vez que você teve um orgasmo?

— Sim — respondi, tímida.

Elijah se sentou na cama ao meu lado.

— Eu me sinto tão privilegiado por poder te dar o seu primeiro.

— Eu te amo, Elijah.

— Eu também te amo.

Ele me pegou e me jogou por cima do ombro.

— Você não pode simplesmente me pegar assim. — Eu bati na bunda dele. — Para onde você está me levando?

— Vamos tomar banho, Freckles. Um banho muito frio. Vou te provocar ainda mais. Você pode me ver gozar.

Ah, meu Deus! Cada centímetro de mim formigou. Isso seria outra novidade para mim.

Voltei a morar com Elijah e as aulas começaram. Era estranho vivermos juntos como um casal quando tínhamos acabado de começar a namorar, mas para nós era perfeito. Elijah me contou sobre seu trabalho de meio período na Secretaria Administrativa, o que me pegou de surpresa. Enquanto ele ia para lá, fui ao refeitório do campus.

Depois de fechar a conta do último cliente do almoço, fui até Lexy atrás do balcão.

— Mal posso esperar para me formar — ela disse.

— O que você fará depois?

— Não sei. Estou pensando em fazer pós-graduação, mas talvez mais perto de casa.

— Ah — eu disse sombriamente. Também me lembrou que Elijah estava se formando e que ainda não havíamos conversado sobre nossos planos para o futuro. Acho que teria que esperar e ver onde isso daria.

Lexy virou-se para alguns alunos na fila.

— Hora de trabalhar.

A fila parecia nunca terminar, mas depois de uma hora finalmente cessou. Andei pelo local recolhendo o lixo.

— Quer abandonar seu namorado e sair comigo? — Alguém disse atrás de mim enquanto eu pegava um guardanapo que havia deixado cair.

Dei a Elijah meu maior e sedutor sorriso.

— Depende. Você tem uma moto? Porque acho que caras que usam jaquetas de couro e andam de moto são gostosos. — Eu ri.

Flertar com ele parecia tão natural. Eu não conseguia acreditar que finalmente chegamos a esse ponto.

— Desculpe desapontá-la, eu dirijo um carro agora. — Elijah girou um molho de chaves preso a um chaveiro.

Quando franzi a testa, ele disse:

— Não posso levar minha garota para sair de moto. Peguei um carro para nós dois, então você também pode usá-lo.

— Você não vendeu sua moto, vendeu?

— Estava ficando velha de qualquer maneira. Sempre posso comprar outra.

Abaixei meu olhar para meus sapatos, piscando para as lágrimas que se acumulavam em meus olhos. Este homem, que passou por tantas dificuldades, não era apenas generoso; ele era bom demais para ser verdade. Elijah me colocou em primeiro lugar. Ele se preocupava com meu bem-estar. Eu tinha muita sorte.

— Alex, você está brava? — Ele segurou meu rosto e o levantou até que olhei em seus olhos.

Balancei a cabeça e uma lágrima escapou.

— Obrigada. Vou ajudar com os pagamentos e a gasolina.

Elijah enxugou minhas lágrimas e beijou minha bochecha.

— Não estou pedindo que você pague, Freckles, mas talvez possamos chegar a um acordo. Você pode me pagar com algo diferente de dinheiro.

— Acho que posso lidar com isso. — Meu coração se partiu por ele. Elijah adorava aquela moto. Mas ele me amava mais.

— Vou cobrar essa oferta de você. — Ele piscou. — Volte para casa assim que puder. Tenho planos para nós esta noite.

CAPÍTULO 35

ALEXANDRIA

Quadro magnético:

> *Mal posso esperar para te levar para sair.*
> *— E*

Elijah bateu na porta do meu quarto.

— Freckles, não vamos a nenhum lugar chique. Não se esqueça de trazer uma jaqueta.

— Já vou. Prometo!

Normalmente não demorava muito para me arrumar, mas meu cabelo e maquiagem levaram mais tempo do que planejei. Eu queria estar no meu melhor para Elijah em nosso primeiro encontro. Quando abri a porta, Elijah ficou lá, bloqueando meu caminho.

— Ei, linda. Você não precisa se arrumar toda. Eu já te amo do jeito que você é, mas tenho que dizer... — Ele me puxou para seus braços. — Você está deliciosamente sexy. — Elijah mordiscou meu pescoço.

— Você também não parece mal. — Eu ri.

Elijah usava uma calça jeans, um suéter e uma jaqueta de couro. Não importava o que ele vestisse, sempre estava bonito.

— Obrigado, Freckles, mas sempre estou bonito.

— Não somos um pouco arrogantes? — Dei um soco nele de leve.

— Mas você gosta de mim desse jeito. — Elijah riu e me deu um beijo longo e terno. — Agora precisamos ir. — Ele pegou minha mão e me puxou porta a fora.

— Por que estamos no hospital? — Entrei em pânico quando ele entrou no estacionamento. — Elijah, você está doente?

— Não se preocupe. O hospital está no caminho de onde pretendo te levar. Quero te mostrar uma coisa primeiro. Lembra quando você ficou com raiva de mim e pensou que eu ia para a casa da Heather quando não estava em casa? De qualquer forma, deixe eu te mostrar.

Saímos do carro e ele tirou algo do porta-malas.

— Isso é um case de violão? — perguntei.

— Sim. — Elijah passou a alça por cima do ombro, agarrou minha mão e atravessou a porta de entrada.

— Eu não sabia que você tocava violão.

— Gosto de esconder meus talentos. — Ele piscou.

As portas de vidro se abriram. Elijah cumprimentou a senhora sentada atrás da recepção. Ela parecia ter cinquenta e poucos anos, com cabelo castanho-claro encaracolado.

A senhora olhou por cima dos óculos de leitura.

— Sr. Cooper. É bom te ver novamente. Vejo que você trouxe uma amiga.

A mão de Elijah ainda segurava a minha.

— Esta é Alexandria Weis. Ela vai cantar comigo.

Minha pressão arterial disparou.

— Quanta consideração de sua parte. — A mulher sorriu.

Ela abriu uma gaveta e tirou alguns adesivos de visitantes, escreveu nossos nomes e os entregou a Elijah.

— Obrigado — ele disse, depois nos levou até o elevador. Colocou um adesivo no peito e fez o mesmo por mim.

— O que estamos fazendo aqui? — sussurrei e entrei no elevador. — E você não me pediu para cantar.

— Você não precisa cantar. Eu só disse isso para que você pudesse vir comigo. Desculpe, eu deveria ter te contado primeiro.

— Aonde estamos indo? — Observei o número aumentar.

— Meu irmão morreu neste hospital. Ainda me incomoda vir aqui, mas cada vez que venho, fica um pouco melhor. Você nunca esquece, mas a dor se torna suportável.

Meu coração se suavizou e apertei sua mão para que ele soubesse que sentia sua dor e que entendia. A porta se abriu no sétimo andar. Quando saímos, as senhoras da recepção sorriram.

CLAREZA

— Elijah, bem-vindo de volta. Já faz um tempo — uma das enfermeiras disse.

— Tenho estado ocupado, mas trouxe alguém especial comigo. Esta é Alex.

Após as apresentações, passamos por outra porta. Enquanto caminhávamos pelos azulejos brancos e barulhentos, só encontrei pacientes jovens. Então percebi que estávamos em um andar especial para crianças com câncer.

Meu coração desmoronou ao entrarmos em um quarto e lembranças do meu pai vieram à tona.

— Oi, Marcus — Elijah disse alegremente.

Os olhos do menino ficaram maiores e ele se levantou da cama. Ele parecia ter doze anos, mas era difícil dizer, especialmente porque não tinha cabelo. Então ele se virou para mim e sorriu.

— Ei, por que ela ganha um sorriso maior? — Elijah reclamou, então bateu na mão de Marcus em cumprimento.

— Ela é mais bonita que você. — Ele riu.

Elijah colocou seu violão perto de uma cadeira.

— Justo. Marcus, esta é Alex.

Apertei a mão dele.

— Elijah tem uma namorada — Marcus cantarolou.

— Isso é verdade — Elijah respondeu. — Então, como foi sua semana?

— A mesma coisa de sempre. Eu gostaria de poder sair. Eu amo o inverno. — Marcus olhou pela janela, com os olhos cheios de sonhos. — Vai chover esta noite. Eu gostaria de poder pular nas poças. Isso faria o meu dia.

Consideramos as coisas simples da vida garantidas; era da natureza humana fazer isso. Mas ver um menino que só queria brincar na chuva, mas não podia, fez meu coração apertar.

Marcus olhou entre Elijah e eu, e disse:

— Alex vai cantar com a gente?

Elijah olhou para mim em busca de uma resposta.

— Depende — respondi. — Se eu conhecer a música…

Elijah me deu um sorriso malicioso.

— Ah, eu sei de uma que você conhece.

Enquanto Elijah puxava duas cadeiras ao lado da cama, abri o zíper da case do violão e entreguei a ele seu instrumento.

Ele começou a dedilhar seu violão e cantamos:

— *I'm the one who wants to be with you…*

Marcus também conhecia a música e cantou junto.

— Essa é a música favorita de Elijah — Marcus falou, depois que Elijah parou de tocar. — Acho que agora sei o porquê. — Ele deu um soco leve no braço de Elijah.

Elijah curvou os ombros para dentro, fingindo estar machucado.

— Você sabe que vou lutar muito com você quando você melhorar. Então esteja preparado.

— Sim — Marcus disse, então seu rosto tornou-se sombrio.

— Quer que eu leia uma história para você? — Elijah encostou o violão na cama.

— Quero que Alex leia para mim.

Marcus olhou para mim com aqueles olhos inocentes, então como eu poderia recusar?

— Claro que vou ler para você — respondi.

Quando Marcus adormeceu, saímos do hospital. Ver Elijah interagir com o garoto me tocou tão profundamente que eu não conseguia respeitá-lo mais do que naquele momento. A maioria das pessoas sentia pena de si mesmas pela perda, mas Elijah pegou essa dor e a substituiu por algo para homenagear seu irmão. No processo, ele ajudou outras pessoas.

Elijah nos levou até o topo de uma colina, pegou uma toalha de piquenique quando saímos do carro e colocou um cobertor leve sobre meus ombros. Ele voltou para o carro, pegou uma cesta de piquenique e sentou-se ao meu lado.

O sol se pôs e as estrelas e a lua apareceram, iluminando o céu escuro. As luzes da cidade logo abaixo brilhavam em múltiplas cores, como luzes de Natal em uma árvore gigantesca.

Hipnotizante. Tão pacífico… Enquanto a brisa suave e fresca bagunçava meu cabelo, eu não conseguia desviar o olhar.

— Eu não fiz o jantar. — Elijah tirou os recipientes da cesta de piquenique. — Comprei em um restaurante.

— Poderia ter sido sanduíche, ou eu poderia ter feito alguma coisa.

Só de ficar sentada aqui com você, olhando essa vista, não consigo nem pensar em comida.

Elijah riu.

— Eu só quero o melhor para você. Você viu apenas uma parte de quem eu sou, então ainda não viu nada. — Ele piscou para mim.

— Mal posso esperar — eu sorri.

Comemos linguini de frutos do mar, salada e até dividimos um cheesecake. Então nos abraçamos debaixo de um cobertor. Embora a temperatura tenha caído, o calor do corpo de Elijah me aqueceu.

— Como você encontrou este lugar? — Passei um dedo sobre suas sobrancelhas grossas, pelos seus longos cílios, deslizei pelo seu nariz e em torno de suas maçãs do rosto. Quando cheguei aos seus lábios, ele beijou a ponta do meu dedo.

Elijah fechou os olhos e respirou fundo.

— Quando meu irmão faleceu, tirei alguns dias para ficar sozinho e acabei neste lugar. Esta colina me deu paz. Fiquei sentado aqui por horas apenas olhando as estrelas, a lua e as luzes da cidade. Você é a única pessoa que eu trouxe aqui.

Beijei seus lábios para agradecer.

Elijah me deu um beijo no nariz e disse:

— Vou me formar este ano. Consegui um estágio com o Professor Kelp. Há uma boa chance de eu entrar no programa de MBA depois. Estou pensando em me tornar corretor na bolsa de valores.

Meu sorriso alcançou a lua.

— Estou tão orgulhosa de você. Não sabe o quão feliz você acabou de me fazer. Eu estava preocupada com o nosso futuro.

Elijah agarrou minha mão e beijou as costas dela.

— Não fique. Eu disse que iria me preparar para ser o homem que você merece, o homem que você precisa que eu seja. Quero sustentar você e nossa família, que espero que um dia tenhamos.

— Adoro quando você diz coisas assim. — Passei meus braços em volta de sua nuca e pressionei meu corpo contra o dele. — Meu pai teria amado você. Se quiser, gostaria que conhecesse minha mãe e meu padrasto. Estou feliz por ter voltado para o Natal. Minha mãe e eu tivemos uma longa conversa e esclarecemos os mal-entendidos.

— Estou feliz por você. — Ele acariciou minha bochecha. — A vida é muito curta. Não se preocupe com o que é ruim.

Balancei a cabeça e pisquei quando senti uma gota no nariz.

— Está chovendo?

— Parece que Marcus estava certo — Elijah comentou.

Levantamos, recolhendo os itens do cobertor.

— Por que Marcus? — perguntei.

Elijah pegou a cesta de piquenique e olhou para mim.

— Ele ficou com o quarto do meu irmão. É a minha maneira de estar conectado com Evan.

Calafrios percorreram meu braço.

— Você canta só para Marcus?

— Às vezes canto para um grupo de pacientes.

As gotas se transformaram em chuva, beijando meu rosto. Elijah pegou o cobertor, jogou-o no porta-malas e abriu a porta para mim.

— O que você está esperando, Freckles? Entre.

A chuva batia forte, caindo mais rápido. Quando fechei a porta, Elijah correu em minha direção.

A chuva caiu no rosto de Elijah e encharcou seu suéter. A maneira como ele estava olhando para mim me lembrou de quando tomamos banho juntos. Afastando meus pensamentos perversos, curvei meus lábios em um sorriso travesso.

— Eu quero dançar na chuva. — Dei vários passos para trás. — Eu quero fazer isso por Marcus.

Os olhos de Elijah brilharam de aprovação. Recompensando-me com seu sorriso sexy, ele me girou.

— Podemos fazer mais do que dançar. Alex, *you'd be like heaven to touch* — cantou "Can't Take My Eyes Off You", um clássico de Frankie Valli and the Four Seasons. *Você é como tocar o paraíso*, a letra dizia. Era uma das músicas que meu pai costumava cantar.

Tremendo, meu corpo parecia ter virado gelo, mas não me importei. Roupas molhadas grudavam em cada parte da minha pele, mas valeu a pena — valeu esse momento — valeu tudo.

Pulamos juntos em poças como crianças, todas as que pudemos encontrar, enquanto Elijah berrava a plenos pulmões cantando "I love you baby". A chuva caía sobre nós, e cantávamos com todo o coração, ríamos alto, pulamos o mais alto que podíamos e dançamos como nunca havíamos dançado antes, sem nenhuma preocupação no mundo.

CLAREZA

CAPÍTULO 36

ELIJAH

Quadro magnético:

> *Obrigada por outro encontro incrível!*
> *— Alex*

Já fazia um tempo que a turma não se reunia. Depois de jantarmos fora, passamos um tempo em nosso apartamento.

— Você está pronto para a corrida da sua vida? — Dean sentou ao lado de Lexy no sofá e ligou a TV.

Eu sibilei pelo nariz. Queria dar um soco nele por estragar meus planos. Eu tinha planejado contar a Alex sobre essa corrida e que seria a última, mas agora era tarde demais.

— Por que você não fica fora dessa? — Seth sentou à minha frente na mesa de jantar. — Você não precisa do dinheiro. O risco não vale a pena.

— Eu tenho que concordar com Seth — Lexy disse por cima do ombro.

Alex, sentada ao meu lado, deu um tapa em meu braço.

— Uhm... Elijah me disse que não iria mais correr.

Suspirei e agarrei a sua mão.

— Já tinha me inscrito nesta antes de concordarmos que eu não correria. Não posso dar para trás.

Eu queria correr por ela, por nós. Alex pode não entender, mas, como homem, eu tinha essa necessidade de cuidar dela. Com essa vitória, eu poderia comprar um carro para ela e guardar o resto para o futuro.

Quando Alex entrou na cozinha, eu a peguei nos braços e a segurei com tanta força que ela nem conseguiu lutar.

— Prometi a você que não correria mais, mas isso é diferente.

— Quando você ia me contar? — Ela fez uma careta. — E quando será?

— Na semana que vem. Eu tinha todo esse discurso pronto para você.

— É mesmo? — seu tom suavizou, parecendo divertir-se.

Eu nos balancei para frente e para trás.

— Eu ia te contar que fiquei duas semanas sem fumar, mesmo depois de dizer a mim mesmo que nunca pararia de fumar por ninguém além de mim mesmo. Agora você sabe que eu faria qualquer coisa para te ver feliz.

Seus olhos brilharam e ela me deu aquele sorriso que eu tanto amava.

— Estou tão orgulhosa de você. — Alex beijou minha bochecha.

— E eu também ia fazer isso. — Inclinei-me para aquele lugar especial que gosto de mordiscar seu pescoço. Graças a Deus Dean estava com a TV ligada e eles estavam assistindo ao jogo dos Lakers.

Quando Alex gemeu, deslizei meus beijos para baixo, até seus seios.

Apoiando-a contra o armário, minhas mãos exploraram seu corpo enquanto continuava a consumir seus lábios e língua. Ancorei sua perna direita em volta da minha cintura e agarrei sua bunda. Quando ela arfou, me levou a outro nível de excitação.

— Você sabe que isso não vai funcionar. Segurança. Vem. Primeiro — Alex conseguiu dizer entre me beijar, perdida em meus toques.

— Vocês têm um quarto. Na verdade, dois! — Seth gritou, rindo. — Escolham um.

Alex se afastou timidamente com uma risadinha antes que eu pudesse soltá-la. Afastei meu cabelo para trás e a observei se afastar.

ALEXANDRIA

Todos foram para casa. Enquanto eu tomava banho, Elijah já estava na cama, estudando suas anotações. Tentando parecer o mais sedutora possível, respirei fundo, nervosa, e descansei a mão no batente da porta com o quadril inclinado para o lado. Pigarreei.

— Então você pensou que poderia me convencer com seu discurso e charme, mas veja, eu também tenho um discurso pronto. Pensei em como poderia convencê-lo a não correr. Então aqui estou.

Abri o zíper da jaqueta de couro de Elijah, revelando meu corpo nu por baixo.

Os olhos de Elijah se arregalaram, chocados, e ele jogou seu caderno no chão. Então se recostou na cabeceira da cama e colocou os braços atrás do pescoço. Ele não usava nada além de shorts de algodão e parecia muito sexy.

— Você está tentando me seduzir, Srta. Weis? — Seus olhos percorreram meu corpo enquanto ele mordia o lábio inferior.

— Depende da sua resposta, Sr. Cooper. — Rebolei para ele sedutoramente, permitindo que a jaqueta deslizasse do meu ombro, expondo meu peito.

Elijah deslizou para fora da cama e segurou meu rosto.

— Se você tirar isso, não serei capaz de me controlar. Você não precisa fazer isso se não estiver pronta.

— Eu estou pronta. Só queria encontrar o momento certo. — Dei a ele um sorriso malicioso. — Uma noite comigo ou a corrida?

— Isso não é justo, Freckles. Eu tinha me inscrito para esta corrida muito antes de nos conhecermos. É uma oportunidade única na vida. Se eu ganhar, poderemos usar parte desse dinheiro para dar uma entrada em uma casa. Um dia, em breve, vou me casar com você e teremos uma minivan cheia de crianças. Quero cuidar da nossa família.

Olhei para ele enquanto suas palavras eram absorvidas, tocando-me até o fundo do meu coração. Eu sabia que Elijah me amava, mas não tinha percebido o quanto até aquele momento.

Lágrimas se acumularam em meus olhos, sentindo-me grata por seu amor e devoção. Eu não poderia estar mais feliz. Não havia mais nada que eu pudesse dizer. Eu teria que dissuadi-lo amanhã. Ainda tinha tempo.

— Estou pronta, Elijah. — Tirei a jaqueta e a deixei cair no chão com um baque.

Não estávamos juntos há muito tempo, mas eu sentia como se o conhecesse há uma eternidade.

— Você é absolutamente linda, Freckles. — Ele tirou um momento para me estudar. Então me pegou no colo e pairou sobre mim na cama. — Vou fazer você se lembrar desta noite para sempre.

Enquanto Elijah beijava meus lábios com ternura, sua mão percorria meu peito. Arfei com o prazer que percorreu cada terminação nervosa do meu corpo. Seus beijos percorreram meu pescoço e sua língua percorreu meu mamilo, me torturando enquanto ele o chupava e mordiscava. Meu Deus, isso era dolorosamente bom. Arqueando as costas, gemi enquanto a suavidade entre minhas pernas queimava de desejo.

Quando Elijah deslizou as mãos sob minha bunda, ele pressionou seu corpo quente contra o meu. Isso enviou outro choque erótico ao meu sexo. Eu estava cheia de desejo e necessidade, e isso só me fazia desejá-lo ainda mais.

— Elijah, por favor — choraminguei.

— Ainda não, baby — murmurou entre beijar meu umbigo até... *ai, meu Deus...* sua língua circulou, lambeu e sacudiu meu clitóris da maneira mais gratificante.

Agarrei seus ombros, perdendo todo o senso de coordenação motora, principalmente quando ele enfiou os dedos dentro de mim. Fechando os olhos, senti o prazer.

— Estou preparando você para algo maior — Elijah gemeu quando pegou minha mão e a colocou sobre seu pau.

Meus olhos se abriram. Quando ele tirou o short?

— Tem certeza que quer isso? — perguntou, enquanto eu olhava para a beleza que iria dentro de mim.

— Sim — respondi, sem fôlego, seus dedos entrando e saindo de mim.

Elijah me deixou louca a ponto de eu estar prestes a implorar, mas ele abriu mais minhas pernas com os joelhos. Depois de colocar uma camisi-nha, ele se inclinou sobre mim.

— Vou devagar — ele disse. — Me fale se quiser que eu pare, ok?

Assenti, mas uma pequena parte de mim ficou assustada. Sem dúvida eu queria Elijah, mas isso também significava dar tudo de mim. Eu sabia do fundo do meu coração que pertencia a ele.

Arfei quando ele penetrou um pouco mais fundo. Lenta e cautelosa-mente, ele moveu os quadris para frente e para trás, deslizando para dentro e para fora, e indo cada vez mais fundo. Inspirei profundamente esperando a sensação de queimação passar.

— Estou dentro. — Ele sorriu e depois pareceu preocupado. — Você está com dor? Quer que eu pare?

— Não pare. — Eu o puxei para um beijo.

Elijah moveu os quadris lentamente, olhando nos meus olhos, me dan-do um prazer além de tudo que eu poderia imaginar. Ele me encheu com seu amor e eu sabia que ele estava certo. Eu nunca esqueceria desta noite.

— Estou muito honrado por ser o seu primeiro e não quero nada mais do que ser o último — ele ofegou, passando as mãos pelo meu cabelo. Elijah começou a estocar em mim novamente, desta vez um pouco mais rápido.

A sensação de formigamento começou na minha barriga e se expandiu, espalhando-se pela minha cabeça e descendo até os dedos dos pés, me levando ao limite. Soltei sons estranhos e ofegantes que nunca soube que poderia fazer.

— Meu Deus, Alex, você é tão gostosa — Elijah gemeu. — Eu te amo, baby.

Ele capturou meus lábios novamente. Então sua língua percorreu meu pescoço, meus ombros, meu mamilo e cada centímetro do meu corpo, adorando, acariciando e me fazendo sentir especial.

Elijah me tocou em todos os lugares. Ele me envolveu com seus beijos e sua ternura. Eu nunca soube o que significava fazer amor até agora. Enquanto nossos corpos balançavam juntos como um só, ele me segurou como se eu fosse a coisa mais preciosa do mundo.

Quando ele estremeceu e ouvi aquele inconfundível gemido de prazer, soube que sua vontade havia sido esgotada. Depois de me abraçar, ele foi ao banheiro e voltou com uma toalha pequena e molhada. Elijah gentilmente limpou entre minhas pernas, atendendo às minhas necessidades.

— Você está sangrando um pouco, mas vai ficar bem. — Ele beijou a área que limpou, então se aninhou ao meu lado e colocou meu braço em seu peito. — Como você está se sentindo? Está com alguma dor?

— Não, estou bem. Mais do que bem. — Soltei um suspiro suave, sentindo o calor dele.

Como eu adorava estar aqui, bem ao lado de Elijah.

CAPÍTULO 37

ELIJAH

Quadro magnético:

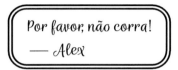

Alex e eu evitamos propositalmente o assunto da corrida por vários dias. Presumi que ela pensava que eu não iria em frente, mas eu não podia e não iria desistir.

— Quais são seus planos para hoje? — perguntei, entrando na cozinha. Alex estava lavando a louça. Passei meus braços em volta de sua cintura por trás e mordi a lateral de seu pescoço.

— Eu tenho que trabalhar. — Ela terminou de enxaguar a última xícara e colocou as mãos em meus braços. — Tenho que trabalhar até quase fechar, então estarei em casa por volta das nove.

— Vou vencer essa corrida para que você não precise mais trabalhar. Eu cuidarei de você.

O sorriso de Alex desapareceu.

— E se eu não quiser largar meu emprego? Você nunca me perguntou sobre isso.

Olhei para o armário e depois olhei para ela novamente.

— Você está certa, eu não perguntei. Desculpe. Você não precisa largar seu emprego. E chegarei em casa tarde esta noite.

Ela fez uma careta.

— Então você vai seguir em frente, mesmo sabendo como me sinto. — Seu tom aumentou. — Por favor, Elijah. Eu estou te implorando. — Ela acariciou meus braços com as mãos. — Eu não me sinto bem com isso. Me sinto mal do estômago. E se você se machucar ou até matar alguém?

— Se nos preocupamos com todas as coisas que podem acontecer, então é melhor nos preocuparmos o tempo todo. Qualquer coisa pode acontecer a qualquer um de nós a qualquer momento. Eu poderia ter um ataque cardíaco ou ser atropelado por um carro. Mas isso não significa que deixaremos de viver. A vida é assim. Quando chegar a sua hora, é a sua hora e não há nada que alguém possa fazer a respeito. Nada vai acontecer comigo.

— Você pode me prometer isso?

Quando não consegui, ela saiu da cozinha.

— Eu não entendo. Por que você iria querer arriscar sua vida? Deixe-me adivinhar. Nolan também estará na corrida?

— Sim, mas esse não é o motivo. — Eu a segui até a sala, mas mantive um metro de distância dela.

— Sério? — Ela lançou um olhar desafiador. — Você diz que me ama e quer um futuro comigo, mas isso é tudo conversa, não é?

Esfreguei meu rosto e respirei fundo.

— Eu disse que sim e falei sério. Como eu disse antes, me inscrevi nisso antes mesmo de te conhecer. Falando nisso, você não está considerando o que eu quero. Você não entende.

Alex cruzou os braços.

— Você está colocando sua vida em risco e é isso que eu entendo. E não precisamos do dinheiro.

— Isso é fácil para você dizer quando seus pais cuidaram de você. — As palavras saíram da minha boca tão rápido que me arrependi de tê-las dito. Eu não pude nem voltar atrás. *Merda!* — Desculpe. Eu não quis dizer...

Alex pegou sua bolsa e abriu a porta da frente.

— Eu tenho que ir trabalhar. Faça o que quiser, porque obviamente o que você realmente está fazendo é pensar no seu ego e na sua ganância. Você também pode vender sua alma ao diabo.

Na hora do jantar, nem Alex nem eu trocamos mensagens ou ligamos um para outro. Ambos estávamos sendo teimosos. As palavras de Alex se repetiram em minha mente como um disco quebrado, mas não havia como voltar atrás. Ela superaria isso assim que eu trouxesse para casa o prêmio em dinheiro.

Olhando para o meu relógio, peguei minhas chaves e fui para a oficina do pai de Seth.

— Desculpe, acabei de receber sua mensagem — eu disse a Seth.

Ele estava abaixado, limpando as rodas da minha moto. Fiz contato visual com os demais funcionários, cumprimentando-os com um sorriso. O cheiro de graxa e estar rodeado de carros em vários estágios de conserto sempre me entusiasmaram, mas nunca conseguiria ser mecânico. Preferia dirigi-los e não consertá-los.

— Você chegou cedo. — Seth se levantou e jogou a toalha na mesa contra a parede.

— Não acredito que seu pai já vendeu minha moto. Falando nisso, onde ele está?

— Ele saiu para fazer umas coisas. Ainda não consigo acreditar que você abriu mão da moto. Isso com Alex é sério, não é?

— É. Ela é a única mulher para mim.

Seth colocou uma chave inglesa dentro da caixa de ferramentas.

— Isso significa que você vai desistir da corrida?

— Não — rebati. Eu não queria, mas, já me sentindo irritado com a briga com Alex, fiquei ressentido por ele estar do lado dela.

Seth ergueu as mãos.

— Uau. Eu não sabia que essa pergunta te incomodaria.

— Desculpe. É que Alex e eu brigamos por causa disso e me sinto um merda. Estou tentando decidir o que fazer.

— Bom. Pense nisso enquanto me faz um favor. — Seth jogou um molho de chaves para mim.

— Para que serve isso?

— Seu último passeio de moto.

ALEXANDRIA

Fiquei ocupada no refeitório do campus, recolhendo o lixo e limpando as mesas repetidas vezes. Eu não queria pensar na briga que Elijah e eu tivemos. Eu estava sendo irracional? Achei que não, especialmente quando se tratava da segurança dele.

Independente disso, no final, a escolha era dele. Nunca quis ser a namorada controladora, então decidi não ligar para ele.

O dia virou noite num piscar de olhos, não percebi que era hora de fechar. Falei com meu chefe e me despedi dos meus colegas.

O turno de Lexy havia terminado mais cedo, então, quando a vi correndo em minha direção na caixa registradora com uma expressão terrível, eu sabia que algo estava errado.

Lexy agarrou meus braços.

— É o Elijah. Ele está no hospital. Eu vou te levar até lá. Seth estava com ele quando tudo aconteceu. Isso é tudo que eu sei.

— O que você quer dizer?

Demorou algum tempo para meu cérebro registrar o que ela disse. Eu apenas fiquei lá. As palavras soaram em meus ouvidos, mas minha mente se recusou a acreditar. Eu nem sabia que perguntas fazer para completar a imagem em minha mente, aquela imagem horrível de Elijah dentro de seu carro destruído.

— Eu disse a ele para não ir — murmurei. — Ah, meu Deus! — Cobri a boca, pensando nas coisas horríveis que disse a ele antes de sair.

Não me lembrava de ter entrado no carro de Lexy ou de como acabamos no hospital. Meu coração batia fora de controle e minhas mãos tremiam. Dirigimos até o mesmo hospital onde Elijah me levou na noite do nosso primeiro encontro.

Lexy olhou para a mensagem em seu telefone quando entramos no elevador. Nenhuma de nós falou durante a viagem de carro até aqui e ficamos em silêncio. Quando as portas se abriram, Seth esperava por nós na porta com lágrimas nos olhos.

Quando um cara tem lágrimas nos olhos, é algo sério. Bile subiu pela minha garganta e passei os braços em volta do peito.

— Elijah está em coma — Seth anunciou, nos conduzindo pelo corredor. — Ele sofreu um traumatismo craniano, então os médicos tiveram que induzir o coma para aliviar a pressão.

Suas palavras apunhalaram meu coração.

— Tentei convencê-lo a não ir — falei, chorando, as lágrimas escorrendo pelo meu rosto.— É minha culpa. Eu deveria ter tentado mais.

Seth parou no meio do corredor e se virou para mim.

— Ele não foi para a corrida. Ele mudou de ideia pouco antes de sairmos da oficina do meu pai. Antes de desmaiar, ele me pediu para lhe contar que havia mudado de ideia. Ele fez isso por você.

Alívio e culpa me atingiram.

Seth suspirou.

— Meu pai comprou a moto de Elijah e a consertou um pouco para poder vendê-la. Vendeu ontem. Estávamos indo entregá-la ao comprador. Eu estava dirigindo atrás dele para poder trazê-lo de volta para casa. Então algum carro estúpido passou um sinal vermelho... e... sinto muito, Alex. Isso...

— Posso vê-lo?

Seth nos guiou até uma sala de espera. Lexy sentou em uma cadeira e passou as mãos pelo cabelo. Ela soltou um longo suspiro e enxugou as lágrimas.

— Entre você primeiro — ela disse.

Enquanto Seth e eu íamos para o quarto de Elijah, ele me deu um sorriso tranquilizador.

— Ele vai sair dessa, Alex. Tem que sair dessa. Ele te ama demais.

CAPÍTULO 38

ALEXANDRIA

Tentei compreender a realidade do que vi diante de mim enquanto agarrava a mão de Elijah.

Um tubo foi inserido em seu nariz para respiração e desceu por sua garganta. Um soro conectado ao pescoço e uma perna engessada. Ver Elijah indefeso, sem saber se ele iria acordar, despedaçou meu mundo.

— Elijah. — Meus lábios tremeram enquanto lágrimas escorriam pelo meu rosto. — Eu sinto muito. Gostaria de poder te ajudar. Me diga o que fazer?

Sua jaqueta de couro estava sobre uma cadeira ao lado da cama. Eu a peguei e vesti.

— Vou guardar seu orgulho e alegria para você, então se apresse e volte para mim.

Peguei sua mão novamente e coloquei-a perto do meu coração enquanto meus olhos delineavam seu lindo rosto — memorizando a curva de suas sobrancelhas, seus longos cílios, seu nariz perfeito, seus lábios beijáveis… memorizando-o.

Logo, ele abriria os olhos. Ele tinha que acordar.

— Sei que você pode me ouvir. Estou aqui esperando por você — falei, acariciando seu rosto. — Você me prometeu um lar, um futuro, uma família. Nós apenas começamos. Por favor, acorde.

Levantei a mão dele até minha bochecha e beijei os nós dos dedos, sentindo o gosto das minhas lágrimas salgadas enquanto elas caíam.

— O que eu fiz para merecer você? Você me surpreende com seu talento, sua generosidade e seu amor pela vida. Não há palavras para descrever você e seu lindo coração. Você pegou tudo que era ruim e transformou em bom. Você me ensinou muito e não quero que pare. Eu preciso de você. Seus amigos precisam de você. Lute, droga! Lute por mim. Lute por nós!

Exausta, fechei os olhos e enfiei as mãos nos bolsos da jaqueta para mantê-las aquecidas. Algo tocou minha mão. Vi um envelope lacrado endereçado a mim. Espantada, sentei na cadeira e abri.

Minha querida Alex,

Se você está lendo esta carta, significa que estou mal ou faleci e não há palavras para dizer o quanto sinto muito. Eu nem sei por onde começar. Escrevi esta carta caso algo acontecesse comigo na corrida.

Nunca tive medo da morte. Eu tinha perdido tanto que não me importei, até você entrar na minha vida. Então, caso eu nunca consiga me despedir, pensei que esta seria a melhor maneira. Se estou inconsciente, estou lutando, Freckles. Estou lutando pra caramba porque você é tudo para mim. Mas se eu morrer, ficarei muito chateado por não ser o cara que dará tudo o que você merece. Isso também significa que o destino me ferrou novamente.

Prometa que você viverá sua vida ao máximo. A vida é muito curta. Seja feliz e crie muitas lembranças maravilhosas. Vou ficar com tanto ciúme do cara que vai ser seu, mas, ao mesmo tempo, ficarei muito feliz por você. Ninguém jamais vai te amar tanto quanto eu.

Meu amor por você é maior que a lua, maior que o universo, e não consigo imaginar nada maior do que isso.

Eu me apaixonei por você no segundo em que você disse que era Alex. Eu me apaixonei por você quando molhou seu biscoito no leite, e mais ainda quando jogou água na minha camisa por estar com raiva de mim. Eu amo tudo em você. Desde as sardas que você acha imperfeitas, até os defeitos que ainda não encontrei (você não seria humana se não tivesse) e tudo isso é você.

Você é a pessoa mais forte e corajosa que conheço. Você também é a garota mais linda que já vi. Nunca se esqueça disso!

Às vezes a vida leva você para um passeio de montanha-russa, arrasta você pela lama, bate no seu rosto até tirar todo o ar e você não conseguir respirar. Nunca deixe que isso a impeça de ser a pessoa linda que você é e de ver a beleza do mundo.

Você tem um dos corações mais generosos e amorosos e o melhor é que você nem sabe disso. Essa é a parte sua pela qual me apaixonei. Queria levar você para assistir ao pôr do sol e ir embora como Sandy e Danny de "Grease", mas acho que talvez nunca tenhamos essa chance. E esse pensamento me despedaça. Meu Deus, eu gostaria de poder te abraçar agora.

Quero te agradecer por ser meu Raio de Sol. Sabendo que você estava de luto, eu queria ajudá-la, mas no processo você me ajudou. Há um ditado que diz: "As pessoas entram em nossas vidas por uma razão. Algumas ficam por um curto período ou mais. Mas não importa a extensão, elas deixam marcas em nossos corações." Acho que fui feito para passar pela sua vida e você deveria ver as coisas dessa maneira. Significa apenas que outro cara deveria ser o seu último.

Nossas estradas quebradas nos levaram aos braços um do outro, mas agora é hora de nos deixarmos partir. Nunca esquecerei seu sorriso. Nunca me esquecerei dos biscoitos com leite. Nunca esquecerei nosso amor por "Grease".

Eu nunca te esquecerei. Você é meu Raio de Sol e eu sou sua lua, éramos perfeitos e completos.

Seth tem todas as informações da minha conta bancária. Estou deixando tudo para você. Ele saberá o que fazer.

Lembra quando você me perguntou se eu já amei uma mulher depois de cantar a música "To Love A Woman", de EC? Essa música foi escrita por mim, EC: Elijah Cooper.

"Uma mulher" é você, Alexandria Weis. Sim. Eu escrevi a música para você. O título real é "To Love Alexandria Weis".

OBS: Se estou perfeitamente bem e você está lendo esta carta, que vergonha. Isso significa que você colocou as mãos dentro da minha jaqueta de couro ou a encontrou acidentalmente ao me seduzir. Como eu gostaria que isso fosse verdade.

Tudo que há em mim ama tudo que há em você, para todo o sempre.

— Elijah

Lágrimas escorreram pelo meu rosto e eu não consegui enxugá-las rápido o suficiente. Minha respiração dolorida saiu em suspiros. Os pequenos tremores dentro de mim tornaram-se um terremoto. Eu entrei em pânico. Estava desesperada. Eu precisava que Elijah acordasse. Ler sua linda carta me levou a outro nível de tristeza e desespero, e eu estava pirando. A pouca esperança que eu tinha desapareceu.

Eu não sabia que tinha caído no chão até Lexy me levantar. Sentindo como se meu coração tivesse sido arrancado, passei meus braços em volta de Lexy para que não me soltasse.

— Elijah — consegui dizer, com falta de ar.

Com a mão trêmula, mostrei a carta a Lexy. Ela não leu, apenas a dobrou e enfiou na jaqueta dele.

— Eu preciso contar a ele… — Eu engasguei, sem ar. Eu precisava de ar. *Ah, meu Deus. Eu não conseguia respirar.* — Tivemos uma briga. Ele precisa saber. — Fiz outro barulho dolorido. — Eu não disse…

— Está tudo bem, Alex. — Lexy esfregou minhas costas, mas nada, absolutamente nada poderia aliviar minha dor. — Ele já sabe que você o ama.

Enquanto eu a abraçava, meu corpo tremia e sons angustiantes escaparam da minha boca. A dor me sugou para um buraco sem fim, caindo sem nunca parar. Eu não conseguia pensar, não conseguia respirar e perdi todo o controle.

CLAREZA

Lexy acariciou meu cabelo enquanto continuava a me confortar.

— Elijah te ama muito, Alex. Ele está lutando com tudo que tem para voltar para você. Elijah nunca quebra suas promessas.

Quando Seth entrou, nós três nos abraçamos e soluçamos.

Seth se afastou e enxugou as lágrimas.

— Por que vocês duas não comem alguma coisa? Há uma cafeteria no primeiro andar.

— Venha comigo. — Lexy agarrou minha mão. — Os outros amigos de Elijah estão aqui para vê-lo.

Assenti, mas não conseguia me mover. Eu não queria deixar Elijah.

Seth colocou a mão no meu ombro.

— Jimmy está a caminho.

Arrastei a cadeira até a cama para segurar a mão de Elijah e adormeci. No meu sonho, Elijah e eu estávamos deitados na cama dele, rindo e conversando. Ele sussurrou o quanto me amava enquanto me segurava em seus braços. Meu pai apareceu, parado perto da janela, sorrindo. Sentei-me, pensando que ele ficaria chateado ao ver a filha na cama com um cara, mas ele ficou ali parado sem dizer uma palavra.

Levantei a cabeça do colchão do hospital e limpei a baba do rosto, depois esfreguei os ombros para aliviar a dor. Eu dormi em uma posição estranha.

— Alex. — A mão de alguém descansou nas minhas costas.

Pulei nos braços de Jimmy. Lágrimas escorreram pelo meu rosto e ele me segurou até que o soltei. Com o mesmo corte de cabelo curto e puxado para o loiro, ele parecia o mesmo. Embora ainda estivesse magro, tinha mais músculos do que da última vez que o vi. Jimmy usava um suéter preto e uma calça jeans. Seus olhos azuis brilharam de preocupação.

Jimmy também era filho único, mas parecíamos irmãos. Nossas mães são irmãs.

— Quando você chegou aqui? Que horas são? — perguntei.

— É meio-dia. O pessoal está lá fora, na sala de espera. Eles estiveram aqui a noite toda.

Virei-me para Elijah.

— Ele recebeu muitas visitas, não apenas de amigos, mas também da equipe do hospital. Elijah recebe tratamento especial das enfermeiras porque elas o conhecem. Elas estão deixando passar coisas que vão contra o regulamento.

— Ele é um cara legal.

— Então, suponho que você saiba sobre Elijah e eu? — perguntei, nervosae.

— Quando você me contou em que faculdade iria, foi minha chance de juntar vocês dois.

— O quê? — Arqueei as sobrancelhas em confusão.

— Vocês são perfeitos um para o outro. Embora tenhamos regras contra namorar a família uns dos outros, eu sabia que ele iria contra isso se se apaixonasse por você. E eu estava certo. Seria a única razão pela qual ele arriscaria nossa amizade.

Jimmy caminhou até o outro lado da cama e suspirou.

— É melhor você se levantar para que eu possa chutar sua bunda, Ellie. Ouviu?

Eu nunca tinha visto Jimmy chorar. Ele se afastou de mim e pigarreou.

— Sua mãe sabe sobre Elijah?

— Ela sabe que estamos juntos, mas eu não contei a ela o que aconteceu.

Jimmy encontrou meu olhar e franziu a testa.

— Alex, precisamos conversar. Elijah não tem família, então estou em seus contatos de emergência como procurador para cuidados de saúde. Se o inchaço no cérebro não diminuir e houver mais complicações... — Ele fez uma pausa. — Não quero pensar sobre isso, mas...

Eu sabia o que ele estava tentando me dizer, mas esse pensamento nunca passou pela minha cabeça.

— Não. Ele vai ficar bem — falei, com convicção, quase com raiva. — Fale com ele. Vou deixar vocês dois sozinhos. Eu volto em seguida.

Saí do quarto, me afastando da sala de espera para que não pudessem me ver.

Andar pelo corredor me deu um pouco de paz e era exatamente o que eu precisava. Depois de passar pelos quartos dos pacientes, me deparei com uma pequena capela. Eu não entrava em uma desde que meu pai faleceu. Empurrei as portas e sentei na última fila.

Dez bancos de cada lado, velas acesas à esquerda e estátuas de santos à direita. Eu não sabia o que deveria fazer enquanto olhava para a cruz. Senti-me culpada por orar por algo para mim mesma quando não orava há tanto tempo, mas precisava de esperança.

CLAREZA

Ajoelhei-me e apertei as mãos.

— Sei que é egoísmo pedir algo a você quando há pessoas com problemas piores que os meus. Mas você tirou meu pai, que significava muito para mim, e já tirou muito de Elijah. Não quero questionar o porquê, mas estou pedindo uma segunda chance. E pai, estou com saudades de você. Sei que você está cuidando de mim e que está me ouvindo agora. Por favor, não deixe ninguém levar Elijah embora. Eu preciso dele. Não sei como vou sobreviver sem ele. Meu coração não aguenta mais.

Lágrimas derramaram, tomando toda a minha força. Meus olhos queimavam. Meus músculos doíam. Não senti nada. Apenas um vazio. Arrastei meus pés até o quarto de Elijah. Jimmy estendeu a mão para mim e eu desabei em seus braços.

CAPÍTULO 39

ALEXANDRIA

Lexy e Jimmy me trouxeram comida, mas em vez disso bebi um pouco de suco. Eu não queria me forçar a comer. À medida que outro dia se transformava em noite, sentei numa cadeira ao lado da sua cama, ainda vestindo a sua jaqueta.

As enfermeiras passaram por aqui e me garantiram que o inchaço havia diminuído. Elas também interromperam a medicação para induzir seu coma e esperavam que ele acordasse logo.

Refresquei-me no banheiro do hospital e coloquei minhas roupas limpas que Lexy trouxe para mim. Beijei cada parte do rosto e das mãos de Elijah, tentando convencê-lo a acordar. Era mais fácil agora que os tubos estavam fora do caminho. Até ameacei vender sua jaqueta de couro. Eu tentei de tudo para fazê-lo abrir seus lindos olhos, mas… nada.

Deslizei para a cama e passei meus braços em volta dele. Enquanto eu respirava seu cheiro, o subir e descer de seu peito me colocou em um estado hipnótico e adormeci.

ELIJAH

Tentei abrir os olhos, mas eles pareciam muito pesados. Cada músculo do meu corpo latejava como se eu tivesse sido atropelado por um caminhão — espere, não. Fui atropelado por um carro — minha pobre moto. Fui jogado de cima dela e caí no cimento. Então tudo ficou claro quando percebi que estava deitado em uma cama de hospital.

Algo estava no meu peito... um braço... Alex? Esticando o pescoço enrijecido, vi o rosto mais angelical do mundo, adormecido. A alegria da minha visão foi suficiente para colocar um sorriso no meu rosto, aquecendo meu coração. Olhei para ela enquanto me perguntava há quanto tempo estava no hospital.

Meus olhos ficaram pesados novamente e não consegui mais mantê-los abertos.

ALEXANDRIA

Algo quente roçou minha bochecha. Eu abri os olhos. Elijah estava sorrindo, olhando para mim através daqueles lindos cílios longos; a alegria me consumiu. Enterrei meu rosto em seu ombro e chorei, grata por outra chance.

— Me desculpe. — Ele enxugou minhas lágrimas. — Eu não queria fazer você sofrer.

Eu não conseguia acreditar que ele estava preocupado comigo quando foi ele quem passou pelo inferno. Quando tentei sair da cama, Elijah me abraçou com mais força.

— Não se levante — ele disse. — Estou bem. O médico já me examinou.

Acariciei seu cabelo.

— Você se lembra do que aconteceu?

— Sim.

— Eu preciso ligar para Seth e Lexy. Seus amigos e as enfermeiras vieram ver você. E Jimmy está aqui.

Elijah sorriu e abaixou o olhar.

— Você está usando minha jaqueta de couro? — Seus olhos se arregalaram. — Você, por acaso, encontrou alguma coisa?

— Sim. A sua carta. — Suspirei e bati em seu braço. — Foi muito doce e comovente, porém mais nunca se coloque em uma situação em que sinta que precisa me escrever uma carta de despedida.

— Eu prometo que nunca farei nada estúpido o suficiente para ficar longe de você. — Os olhos de Elijah ficaram sedutores. — Você está nua debaixo da minha jaqueta?

Eu ri e o abracei com mais força. *Sim, meu Elijah estava de volta.*

— Por que você não tira e vê por si mesmo.

— Farei isso quando não me sentir um velho — ele gemeu. — Tudo dói. Enfermeira Alex, acho que vou precisar de muitos beijinhos e carinho. — Então seu olhar baixou. — Minha perna também. — Ele revirou os olhos.

— Não se preocupe, paciente Elijah. Você vai receber muita atenção de mim. Quero dizer, *muita* atenção.

— Com leite e biscoitos?

Eu ri.

— O que quer que meu paciente excêntrico queira. Mas, neste momento, não é justo eu ficar com você só para mim. Tenho certeza de que seus amigos ainda estão esperando por você na sala de espera.

Pulei da cama e corri porta afora.

— Obrigada! — eu gritei. Não me importei, agindo como uma idiota sem ligar para quem me ouvia. — Obrigada por esta segunda chance.

CAPÍTULO 40

ALEXANDRIA

Quadro magnético:

> Bem-vindo de volta, Perninha!
> — Seus amigos

Jimmy sentou no meu sofá com os pés na mesinha de centro.
— Vamos chamar você de Perninha. — Ele riu.
— Perninha? — Elijah estreitou os olhos para ele, sentado na mesma posição que Jimmy.
Seth colocou um biscoito na boca e murmurou:
— Você deveria estar feliz por ele não ter te chamado de outra coisa. Ei, esses biscoitos são bons. Onde você comprou?
Elijah deu um tapinha na minha perna.
— Alex assou. Ela é uma ótima cozinheira, mas é boa em tudo.
— Eu deveria tê-la convidado para visitar quando morava aqui — Jimmy reclamou.
Lexy foi até a cozinha e voltou com um biscoito.
— Eu gostaria que você tivesse feito isso. Só tenho mais três meses para comer o espaguete dela antes de me formar, e quem sabe onde estarei então.
— Você simplesmente terá que voltar e me visitar — retruquei.
Lexy deu uma mordida no biscoito e gemeu.
— Você sabe que eu vou. — Então se virou para Jimmy. — Quando é o seu voo?
— Amanhã. Seth se ofereceu para me levar ao aeroporto. Mas voltarei para ver todos vocês se formarem. Elijah, você está bem?
— Sim. Estar no hospital por uma semana não me atrapalhou muito, e

meus professores têm sido receptivos. Estarei dentro do cronograma para me formar.

— Essa é uma ótima notícia — Jimmy disse.

Lexy enfiou o pedaço restante do biscoito na boca.

— Odeio interromper nossa reunião, mas amanhã tenho turno para o café da manhã e Alex também. E Elijah precisa descansar.

Jimmy deu um tapinha nas costas de Elijah e se levantou.

— Vejo você em três meses.

Depois que todos nos abraçamos, Elijah e eu fomos para o nosso quarto.

— Vamos, *Perninha*. — Caminhei ao lado dele enquanto ele usava muletas.

Elijah riu.

— Você tem sorte de eu não poder fazer o que gostaria de poder fazer.

— Ah, é mesmo?

Como se as muletas fossem uma extensão de seus braços, ele me envolveu com elas, me puxando para seu peito.

— Muito melhor. Estou um pouco fora de forma, mas isso não significa que não possa mostrar que ainda sou um homem.

— Nunca houve dúvidas, Sr. Cooper — declarei, gostando de seus lábios roçando os meus.

Elijah me soltou e mancou com as muletas até chegar à cama e se jogar no colchão.

— Eu tenho algo para você. Comprei antes do acidente. Está no armário.

Corri até o armário, tirei a caixa e abri. O cheiro de couro fez cócegas em meu nariz.

— Isso é lindo, Elijah. Não sei o que dizer. — Levantei uma jaqueta de couro preta.

— Experimente. Deixe-me ver em você.

Coloquei a jaqueta e girei.

— O que você acha?

— Está perfeito. Mas acho que caberia melhor se você estivesse nua por baixo. O que acha?

Eu gritei e ri, correndo em direção a ele.

— Muito obrigada. Nunca tive uma jaqueta de couro antes. Eu amei.

Mordi meu lábio inferior e gentilmente o empurrei para baixo. Suas costas bateram no cobertor. Montei nele e prendi seus braços sobre sua cabeça. Meu cabelo caiu em cascata na lateral do meu rosto, criando um túnel, e não vi nada além de seu lindo e feliz sorriso.

CLAREZA

— Eu posso me acostumar com isso. — Elijah riu. — Eu deveria comprar presentes para você com mais frequência.

— Não há necessidade de presentes. Eu posso fazer isso todos os dias. Mas é hora de você ir para a cama. Ordem da enfermeira Weis. Vou tomar um banho.

Ajudei Elijah a ficar em uma posição confortável colocando travesseiros nas suas costas.

— Estou tão cansado. — Elijah fechou os olhos e bocejou. — Posso estar dormindo quando você voltar.

Puxei o cobertor até seu peito e dei um beijo carinhoso nos lábios, depois me endireitei.

Elijah me puxou de volta para baixo.

— Mais. Um. Beijo.

Com um sorriso, agradeci alegremente e fui para o banheiro.

CAPÍTULO 41

ALEXANDRIA

— Freckles, me dê minha mochila. — Elijah deu um passo para fora da porta e usou as muletas para se levantar, depois bateu a porta com a bunda.

— Eu seguro para você.

Ele levantou uma de suas muletas de lado, me impedindo de seguir em frente.

— Alex — chamou, com calma —, não vou me mover. Estou bem aqui. Não vou deixar você carregar minha mochila e a sua de jeito nenhum. Posso estar com uma certa dificuldade de locomoção, mas isso não significa que não seja capaz.

Arqueei minhas sobrancelhas.

— Você simplesmente não quer parecer um coitado na frente de seus amigos. — Eu o ajudei a passar as alças por cima do ombro.

— Isso mesmo. — Ele riu. — Eles vão me chamar de Perninha Fraca.

Eu bufei.

— Vamos, *Perninha Fraca*. Vou me atrasar para a aula.

— Posso estar fraco, mas ainda posso ser rápido.

Assim como no gelo, ele manobrava as muletas com elegância, como se fossem uma extensão de suas pernas. Ele mancou mais rápido do que eu. Não tínhamos aulas juntos, mas Elijah insistiu em me acompanhar.

— É aqui que eu deixo você — ele disse. — Vou te esperar no refeitório do campus. — Ele apontou com o queixo para o pequeno prédio onde os estudantes se reuniam de manhã cedo.

Quase pude sentir o cheiro do café.

— Não sinta muita falta de mim. — Levantei-me na ponta dos pés e dei-lhe um beijo rápido, mas meus lábios nunca deixaram os dele.

Elijah me segurou com força, me devorando. Eu via estrelas cadentes e sonhava com aquele beijo durante a aula. Atordoada, abri os olhos e plantei os pés firmemente no chão de concreto.

— Mas eu quero que você sinta minha falta — rosnou, naquele tom baixo e sexy contra minha orelha.

— Acho que não vou conseguir me concentrar nas aulas. — Respirando fundo, olhei nos olhos castanhos calorosos que continham tanto amor por mim.

— Oi, Alex. Oi, Perninha. — Seth quebrou nossa conexão. Ele deu um tapa leve nas costas de Elijah.

— É bom te ver por aqui.

— Você tem aula, Alex? — Seth perguntou.

— Estou a caminho. — Apontei por cima do ombro para o prédio.

Seth me deu um olhar de soslaio.

— Não começa às dez?

— Que horas são? — Tirei meu celular do bolso de trás. — Merda. É melhor eu ir. Estou cinco minutos atrasada. — Dei outro beijo rápido em Elijah e corri.

— Eu cuidarei bem do Perninha! — Seth gritou.

ELIJAH

Eu disse a Alex para me encontrar no refeitório do campus depois da aula da tarde. Estava com vontade de comer o burrito enorme da Lexy. Quando entrei pela porta, Alex acenou de uma mesa com Lexy, Seth e Dean. Todos tinham uma bebida nas mãos.

Deixei cair minha mochila no chão de cerâmica, coloquei as muletas debaixo da mesa e me acomodei ao lado de Alex.

— Vou pegar um burrito para você. — Lexy se levantou da cadeira.

— Tudo bem. — Levantei a mão. — Eu posso ir.

— Não estou trabalhando, então você não consegue o que quer — ela retrucou. — Eu conheço os funcionários.

Alex colocou a bebida na mesa.

— Vou com Lexy para poder pedir o meu também.

— Eu irei com vocês. — Dean levantou-se e virou-se para Seth. — Vou pegar um burrito para você. Você pode fazer companhia a Elijah.

Seth tomou um gole de sua bebida com um canudo.

— Você entrou no curso de Business da UC Berkeley?

Assenti com a cabeça.

— E você?

— Eu também. — Seth deu um grande sorriso. — Mas você não vai, certo? — Havia uma pitada de decepção em seu tom.

Coloquei minha perna engessada para fora para ficar confortável.

— Eu não posso deixar Alex. Entrei na pós-graduação daqui. É bom o suficiente. Você contou a Jimmy as boas notícias?

Ele tomou outro gole.

— Ele está animado, mas seria ótimo se estivéssemos todos juntos novamente.

— Eu sei. Teria sido legal, mas…

Seth baixou o olhar, batendo no copo de papel.

— Eu sei — ele suspirou.

— Estou aqui. Seus pais estão aqui. Você virá vê-los, não é?

— Falando nisso, meus pais querem convidar você e Alex para jantar neste fim de semana.

Dei uma rápida olhada em Alex, na fila com Lexy e Dean.

— Claro, vou perguntar, mas neste fim de semana ou no próximo, devemos nos encontrar com a mãe e o padrasto dela. E preciso pagar ao seu pai pelos danos à moto.

Seth franziu a testa.

— Eu já te disse pela milionésima vez que a moto não estava tão ferrada, mas estou começando a achar que seu cérebro está.

Nunca consegui ver o dano. Seth me disse que a moto só precisava de um novo guidão e um pouco de tinta, mas eu não acreditava nele. Seu pai teve a gentileza de me permitir pegar seu carro emprestado para correr. Embora eu desse ao pai de Seth uma porcentagem muito pequena dos meus ganhos, sua generosidade me fez sentir culpado. Às vezes ele até me orientava como um pai.

— Aqui está. — Alex colocou meu almoço na minha frente.

— Obrigado. — Pisquei para ela.

Seus lindos olhos da cor do oceano irradiavam enquanto ela mordia

CLAREZA

o lábio inferior com um sorriso tímido. Eu sabia que aquela piscadinha causaria todos os tipos de sensações através de Alex, e foi a razão pela qual fiz isso.

Nolan e seus amigos atravessaram a porta e entraram na fila. Depois de comprarem o almoço, sentaram no extremo oposto. Eu esperava que ele não me visse enquanto eu me concentrava na conversa fiada e comíamos nossos burritos, mas ele veio em direção à nossa mesa. Dean e Seth franziram a testa e Lexy e Alex reviraram os olhos.

— Você está pronto para a próxima corrida? — Nolan não me deu tempo para responder. Ele apenas continuou falando enquanto seus olhos se voltavam para o meu gesso. — Não é uma pena que você não possa? Acho que vou vencer por desistência.

Ele me irritou, interrompendo nosso almoço para se gabar.

— Você não pode me vencer quando não estou na corrida, seu otário.

O rosto de Nolan ficou vermelho. Imaginei que ele não gostasse do novo apelido.

— Eu me aposentei. Não estou mais correndo. — Estiquei meu pescoço para Alex. Seus lábios se curvaram para cima enquanto ela segurava uma risada. Aposto que ela também gostou do novo apelido de Nolan.

— O que você quer dizer? — Nolan ergueu uma sobrancelha, confuso.

— Estou me formando em breve. Tenho coisas melhores para fazer. — Olhei para Alex quando disse essas palavras.

Seu rosto brilhava como a luz do sol, e eu tinha certeza de que o meu também brilhava por ter sorrido muito. Provavelmente parecia que o cupido tinha me atingido com sua flecha, mas não me importei. Alex significava o mundo para mim. Eu domesticaria meu ego e engoliria meu orgulho por ela.

Nolan soltou uma gargalhada, ecoando nas paredes.

— Você está tirando com a minha cara. — Quando não respondi, ele disse: — Está falando sério? Você corre há anos e de repente quer parar? — Ele apontou para Alex e seu tom soou condescendente. — Por causa dela?

Levantei tão rápido que minha cadeira deslizou debaixo de mim. O equilíbrio instável do meu gesso me fez tropeçar para trás. Seth e Dean se levantaram, com os braços abertos, prontos para me pegar.

— Não aponte para a minha garota — rosnei, empurrando sua mão.

Nolan levantou os braços para se render.

— Uau. Tenha uma ótima vida. Quanto a mim, vou para o topo.

— Isso vai ser um pouco difícil, já que você nem sequer se classificou nas corridas de rua.

Eu estaria naquela corrida se não fosse por Alex. Se eu tivesse ido, teria acabado no hospital? Talvez eu tivesse me machucado na corrida. Quem saberia? Mas a vida era assim.

O sorriso malicioso de Nolan desapareceu e ele se afastou da nossa mesa. Ele nunca teria o que é preciso para se tornar um profissional.

Voltei a me sentar. As bochechas de Alex ficaram vermelhas. Eu a envergonhei? Alex fechou os olhos e colocou a cabeça no meu ombro.

— Baby, você está bem?

— Ela parece estar passando mal — Seth comentou.

— Devíamos levá-la para casa — Lexy falou.

— Eu não me sinto tão bem. — Alex colocou os cotovelos sobre a mesa enquanto suas mãos apoiavam a cabeça.

Quando toquei sua testa, ela estava pegando fogo.

CLAREZA

CAPÍTULO 42

ALEXANDRIA

Lexy e Seth me colocaram na cama de Elijah. Pedi que me levassem para meu antigo quarto, mas Elijah disse que não. Já fazia um tempo que eu não ficava tão doente. Provavelmente o estresse de Elijah estar no hospital e cuidar dele depois que voltou para casa enfim me atingiu.

Elijah sentou na cama e acariciou meu cabelo.

— Não se preocupe com nada, baby. Você já passou por muita coisa. Cuidar de mim te desgastou. Agora é minha vez.

Minhas pálpebras pareciam tijolos e todas as partes do meu corpo doíam como se eu tivesse levado uma surra. Embora me doesse me mover, me aconcheguei em seu calor.

— Vou fazer canja de galinha caseira. Lexy e Seth foram até o mercado para mim. Eles voltarão com alguns medicamentos para ajudá-la a se sentir melhor.

— Isso é tão fofo. — Suspirei e estremeci. — Você tem amigos maravilhosos.

— Eles também são seus amigos.

Eu assenti com a cabeça.

— Elijah.

— Sim? — Ele colocou a mão fria sobre minha testa. Era tão bom, mas me fez tremer novamente.

— Quando você estiver se sentindo melhor e sem gesso, você irá a um lugar comigo?

— Eu iria para o inferno e voltaria com você. — Elijah acariciou minha bochecha com um sorriso amoroso. — Vou para qualquer lugar, Freckles, desde que estejamos juntos. Aonde você gostaria de ir?

— Um lugar onde eu deveria ter ido há muito tempo, mas estava com muito medo.

— Ahhh — ele disse suavemente. — Acho que sei onde. Eu ficaria honrado em ir com você.

Elijah deu um beijo suave na minha testa, nos olhos, no nariz, na bochecha e depois nos lábios.

— Nossos amigos estão aqui. É hora do Perninha aqui cozinhar. Eu volto em breve.

— Obrigada. — Eu não tinha certeza se foi isso que eu disse. A exaustão tomou conta e caí na escuridão.

ALEXANDRIA

Dois meses depois...

Choveu forte esta manhã, mas o sol apareceu por entre as nuvens escuras. Embora a jaqueta de couro me mantivesse aquecida, a brisa fresca contra meu rosto me lembrou que ainda era o início da primavera.

Ficar diante de uma lápide com o nome do meu pai me trouxe de volta ao dia em que o enterramos e lágrimas brotaram em meus olhos.

— Eu não queria vir sozinha — falei.

Elijah passou o braço em volta dos meus ombros.

— Fale com ele. Quer que eu te deixe sozinha um pouco?

— Não. — Agarrei sua jaqueta de couro. — Eu quero que você fique.

Eu não disse uma palavra e lágrimas escorreram pelo meu rosto. Eu apenas fiquei lá como uma idiota. Não sabia o que dizer.

— Vou começar — Elijah ofereceu e me perguntei se ele estava brincando, mas ele disse: — Olá, Sr. Weis. Meu nome é Elijah Cooper. É um prazer te conhecer. Amo sua filha com todo o meu coração e não há nada que eu não faria por ela. Vou provar para você uma e outra vez para que você possa descansar em paz.

As palavras de Elijah me fizeram chorar ainda mais. Tirei um lenço de papel da bolsa, assoei o nariz e enxuguei os olhos.

— Sua vez, Freckles. Eu prometo que fica mais fácil. A primeira vez é a mais difícil.

Eu respirei fundo.

— Oi, pai. Estou na faculdade agora, mas você já sabia disso.

Fiz uma pausa, me perguntando o que deveria dizer a seguir.

— Uhmm… Mamãe e eu estamos mais próximas agora. Elijah e eu vamos nos encontrar com ela e William neste fim de semana. — Eu respirei fundo. — De qualquer forma, quero dizer que sinto sua falta. — Meus lábios tremeram e soltei mais lágrimas. — Queria que você estivesse aqui. — Eu chorei ainda mais. Dizer essas palavras simples em voz alta doeu muito.

Elijah me segurou em seus braços. Quando me recompus, continuei:

— Ei, pai, eu o encontrei. Encontrei aquele que me ama com tudo de si. Aquele que me ama pela minha bondade e pelos meus defeitos. Eu não entendi o que você quis dizer naquela época, mas agora entendo.

Meus lábios tremiam enquanto eu lutava contra as lágrimas.

— Eu posso te deixar ir agora. Encontrei aquele que você disse que um dia iria substituí-lo. Você sempre estará em meu coração. Ah, e no meu tornozelo. Fiz uma tatuagem em homenagem a você.

Eu bufei. Meu pai deveria estar se revirando no túmulo. Em meio às lágrimas e às risadas, deixei de lado minha tristeza, minha dor e meu pai. Tijolos foram tirados dos meus ombros.

Elijah me abraçou até eu soltá-lo.

— Nós voltaremos, Alex. Quando você quiser, eu virei com você.

Peguei a mão dele.

— Devo ter feito algo de bom para ter você em minha vida.

— Você estava apenas sendo você. Isso é tudo. — Elijah olhou para o céu. — Está vendo o arco-íris e o sol espreitando por entre as nuvens?

Olhei na direção que ele apontou e fiquei sem palavras. O arco colorido agraciou a Terra com a sua presença. Era um lembrete de que mesmo depois de uma forte tempestade, havia esperança e beleza na vida.

O arco-íris me lembrou que havia algo grandioso lá fora, algo poderoso, algo além do nosso controle. Quando percebi, fui levantada do chão.

— Elijah, me coloque no chão. — Bati levemente em sua bunda.

— Estou tirando você daqui. Desculpe, Sr. Weis. É hora de eu cuidar da sua filha.

— Aonde estamos indo? — A lápide do meu pai ficou menor à distância.

— Estamos indo em direção ao pôr do sol, Freckles, assim como Danny e Sandy. Vou realizar seus sonhos.

Ele encheu meu coração com suas palavras, seu amor e sua devoção. Eu os devolveria para ele da mesma forma, se não mais. Eu amava Elijah com todo o meu coração.

Não achei que fosse possível amá-lo ainda mais, mas Elijah continuou a me mostrar que não havia limite para o amor. Ele crescia todos os dias, com cada nova experiência, com cada nova esperança e sonho.

Às vezes, a estrada quebrada é consertada. Só precisa de tempo para isso. Assim como corações partidos.

EPÍLOGO

ELIJAH

Cinco anos depois...
Quadro magnético:

> Eu amo minha esposa mais que as estrelas. Isso é tudo que tenho a dizer.
> — E

Pendurei minha bolsa de trabalho no hall de entrada da nossa casa.

— Obrigado, baby. Você faz o melhor burrito de café da manhã. Sabe que não precisa acordar para me preparar um.

Meus dedos puxaram suavemente seu queixo. Inalando o perfume de sua loção, beijei-a nos lábios. Ela sempre cheirava a um buquê de flores, como se tivesse acabado de sair de um jardim.

Alex esfregou a barriga arredondada.

— Eu tinha que acordar de qualquer maneira. Tenho estado com tanta fome ultimamente.

— Nossos bebês estão crescendo. — Abaixei-me e beijei sua barriga. Sentindo um empurrão na palma da minha mão, aproveitei o momento. — Você quer sair, não é? Mal posso esperar para conhecer você e sua irmã.

— Ei. — Alex puxou minha gravata, me forçando a levantar. — Talvez quem chutou você tenha sido Elizabeth e não Evan. Não subestime a força de uma mulher.

Eu ri, pegando Alex em meus braços.

— Você está certa. Tenho uma aqui para provar essa teoria.

— Não se esqueça disso — ela disse com uma atitude atrevida. — Só mais dois meses até podermos segurar nossos gêmeos nos braços, ou talvez antes. Sinto que vou explodir.

— Mal posso esperar — afirmei. — Mas agora é melhor eu começar a trabalhar. O que você vai fazer enquanto eu estiver fora?

— Preciso preparar os planos para minha aula. E o pintor volta hoje para fazer os retoques do sol, das estrelas e da lua no quarto das crianças.

Alex se formou como professora e tirou licença maternidade antecipada. O médico achou que era melhor para a saúde dela e dos bebês.

Beijei sua testa.

— Por favor, tenha cuidado ao subir e descer as escadas.

Segurei a mão dela e a levei até a garagem. Havíamos nos mudado para uma casa cara de dois andares em um condomínio fechado, mas com o salário de um corretor da bolsa de valores, estava dentro do nosso orçamento. Eu queria dar a Alex as melhores coisas da vida, mesmo que isso significasse trabalhar como um cachorro. Eu faria isso por ela, pelos nossos filhos, pela minha família.

Alex acariciou meu braço sobre a tatuagem do dragão.

— Lexy, Emma, Seth, Dean e Jimmy e sua esposa virão neste fim de semana.

Beijei sua mão, depois seus lábios.

— Tenha um bom-dia, Freckles. Te ligo mais tarde.

— Dirija com cuidado. Esperarei pela sua ligação, Sr. Cooper.

— Eu vou ligar, Sra. Cooper. Ah, antes que eu esqueça. Vou chegar um pouco atrasado esta noite. Eu gostaria de passar pelo hospital para verificar a ala que nossa empresa doou em nome de Evan.

Alex se encostou na porta e empurrou a porta da garagem para abri-la. Olhei para minha coleção de motos estacionadas ao lado do meu carro e cobri os olhos da luz.

O sol brilhava forte e o céu estava coberto por nuvens fofas. Respirei fundo e agradeci aos céus pela vida que tive hoje. Nunca teria imaginado que aqui estaria neste momento. Nunca teria imaginado encontrar alguém como Alex, que me amasse tanto quanto eu a amava.

A vida lhe apresenta muitos caminhos, mas duas coisas permanecem constantes. Você nasce e, quando chega a sua hora, morre. As outras estradas são apresentadas ao longo do caminho, e quais você decide seguir depende de você.

Às vezes, você não decide e as estradas pioram. Eu fui um dos sortudos.

CLAREZA

Minha estrada quebrada me levou a Alex e à vida que tenho hoje, e não me arrependo de nada.

— Elijah. — Alex bateu na janela enquanto eu ligava o motor.

Apertei um botão e a janela deslizou para baixo.

— Esqueci de dizer que te amo. — Ela estendeu a mão e pressionei meus lábios nos dela.

— Eu te amo mais que as estrelas — eu disse a ela.

Como sempre, isso colocou um enorme sorriso em seu rosto.

Desde o acidente, Alex dizia que me amava quando nos separávamos. Não havia garantias na vida. Não havia felizes para sempre — apenas a realidade.

Prometi a ela no dia do nosso casamento que sempre encontraríamos nosso pôr do sol, cantaríamos com todo o coração, dançaríamos na chuva, pularíamos em poças e faríamos amor louco e apaixonado. Pois cada novo dia era um novo começo, uma nova experiência, cheia de esperanças e sonhos.

A vida deve ser vivida como se cada dia fosse o último.

ELOGIOS SOBRE CLAREZA:

"*Clareza* é refrescante, lindo e tocou cada uma das cordas do meu coração. Eu amei!" — *Toni Aleo, autora best-seller do New York Times e USA Today da série Assassins.*

"À primeira vista, ninguém acreditaria que o exterior de durão de Elijah esconde um coração genuíno e generoso. Mas é impossível não se apaixonar e, quando os opostos se atraem, a química é inegável!" — *InD'tale Magazine.*

"M. Clarke me surpreendeu com este livro. Estou maravilhada e apaixonada por esta história épica. Elijah Cooper é agora meu namorado literário Número 1." — *Sammie's Book Club, for book lovers.*

"M. Clarke conseguiu de novo! *Clareza* é uma história magnífica e bem escrita. Você vai chorar, rir, se apaixonar, mas o melhor é que não vai querer largar o livro até ler a última palavra!" — *Books and Beyond Fifty Shades.*

"*Clareza* lhe dará a melhor ressaca literária de todos os tempos, porque você não conseguirá largar o livro. Você vai amar mais que tudo. Assim como eu amei." — *Fairiechick's Fantasy Book Reader.*

"Através da escuridão do nosso passado, todos procuramos um pouco de clareza. Para Alexandria, Elijah poderia ser exatamente isso. *Clareza* é uma história de amor e esperança; de que nos momentos mais difíceis encontramos clareza um no outro." — *Spare Time Book Blog.*

"Elijah e Alex fumegam neste livro maravilhoso de M. Clarke. Eu absolutamente não conseguia largar! Este livro foi 5 estrelas!" — *CrossAngeles.*

DEDICATÓRIA

Não consigo dizer o quanto esta história significa para mim, mas, ao mesmo tempo, não consigo dizer o quanto seu apoio e amizade significam para mim. Sinto-me honrada por vocês estarem lendo *Clareza*. Vocês me dão o combustível para continuar minha paixão.

Damaris Cardinali: Obrigada por ser minha incrível relações públicas. Palavras não podem descrever nossa amizade e o quanto você faz por mim.

Kim Rinaldi e Jen Joanisse: O que posso dizer? Obrigada por me guiarem para tornar este livro o MELHOR possível. Amo muito vocês duas!

Alexandrea Weis: Obrigada por TUDO. Sua orientação e apoio me ajudaram a me tornar uma escritora melhor.

Vanessa Strickler: Minha irmã angelical, obrigada por todo o seu apoio e por administrar as páginas *My Clarity* e *From Gods*. E obrigada por estar ao meu lado quando precisei desabafar.

Janie Iturralde: Administradora da minha equipe de rua. Sua amizade significa muito para mim. Obrigada por toda a sua ajuda, mas, acima de tudo, pela sua amizade e por sempre estar ao meu lado.

Sam Stettner: Seu entusiasmo e amor por Elijah enchem meu coração. Não posso agradecer o suficiente por tudo que você faz. Te amo muito mesmo, Sol!!!

Kitty Bowers: Como já disse muitas vezes, obrigada por ser minha fã e líder de torcida número um. Você me levanta quando estou para baixo.

Lisa do *The Rock Stars of Romance*: Obrigada por todo o seu apoio e pela criação de um tour de divulgação incrível no blog.

Equipe de rua: Vocês são minha outra família. Eu nem sei como agradecer. Palavras não são suficientes para agradecer todo o seu tempo e energia. Vocês são simplesmente os melhores!!!

Laura Hidalgo: Obrigada pela sua amizade e por criar capas incríveis para os livros originais. E por também cuidar de mim.

Joann Buchanan: Você é incrível! Obrigada por todas as suas contribuições e por amar meus livros.

A todos os autores e blogueiros que mais do que me apoiaram e se tornaram meus amigos. Não posso agradecer o suficiente. São muitos para fazer uma lista. Sou muito grata pelo seu apoio e amizade.

A The Gift Box é uma editora brasileira, com publicações de autores nacionais e estrangeiros, que surgiu no mercado em janeiro de 2018. Nossos livros estão sempre entre os mais vendidos da Amazon e já receberam diversos destaques em blogs literários e na própria Amazon.

Somos uma empresa jovem, cheia de energia e paixão pela literatura de romance e queremos incentivar cada vez mais a leitura e o crescimento de nossos autores e parceiros.

Acompanhe a The Gift Box nas redes sociais para ficar por dentro de todas as novidades.

 www.thegiftboxbr.com

 /thegiftboxbr.com

 @thegiftboxbr

 @GiftBoxEditora